I ROMANZI

Ultimi volumi pubblicati

Se volete scriverci: iromanzi@mondadori.it

Mary Jo Putney

PATTO D'AMORE

Traduzione di Maria Luisa Cesa Bianchi

MONDADORI

Copertina:
Art Director: Giacomo Callo
Realizzazione: Studio Echo

Titolo originale:
The Bargain
First published in the United States
under the title *The Bargain* by Mary Jo Putney.
© Mary Jo Putney 1988, 1999
Published by arrangement with Nal Signet,
a division of Penguin Putnam, Inc.
© 2001 Arnoldo Mondadori Editore S.p.A., Milano
Prima edizione I Romanzi marzo 2001

http://www.mondadori.com/libri

Per abbonarsi:
http://www.abbonamentionline.com

Finito di stampare nel mese di febbraio 2001
presso Mondadori Printing S.p.A.
Via Bianca di Savoia 12, Milano
Stabilimento NSM
Viale De Gasperi 120 - Cles (TN)
Stampato in Italia - Printed in Italy

PATTO D'AMORE

A mia madre, Eleanor Congdon Putney,
dalla quale ho ereditato l'amore
per i viaggi, le lingue e la buona lettura

Prologo

Charlton Abbey, primavera 1812

Il quarto conte di Cromarty fu sepolto con tutta la pompa e la deferenza dovute al suo rango. La campana della chiesa del villaggio sonava solennemente mentre si compiva il rito funebre in una nebbiosa pioggerellina, tutti gli uomini della casa vestiti di nero e convenientemente addolorati. Il defunto conte era stato un bell'uomo, forte, leale e dalla risata pronta. I suoi dipendenti erano stati tutti molto orgogliosi di lui. La più addolorata tra i presenti era la sua unica figlia, lady Jocelyn Kendal. Al ricevimento dopo le esequie, espletò i suoi compiti con impeccabile grazia, il pallido viso perfetto, sotto il leggero velo nero, rigido come quello di un angelo di marmo. Lei e suo padre erano stati molto legati.

Questo sarebbe stato l'ultimo atto ufficiale di lady Jocelyn a Charlton Abbey, dato che ne era adesso proprietario suo zio Willoughby. Se era risentita per essere stata declassata da padrona a ospite nella casa della sua infanzia, nascondeva bene i suoi sentimenti.

Anche se il suo carattere indipendente avrebbe potuto essere scambiato per caparbietà da alcune anziane signore in una ragazza che non avesse ricevuto la sua educazione, nessuno degli uomini ci faceva caso. A ventun anni, la giovane possedeva bellezza e fascino in abbondanza, e mentre si aggirava per il salone, gli uomini la seguivano con lo sguardo, e per quel breve istante diveniva l'oggetto dei loro sogni.

L'ultimo rituale della lunga giornata fu la lettura del testamento eseguita dall'avvocato di famiglia, Crandall, venuto appositamente da Londra.

Lady Jocelyn sedeva immobile tra gli intervenuti. Come figlia non poteva ereditare i privilegi del padre, ma avrebbe lo stesso ottenuto una parte considerevole del suo patrimonio, sufficiente comunque a renderla una delle più ambite ereditiere d'Inghilterra.

Il nuovo conte, un uomo dall'aria solenne senza un briciolo dello spirito del fratello, ascoltava serio. Un tempo si era pensato che il quarto conte si sarebbe risposato e avrebbe avuto un erede maschio, ma la sua precedente esperienza matrimoniale sembrava averlo deluso profondamente. Si era accontentato dell'unica figlia, e Willoughby si trovava adesso a essere il beneficiario di tale scelta. Anche se il nuovo conte piangeva sinceramente la scomparsa del fratello, era lieto di assumerne il titolo.

Il testamento non presentò sorprese, fino alla fine. Il signor Crandall si schiarì la gola e guardò nervosamente la fanciulla dalla bellezza statuaria nella fila di fronte prima di iniziare a leggere le ultime volontà. "E alla mia adorata figlia, Jocelyn, con la presente tramando e ordino..."

La voce sonora dell'avvocato riempì la stanza, inchiodando i presenti sulle sedie. Quand'ebbe finito, si levò un mormorio di voci ed esclamazioni di sorpresa mentre le teste si giravano verso lady Jocelyn.

Lei rimase perfettamente immobile per un interminabile momento. Poi balzò in piedi e, sollevato il velo nero dal viso, rivelò i begli occhi nocciola fiammeggianti di rabbia. "Cosa ha fatto?"

1

Londra, luglio 1815

Nel suo sogno, il maggiore David Lancaster stava galoppando in Spagna attraverso le colline sul suo cavallo, Aquilo. David rideva forte, i capelli sferzati dal vento, immaginando che lui e il suo destriero potessero correre così per sempre, gioendo dell'esuberanza della giovinezza e della forza.

Un grido di dolore in lontananza lo svegliò. Anni di guerra l'avevano abituato a balzare in piedi e ad afferrare il fucile quando usciva carponi dalla tenda per sventare un attacco.

Ma, mentre cercava di alzarsi, provò soltanto una dolorosa fitta, il suo corpo non reagiva. Dalla cintola in giù, niente si muoveva, le sue gambe senza vita lo inchiodavano al letto.

Aprì gli occhi alla cruda realtà dell'ospedale Duca di York. Aquilo era morto a Waterloo, e così anche David, sebbene il suo corpo rimanesse caparbiamente aggrappato alle ultime scintille di vita. La fortuna che gli aveva permesso di passare quasi indenne attraverso anni di guerra, alla fine l'aveva abbandonato. Un colpo di arma da fuoco sarebbe stato più rapido e più dolce di quella morte lenta.

Ma forse non ci sarebbe voluto ancora molto. Sebbene la tetra stanzetta in cui era ricoverato non fosse gran che, il grado di ufficiale se non altro gli permetteva di soffrire in solitudine.

Riconobbe il ticchettio regolare dei ferri da calza e girò la testa sul cuscino, scorgendo la minuscola figura di sua sorella nella fievole luce dell'unica finestra. Provò un impeto di tenerezza. Sally era venuta ogni giorno dal suo ritorno a Londra, destreggiandosi con i suoi impegni per poter trascorrere più tempo possibile con il fratello moribondo.

Tutto ciò era molto più duro per lei che per lui. David non provava paura, solo stoica accettazione. Alla fine, avrebbe trovato la pace. Per Sally, invece, ci sarebbe stata la solitudine, e l'insicura esistenza di una governante senza una famiglia a cui rivolgersi.

Vigile a ogni minimo movimento, Sally alzò lo sguardo e vide che il fratello era sveglio. Posando il lavoro a maglia, si avvicinò al capezzale. — Hai fame, David? Ti ho portato un buon brodo di carne da casa dei Launceston.

9

Sapeva che avrebbe dovuto sforzarsi di mangiare qualcosa per amore di Sally, ma il pensiero lo nauseava. — No, grazie. Forse più tardi. — Guardò la finestra. — È ora che tu te ne vada, prima che faccia buio.

Lei si strinse nelle spalle. Vestita con un semplice abito grigio, era l'immagine della governante. David si rattristò al solo pensiero che quando se ne fosse andato, non ci sarebbe stato più nessuno a ricordarla come la ragazzina scatenata che gareggiava con lui sul suo pony, correva attraverso i prati a piedi nudi, nell'aria l'eco delle sue risate. Erano stati felici allora, mentre crescevano tra le verdi colline di Hereford. Un secolo fa.

Visto che la sorella faceva finta di niente, ripeté inflessibile: — A casa, Sally. Non voglio saperti in giro per le strade di notte.

Lei sorrise, lo conosceva da troppo tempo per lasciarsi intimidire dal suo tono da ufficiale. — D'accordo, ti dò la medicina e me ne vado. — Dopo aver preso la bottiglia di laudano dal comodino, ne versò accuratamente un cucchiaio e lo avvicinò alle labbra di David. Lui inghiottì il liquido in fretta, notando appena il gusto di vino e di spezie che mascherava l'amaro dell'oppio che avrebbe mitigato la sua sofferenza.

Sally gli passò un braccio sotto le spalle e gli alzò la testa quel tanto perché potesse bere un sorso d'acqua. Quand'ebbe finito, lo riadagiò dolcemente sui cuscini.

— Buonanotte, David. — Raddrizzò la coperta sul suo corpo inerte. — Ci vediamo domani pomeriggio.

Con un'occhiata si accertò che brodo, acqua e laudano fossero a portata di mano. Il laudano sicuramente sarebbe stato necessario prima del mattino. Poi se ne andò, il busto eretto e l'espressione del viso controllata. La stanza, per fortuna, era troppo buia per rivelare la disperazione nei suoi occhi.

Pian piano i colori cominciarono a diventare più vividi, le forme a intrecciarsi, a fondersi e il dolore a scemare: l'oppio stava facendo il suo effetto. Gli si chiusero le palpebre. Ringraziò Dio per il laudano.

Anche se non gli sarebbe dispiaciuto vivere qualche decennio in più, non poteva lamentarsi. Aveva avuto quasi trentadue anni di vita soddisfacente. Aveva viaggiato, combattuto onorevolmente per il suo paese, si era fatto degli amici più intimi che se fossero fratelli. Il suo unico rimpianto era per Sally: una giovane donna capace, ma dal futuro incerto. Se solo avesse potuto lasciarle abbastanza da assicurarle una vita senza affanni. Se solo...

Lo stordimento provocato dall'oppio lenì la sua pena e finalmente si addormentò.

Aggrottando la fronte, lady Jocelyn in abito da amazzone avanzò con passo lieve nel salotto, l'ampia gonna le danzava attorno. Era ora che si confidasse con la sua zia preferita, chissà, forse avrebbe potuto aiutarla a valutare a fondo la situazione. — Zia Laura?

Stava per aggiungere qualcos'altro, quando si rese conto che lady Laura Kirkpatrick non era sola. Occupata a servirsi di pasticcini c'era lady Cromarty, anche lei sua zia, ma decisamente non preferita. Era troppo tardi per andarsene, così Jocelyn represse un sospiro e mosse un passo avanti, dicendo con palese insincerità: — Zia Elvira. Che... che piacere inaspettato.

La contessa ricambiò il sorriso con altrettanta insincerità e un'allarmante esibizione di denti. — Dato che ero in città a fare spese, ho pensato di passare a salutarvi. Non posso trattenermi a lungo perché ci vogliono due buone ore per tornare a Charlton.

— So perfettamente com'è lungo il viaggio fino a Charlton. — Jocelyn sedette di fronte alle due donne più anziane. Detestava pensare alla casa della sua infanzia. Amava profondamente la tenuta e si era perfino trastullata con l'idea di sposare suo cugino Will, erede della contea. Come suo padre, era affabile e disponibile, e grazie a lui avrebbe potuto diventare di nuovo padrona di Charlton. Fortunatamente, il buonsenso prevaleva sempre. Will non era un cattivo soggetto, ma lei non lo voleva certamente come marito.

Lady Laura versò un'altra tazza di tè e la offrì a Jocelyn. — Sono lieta che tu sia ritornata in tempo per unirti a noi. — Come moglie di un militare, era diventata un'esperta nel calmare le acque, e per quel che riguardava lady Cromarty, le acque erano spesso agitate.

Mentre accettava il tè, Jocelyn si augurò, come aveva fatto spesso in precedenza, di essere bella come sua zia Laura a quarant'anni. Entrambe avevano i lineamenti e il colorito dei Kendal, con occhi nocciola e capelli castani dai riflessi ramati, ma sua zia possedeva la serenità prodotta da più di vent'anni di matrimonio felice. Una serenità che Jocelyn avrebbe potuto non conoscere mai.

Elvira, contessa di Cromarty, zia acquisita e non diretta, era tutt'altra faccenda. Pur non essendo di nobili origini, aveva spiegato il suo attuale rango come prova della giustizia divina. In quel momento, girava lo sguardo attorno all'elegante salone con fare di possesso mentre divorava il dolce.

Le labbra di Jocelyn si serrarono. — Smettila di fare una valutazione degli arredi, zia Elvira — disse in tono gelido. — *Non* avrai questa casa.

Una donna meno sicura avrebbe potuto sentirsi imbarazzata da tanta franchezza, ma lady Cromarty si limitò a sorridere. — Cominci a sentirti a disagio per il tuo prossimo compleanno, e il fatto di non esserti ancora sposata?

L'argomento al centro dei loro pensieri planò in mezzo alla stanza come un gatto tra i piccioni. Risoluto a fare a suo modo, anche dopo la morte, il padre di Jocelyn aveva lasciato la maggior parte del suo patrimonio personale alla figlia, a condizione che si sposasse entro i venticinque anni. Se non l'avesse fatto, la maggior parte degli investimenti e Cromarty House, il magnifico palazzo londinese dove stavano prendendo il tè, sarebbero passati a Willoughby.

— Perché dovrei sentirmi a disagio? — chiese Jocelyn con altrettanta affabilità. — Ammetto di avere qualche difficoltà a decidere quale proposta di matrimonio accettare, ma non certo paura. Mi sposerò in tempo per ottemperare alle condizioni del testamento di mio padre.

— Sono sicura che avrai ricevuto numerose proposte,

cara — disse Elvira, anche se il tono con cui lo disse sottintendeva il contrario. — Ma quando una donna raggiunge la tua età ed è ancora nubile, ci si stupisce un po'... — Gesticolò con fare vago. — D'altronde sei così fortunata che se preferisci non sposarti, avrai lo stesso una rendita sufficiente per vivere in qualche posto signorile come Bath.

— Dato che Bath non mi piace, è un fortuna che il problema non si ponga — rispose Jocelyn con voce melata.

La maschera di circostanza che fino a quel momento aveva tenuto la zia Elvira si tramutò in cipiglio. — E non è che tu abbia bisogno di denaro. Noi abbiamo cinque figli da crescere. È stato ignobile da parte di tuo padre lasciare a Willoughby sì e no a sufficienza per mantenere le proprietà.

In realtà, il quarto conte di Cromarty aveva lasciato a suo fratello un'ampia rendita per provvedere alla famiglia e mantenere la sua dignità di lord, ma la contessa era il genere di donna che non ne aveva mai abbastanza. Prima che Jocelyn potesse cedere alla tentazione di farglielo presente, Elvira strillò. Un ammasso di pelo fulvo era balzato attraverso lo schienale del divano ed era piombato sul suo ampio grembo, osservando la contessa con felini occhi dorati ed espressione sadica.

Jocelyn represse un sorriso. Iside, come tutti i gatti, possedeva la peculiarità di balzare addosso alle persone che meno lo desideravano. — Mi dispiace, zia — tubò. — Evidentemente Iside si è invaghita di te. O magari di quella focaccina che hai in mano. Brutta Iside.

Il gatto strizzò tranquillamente gli occhi, consapevole che il rimprovero non era reale. Iside era stata il dono di un corteggiatore che sosteneva di averla portata dall'Egitto. Il gatto aveva comunque un portamento più aristocratico di quello della contessa di Cromarty.

Quando il maggiordomo entrò in risposta alla scampanellata di Jocelyn, la giovane disse: — Dudley, mia zia stava per andarsene. Per favore, fate venire la carrozza alla porta.

Perfino Elvira capì al volo, ma la sua espressione era

affabile quando si alzò. — Buona giornata, Laura. E invitaci al tuo matrimonio, Jocelyn. Se ci sarà.

Cogliendo al volo l'espressione sulla faccia della nipote, Laura si affrettò a seguire la contessa fuori dalla stanza. Sull'orlo di uno dei suoi rari, ma furiosi scoppi d'ira, Jocelyn si alzò e attraversò impettita la sala per andare a guardare la strada al di là delle finestre mentre cercava di controllarsi. Elvira era sempre stata irritante, ma sarebbe stato un errore darle la soddisfazione di perdere il controllo.

Qualche minuto dopo, riconobbe i passi leggeri di lady Laura che rientrava nel salotto. Volgendo le spalle alla finestra, disse: — Preferirei sposare un mendicante piuttosto che cedere il patrimonio a Willoughby e a quella... quell'arpia di sua moglie.

— Willoughby avrebbe fatto meglio a scegliere una donna meno grossolana — ammise Laura, sedendosi. — Ma, vedi, Elvira ha ragione. Il tempo sta volando. Non ti ho spinta a sposarti perché non sei una ragazzina, e sai come sbrigartela. Rinunciare a gran parte dell'eredità è preferibile a un matrimonio infelice, e non resteresti comunque senza un soldo.

— Non ho intenzione di rinunciare a un patrimonio che mi spetta di diritto — ribatté vivacemente Jocelyn. — Certamente non in favore di Elvira.

— Hai avuto più di tre anni per trovare un marito di tuo gradimento. Le settimane che ti rimangono non sono molte.

Ricordando quello per cui era venuta a discutere, Jocelyn sospirò e si rimise a sedere. — Oh, so bene chi voglio sposare. Sfortunatamente, non sono ancora riuscita a conquistare il suo interesse. O almeno, non al punto da fargli considerare il matrimonio.

— Che... intrigante. Non mi ero accorta che avessi messo gli occhi su qualcuno. Chi è il giovane ottuso che non ha ancora riconosciuto la fortuna che gli è capitata?

Jocelyn infilò la mano nel cestino da lavoro accanto alla poltrona e tirò fuori un piccolo telaio che reggeva un ricamo. — Il duca di Candover.

— Candover! Per carità, Jocelyn, quell'uomo è uno scapolo impenitente — esclamò sua zia. — Non si sposerà mai.

— Il fatto che non si sia mai sposato non significa che non possa farlo. — Jocelyn infilò un filo di seta azzurra in un ago, poi eseguì accuratamente un punto. — Lui e io stiamo bene insieme, e le sue attenzioni per me sono state assidue negli ultimi mesi.

— Sembra che apprezzi la tua compagnia. Eri fuori a cavalcare con lui, non è vero? Ma si è sempre tenuto entro i limiti della convenienza. Visite mattutine e balli alle feste, con qualche occasionale passeggiata a cavallo o in carrozza. A meno che non ci sia qualcosa di cui non sono al corrente.

— Si è sempre comportato da perfetto gentiluomo — asserì Jocelyn con rimpianto. — Ma ha trascorso più tempo con me che con qualsiasi altra ragazza da marito. Ha già passato la trentina, ed è ora che pensi all'erede.

Lady Laura aggrottò la fronte. — Ti sei assegnata un compito impossibile, mia cara. Candover ha numerosi cugini, per cui non ha bisogno di sposarsi per avere un erede. Ha avuto la sua parte di amanti, ma sempre vedove o mogli di altri uomini, mai una giovane donna in età da marito. — Lady Laura storse sarcasticamente la bocca. — Se lo vuoi come amante, sposa qualcun altro e allora ti onorerà probabilmente dei suoi favori, almeno per un po'. Ma non si sposerà mai.

— Sei stata molto esplicita, zia. — Irritata da quei commenti, Jocelyn rifletté sugli ultimi mesi per lo spazio di una dozzina di punti di ricamo. Che avesse immaginato l'interesse del duca? No, la trovava attraente; aveva abbastanza esperienza in fatto di uomini per capire se l'ammirazione era genuina. — C'è un… un vero legame tra noi, zia Laura, forse perché siamo stati perseguitati entrambi da cacciatori di dote per anni. Ma c'è di più. Credo che potrebbe esserci molto di più.

— È possibile — osservò cortesemente sua zia. — Ma ti è rimasto poco tempo, cara. Se non ti ha ancora proposto di sposarlo, non credo che riuscirai a convincerlo in sole quattro settimane. Se sei decisa a non sposare che lui, è meglio che incominci a preparare i bagagli. Elvira vorrà trasferirsi qui il giorno dopo il tuo compleanno. Non oserebbe metterti fuori, naturalmente, ma immagino che tu non desideri farti tollerare.

— Non le darò la soddisfazione di ottenere quello che dovrebbe essere mio. — Jocelyn infilò l'ago nel ricamo con troppa decisione. Non essendo una sciocca, si era già perfettamente resa conto che era molto improbabile che Candover passasse dall'ammirazione al matrimonio nelle restanti settimane. — Ho un... un piano alternativo.

— Uno dei tuoi altri ammiratori? Lord MacKenzie ti sposerebbe subito, e credo che sarebbe un ottimo marito. — Lady Laura increspò le labbra. — Naturalmente, il mio giudizio non è imparziale, dato che mi ricorda Andrew.

Jocelyn scosse la testa. MacKenzie era simpatico e di dell'aspetto, ma non faceva per lei. — Sto pensando di considerare sir Harold Winterson. Facciamo una specie di gioco durante il quale chiede regolarmente la mia mano, credo che sarebbe felice se accettassi. Deve avere più di settant'anni e non penso che sia interessato a esercitare i suoi diritti coniugali. Osserverei così le clausole del testamento di mio padre, e non ci impiegherei molto a riottenere la mia libertà. Se fossi vedova, Candover mi guarderebbe sotto una luce diversa.

Lady Laura per poco lasciò cadere la sua tazza di tè. — Che pensiero orribile! Sposare un uomo sperando nella sua morte sarebbe *spregevole*. Stupido, anche. Conoscevo una ragazza che sposò un uomo dell'età di sir Harold, sperando di diventare presto una ricca vedova. È avvenuto vent'anni fa, e suo marito è ancora vivo e vegeto, mentre lei ha perduto la sua giovinezza.

Alla smorfia di Jocelyn, Laura aggiunse: — Inoltre, non esiste età in cui si possa dare per scontato che un uomo non sia interessato a esercitare i suoi diritti coniugali.

Jocelyn rabbrividì al pensiero. — Mi hai convinta. Sir Harold è un dolce vecchio gentiluomo, ma non desidero diventare sua moglie. — Si morse il labbro inferiore.

— Sebbene l'idea di sposare un uomo con la morte alla porta non sia da scartare, devo riconoscere che sir Harold è molto vigoroso per la sua età. Bisognerebbe essere certi che l'uomo stesse realmente per passare a miglior vita.

— Preferirei credere di averti dissuasa grazie a una valutazione di carattere morale, ma provo la triste sensazione che siano soltanto i problemi pratici ad averti scoraggiata. Se hai in mente altri piani scellerati, non parlarmene. — Laura guardò gravemente sua nipote. — I matrimoni di convenienza possono essere di moda, ma avevo sperato che escogitassi qualcosa di meglio. Una comunione d'intenti, della mente, dello spirito, come quella che abbiamo io e Andrew.

Cercando di non essere invidiosa, Jocelyn rispose: — Poche persone sono così fortunate.

Non potendo negarlo, sua zia disse: — Deve proprio essere Candover? Se non MacKenzie, magari lord Cairn. Sono sicura che sarebbe un marito gentile e affettuoso.

— Ma a me piace Candover, zia Laura. Gli uomini non sono paia di guanti intercambiabili. Nei sette anni dal mio debutto in società, non ho incontrato che Candover come possibile marito. Tu hai avuto molti corteggiatori ai tuoi tempi. Avresti voluto sposarti e andare a letto con qualcuno che non fosse zio Andrew?

— Non dopo aver incontrato Drew. — Lady Laura congiunse le mani, come se si stesse chiedendo se dire di più. — Cara, a volte me lo sono domandata. La tua… la tua riluttanza a sposarti ha qualcosa a che fare con tua madre?

— Non parliamo di mia madre! — rispose gelida Jocelyn. Poi in tono più pacato, aggiunse: — La ricordo appena. Perché dovrebbe incidere sulla mia scelta di un marito?

Sua zia aggrottò la fronte, ma preferì non aggiungere altro. Desiderando cambiare argomento, prese una lettera dal tavolo accanto alla poltrona. — Ho appena ricevuto questa da Andrew. Lui e il suo reggimento sono tranquillamente insediati a Parigi ora. Immagino che gli Alleati occuperanno la città per qualche tempo mentre verrà ristabilito il legittimo governo francese.

— Ha nominato qualcuno degli ufficiali che ho conosciuto in Spagna? — chiese Jocelyn preoccupata. Lei e sua zia avevano studiato attentamente le liste dei feriti dopo Waterloo. Nelle settimane intercorse, alcuni di quei feriti sarebbero morti.

Laura scorse la lettera, leggendo a voce alta commenti su ufficiali che Jocelyn conosceva. — Ecco una buona notizia. Il capitano Dalton è stato mandato all'ospedale Duca di York qui a Londra. Ha una grave ferita alla gamba, ma la sua vita non è più in pericolo.

— Davvero una buona notizia. — Jocelyn sorrise. — Ricordi come Richard mi ha salvata quando mi sono persa cercando di rintracciare l'accampamento invernale di zio Andrew?

— Ricordo! — Laura roteò gli occhi, fingendosi inorridita. — Potrei mostrarti i capelli grigi che mi sono venuti quando sei arrivata a Fuente Guinaldo con tutti quei soldati e neanche una cameriera che ti tenesse compagnia.

— La cameriera che avevo allora era una creatura eccessivamente timorosa — asserì Jocelyn in sua difesa. — Come facevo a sapere che si sarebbe rifiutata di lasciare Lisbona?

— La ragazza aveva più buonsenso di te — ribatté seccamente sua zia. — È un miracolo che tu non sia stata derubata e assassinata dalle truppe francesi, dai banditi, i guerriglieri o dio sa chi. Sei stata una pazza a piombare a quel modo in una zona di guerra.

Dentro di sé Jocelyn ne convenne. — Ma mi ero informata, e sembrava che il viaggio non fosse così rischioso. Ammetto di essermi sentita un po' in ansia quando la guida se n'è andata e io non avevo la minima idea di dove rintracciare il reggimento, ma ero ben armata e sai che sono un'eccellente tiratrice. Quando poi il capitano Dalton e la sua pattuglia mi hanno trovata, non ho più corso alcun pericolo.

— Tutto quel che posso dire è che devi avere un angelo che ti protegge. — Lady Laura scorse di nuovo la lettera.

— C'è anche il maggiore Lancaster all'ospedale Duca di York, ma non credo che tu lo conosca. Era distaccato con l'esercito spagnolo l'inverno che hai trascorso con noi. — I suoi occhi si incupirono. — Sta morendo, temo.

Jocelyn si chinò e posò brevemente la mano su quella della zia. Le liste delle vittime di Waterloo erano state penose per lei, ma ancor più per sua zia, che adesso vedeva decimati i suoi amici.

Avendo conosciuto molti ufficiali, grazie a lady Laura, Jocelyn partecipava profondamente al suo dolore, perché apprezzava il valore di quegli uomini. Contrariamente ai profumati damerini di Londra, costoro rischiavano la vita. Ecco perché, forse, si sentiva così attratta dal duca di Candover, la cui eleganza non sminuiva minimamente l'intelligenza o la fermezza di carattere. E inoltre li accomunavano le stesse idee politiche.

Se solo avesse avuto più tempo per approfondire la loro conoscenza! Aveva osservato attentamente il duca e creduto che alla fine si sarebbe sposato se avesse trovato la donna giusta. Una donna del suo rango, e del suo stesso temperamento.

Ma il tempo era ormai quasi scaduto, e se aspettava di convincerlo, avrebbe perduto il suo patrimonio. Inoltre, se fosse stata costretta a vivere con la modesta rendita accordatale, avrebbe anche perduto ogni opportunità di incontrare Candover. Rabbrividì al pensiero. Il suo rango nella vita era qualcosa di cui era sempre stata sicura.

Accidenti a suo padre! Erano stati così legati; eppure alla fine, l'aveva tradita esattamente come sua madre...

Scacciò i ricordi. Meglio pensare a quello che poteva fare per assicurarsi l'eredità e il marito che desiderava. Aveva ancora un mese, e un Kendal di Charlton non si arrendeva mai, anche se Charlton non le apparteneva più.

Ritornando al presente, disse: — Credo che domattina andrò a trovare il capitano Dalton all'ospedale. Vuoi venire con me?

— Non posso domani né dopodomani, ma digli che ci andrò sicuramente il giorno successivo. — Lady Laura si alzò e si scusò per andare a rispondere alla lettera di suo marito.

Sola nel salotto, Jocelyn ritornò con la mente al suo problema. L'ovvia soluzione era sposare uno dei suoi corteggiatori e fare un matrimonio di convenienza, imboccando poi ognuno la propria strada dopo aver messo al mondo un erede o due. Ma l'idea le ripugnava. Non voleva essere la madre dei figli di un uomo che conosceva appena, né aspirava a diventare una delle tante amanti di Candover. Voleva essere sua moglie. Era rassegnata al fatto che ben pochi mariti fossero fedeli, ma se Candover avesse deviato, almeno l'avrebbe fatto con discrezione.

Nonostante la ripugnanza di sua zia al solo pensiero, una rapida vedovanza sarebbe stata preferibile a un matrimonio di convenienza senza amore, perché le avrebbe dato la libertà e il tempo di cui aveva bisogno per conquistare il cuore di Candover. Ma non sir Harold Winterson. Lady Laura aveva ragione in proposito: non sarebbe servito sposare il vecchio gentiluomo e scoprirsi nella disgustosa posizione di desiderare la sua morte per poter riconquistare la libertà.

Forse non sarebbe mai riuscita a conquistare l'amore del duca, e Charlton era perduta per sempre, ma Cromarty House era *sua*. Indipendentemente da quello che le sarebbe costato, avrebbe trovato un modo per impedire che la casa finisse nelle avide mani di Elvira.

2

I passi leggeri della cameriera svegliarono Jocelyn da un sonno agitato. Si girò con uno sbadiglio e si mise a sedere perché un vassoio con cioccolata calda e fragranti panini potesse venirle sistemato in grembo. — Grazie, Marie. — Notando il lieve cipiglio della ragazza, aggiunse: — Va tutto bene al pianterreno?

Rallegrandosi per l'opportunità di parlare, Marie Renault rispose con adorabile inflessione francese: — Alludete al lacchè, Hugh Morgan?

Jocelyn annuì, incoraggiante. Morgan era un bel giovane gallese che aveva creato un certo scompiglio tra le cameriere quando aveva iniziato a lavorare lì qualche mese prima. Ma Marie sembrava la prescelta.

— Suo fratello, Rhys, un dragone che è stato ferito a Waterloo è appena arrivato all'ospedale Duca di York qui a Londra. Hugh è ansioso di vederlo, ma la sua prossima mezza giornata è fra quasi una settimana. — La ragazza rivolse alla padrona un'occhiata fiduciosa.

Che Rhys Morgan fosse arrivato con la stessa nave del gruppo di Richard Dalton? Quanti uomini feriti! Reprimendo un sospiro, Jocelyn sorseggiò la sua densa cioccolata fumante. — Che fortunata coincidenza — disse. — Questa mattina vado a trovare un amico all'ospedale Duca di York. Morgan può accompagnarmi e vedere così suo fratello mentre io faccio visita al mio amico.

— Oh, fantastico, milady. Ne sarà felicissimo. — Con espressione più sollevata, Marie si diresse verso il guardaroba per preparare l'abito da mattina della sua padrona. Jocelyn spezzò il panino caldo, augurandosi di poter risolvere tutti i problemi con la stessa facilità con cui aveva risolto quello di Hugh Morgan.

L'ospedale Duca di York era un triste, grigio edificio che ospitava militari gravemente feriti.

Facendosi coraggio, Jocelyn salì l'ampio scalone, seguita dal suo lacchè. Hugh Morgan era alto, con spalle larghe e una melodiosa, allegra voce gallese, ma quel giorno la preoccupazione per il fratello gli adombrava gli occhi.

L'ospedale era affollato di feriti, e impiegarono tempo a trovare il reparto di Rhys Morgan. Finalmente lo trovarono: Rhys Morgan giaceva su una brandina d'angolo in uno stanzone contenente una quarantina d'uomini. Alcuni pazienti sedevano sui letti o chiacchieravano in piccoli gruppi, ma per lo più giacevano in stoico silenzio. Le pareti spoglie creavano un senso di desolazione, e un miasma di malattia e di morte permeava l'aria.

Hugh si guardò attorno. — Rhys, ragazzo!

L'uomo ferito stava fissando il soffitto, ma quando

sentì pronunciare il suo nome alzò lo sguardo. Sebbene assomigliasse straordinariamente a suo fratello, Rhys Morgan aveva un'espressione assente e disperata che mutò solo in parte quando Hugh si precipitò verso di lui e gli afferrò la mano, parlandogli in gallese.

Turbata, Jocelyn distolse lo sguardo e lo posò in fondo al letto di Rhys. Dove avrebbero dovuto esserci due gambe sotto le coperte, ce n'era una sola. La sinistra era stata amputata appena sotto il ginocchio.

Deglutì prima di avvicinarsi per toccare il braccio di Hugh. Lui si girò di soprassalto. — Mi dispiace, milady. Avevo dimenticato.

Jocelyn rivolse a entrambi un sorriso. — Le scuse non sono necessarie. Caporale Morgan, posso presentarmi? Sono lady Jocelyn Kendal, e ho l'onore di essere la datrice di lavoro di vostro fratello.

Rhys si appoggiò al muro dietro il letto, allarmato alla vista di tanta eleganza davanti a lui. Chinando la testa, balbettò: — L'onore è mio, signora.

— Chiamala milady, babbeo — sibilò Hugh.

Mentre l'uomo cercava di scusarsi, una vampata di rossore colorì la sua chiara pelle celtica. — Non ha importanza, caporale — disse Jocelyn, cercando di alleviare il suo imbarazzo. — Ditemi, siete gemelli?

— No, io sono maggiore di un anno — rispose Rhys. — Ma ci hanno preso spesso per gemelli.

— Vi assomigliate molto — osservò Jocelyn.

— Non più — ribatté amaramente Rhys mentre osservava le coperte piatte dove avrebbe dovuto esserci la gamba.

Jocelyn arrossì per l'imbarazzo. — Vado a cercare il mio amico ora — disse. — Quando avrò finito, tornerò qui, Morgan.

Hugh apparve incerto. — Dovrei venire con voi, milady.

— Sciocchezze, che cosa potrebbe accadermi in un ospedale militare? — rispose. — Caporale Morgan, sapete dove sono ricoverati gli ufficiali?

— Al piano di sopra, milady.

— Grazie. A più tardi. — Jocelyn lasciò la stanza, consapevole delle occhiate che la seguivano. Impossibile dimenticare che mentre lei viveva tra gli agi a Londra, questi uomini venivano fatti a pezzi per il proprio paese.

Salendo la scala che portava al piano superiore, trovò un lungo corridoio deserto con alcune porte, invece di camerate. Mentre esitava, un uomo tarchiato di mezza età uscì con fare risoluto da una stanza vicina. Pensando che fosse un medico, Jocelyn disse: — Sto cercando il capitano Richard Dalton del 95mo Fucilieri. È in quest'ala?

— In fondo al corridoio. — Il medico mosse vagamente la mano dietro di sé, poi si allontanò prima che lei potesse ottenere maggiori chiarimenti.

Rassegnata, Jocelyn aprì la prima porta. Un nauseante fetore la fece immediatamente indietreggiare. Zia Laura, che aveva fatto la crocerossina in Spagna, aveva descritto la cancrena una volta, ma la realtà era molto più rivoltante di quanto avesse immaginato. Fortunatamente, la forma immobile sul letto non era quella dell'uomo che cercava.

Nell'aprire le porte successive, trovò letti vuoti o uomini feriti troppo gravemente per notare la sua intrusione. Ma nessun capitano Dalton. Più che mai sgomenta, Jocelyn aprì l'ultima porta del corridoio. Diverse figure stavano attorno a un tavolo con sopra un uomo. Un bisturi scintillò, seguito da un agghiacciante grido di dolore.

Jocelyn richiuse la porta con un colpo secco e corse alla cieca in fondo al corridoio. Aveva pensato che sarebbe stato semplice individuare un amico. Invece, si era imbattuta nella peggior sofferenza che le fosse mai capitato di vedere.

Con gli occhi velati dalle lacrime, non vide l'uomo finché non gli andò a sbattere addosso. Ci fu un rumore di legni che cadevano a terra, poi una forte mano l'afferrò per il braccio.

— Scusate per avervi bloccato il passaggio — disse una voce calma. — Pensate di potermi porgere l'altra gruccia?

Respingendo le lacrime, Jocelyn si chinò per racco-

23

gliere la stampella che era scivolata sul pavimento. Si raddrizzò per porgergliela e si sentì profondamente sollevata nel vedere l'uomo che stava cercando. — Capitano Dalton! Sono molto contenta di vedervi in piedi.

Richard Dalton era un giovanotto di statura media, con capelli castani e occhi nocciola molto simili a quelli di lei. Sebbene il suo volto fosse contratto per la fatica e il dolore, il suo sorriso era sincero. — Questo è un piacere inaspettato, lady Jocelyn. Che cosa vi ha condotto in quest'orribile posto?

— Voi, dopo che zia Laura ha appreso che eravate qui. — Guardò mestamente le stampelle. — Non intendevo ricacciarvi a letto.

— Ci vuole ben altro di una collisione con una bella donna per mettermi a riposo — la rassicurò. — Posso dichiarare in tutta franchezza che imbattermi in voi è stato il piacere più grande che mi sia capitato da settimane.

Le parole scherzose e lusinghiere di Richard l'aiutarono a ritrovare la serenità. Sebbene non ci fosse stato niente di romantico tra loro, avevano sempre apprezzato la reciproca compagnia. — Zia Laura si scusa per non avermi potuto accompagnare oggi, ma verrà a trovarvi dopodomani.

— Aspetterò la sua visita con ansia. — Si spostò goffamente sulle grucce. — Vi dispiacerebbe se mi sedessi? Sono in piedi da parecchio tempo.

— Fate pure — rispose lei, imbarazzata. — Si direbbe che non stia causando altro che problemi.

— La noia è uno dei peggiori problemi di un ospedale, e voi la state graziosamente alleviando. — Il capitano si diresse verso un gruppo di sedie e tavoli da gioco disposti accanto a una finestra, indicandole di sedersi di fronte a lui.

Jocelyn esaminò le grigie pareti, l'arredamento e le finestre che si affacciavano su un'altra deprimente ala dell'ospedale. — Resterete qui a lungo?

— Per un po', credo. I chirurghi ricercano periodicamente pezzetti di proiettile e osso che potrebbero essergli sfuggiti. Abbiamo discusso a lungo di un'eventuale

24

amputazione, e per ora l'ho spuntata io. Ma adesso stanno cercando di convincermi che non camminerò più senza stampelle. Naturalmente non ho intenzione di credergli.

— Sono d'accordo con voi.

— Grazie. — Un lampo di desolazione apparve nei suoi occhi. — Sono fortunato rispetto a molti degli altri pazienti.

— Zia Laura ha nominato il maggiore Lancaster in particolare — asserì Jocelyn, ricordando la lettera. — Avete notizie che possa trasmetterle?

— Niente di buono, putroppo. Ha gravi lesioni alla colonna vertebrale ed è paralizzato dalla vita in giù. — Richard si appoggiò all'alto schienale della sua sedia. — Riesce a malapena a nutrirsi, e ci si chiede se morirà di fame, di dolore o per l'oppio che gli viene somministrato per rendergli la vita sopportabile. I medici non capiscono perché non sia ancora morto, ma convengono che è solo una questione di tempo.

— Mi dispiace. So che le parole sono inadeguate, qualsiasi parola lo sarebbe — disse Jocelyn, compassionevole. — È un vostro caro amico?

— Dal primo giorno che mi sono unito al reggimento, quando mi ha preso sotto la sua ala per fare di me un vero ufficiale — rispose. — Anche in punto di morte è un esempio per tutti noi. Completamente calmo, se non fosse preoccupato per il futuro della sorella minore. Fa la governante ed è ben sistemata per ora, ma quando lui non ci sarà più, resterà davvero sola al mondo. — Scosse leggermente la testa. — Scusate. Non dovrei angustiarvi con la storia di qualcuno che nemmeno conoscete.

Jocelyn stava per dire che non aveva bisogno di scusarsi, poi si raggelò mentre le veniva un'idea. Aveva bisogno di un marito, e il maggiore mortalmente ferito desiderava sicurezza per sua sorella. Contrariamente a sir Harold Winterson, non ci sarebbe stato il problema dei diritti coniugali, dato che il pover'uomo era in punto di morte. In cambio del suo nome, avrebbe potuto offrire un vitalizio alla sorella. Una soluzione perfetta per entrambi: lei avrebbe conservato il suo patrimonio, e lui sarebbe morto in pace.

— Richard, ho appena avuto un'ispirazione bizzarra che potrebbe risolvere un mio problema e aiutare nel contempo il maggiore Lancaster. — Accennò rapidamente alle condizioni del testamento di suo padre, poi spiegò la soluzione che le era passata per la mente.

Con suo sollievo, il capitano ascoltò la proposta di Jocelyn senza alcun segno di indignazione. — La vostra proposta è insolita, ma anche la vostra situazione. David potrebbe essere interessato. Sarebbe un grande conforto per lui sapere che qualcuno provvederà a Sally. Desiderate che vi presenti se è sveglio?

— Sarebbe magnifico. — Jocelyn si alzò, sperando in cuor suo che il maggiore non stesse dormendo. Se avesse avuto il tempo di riflettere sulla sua idea, non avrebbe probabilmente trovato il coraggio di attuarla.

Richard si alzò sulle grucce e la precedette verso una delle stanze che aveva intravisto prima. Dopo averle aperto la porta, si diresse verso il letto.

Mentre Jocelyn studiava la figura emaciata sul letto, ebbe una certa difficoltà a credere che un uomo così magro e immobile potesse vivere ancora. Il maggiore Lancaster sembrava aver passato la trentina, aveva capelli scuri e pelle chiara.

— David? — chiamò piano l'ufficiale.

Il maggiore Lancaster aprì gli occhi al suono della voce dell'amico. — Richard... — bisbigliò, riconoscendolo.

Il capitano guardò Jocelyn. — C'è qui una signora che vorrebbe conoscerti.

— Qualunque cosa pur di compiacere una signora — rispose Lancaster. — Non ho in programma niente di importante.

— Lady Jocelyn Kendal, permettetemi di presentarvi il maggiore David Lancaster del 95mo Fucilieri. — Richard la chiamò con un cenno al suo fianco.

— Maggiore Lancaster. — Jocelyn sobbalzò per la sorpresa. Sebbene il suo corpo fosse spezzato, i suoi occhi erano molto vivi. Di un verde intenso, mostravano dolore, ma anche intelligente consapevolezza. Umorismo, perfino.

Lui la esaminò con palese ammirazione. — Dunque questa è la leggendaria lady Jocelyn. È un piacere conoscervi. Ogni uomo nel reggimento non ha fatto che ripetermi che cosa avevo perso a trascorrere l'inverno con l'esercito spagnolo.

— Il piacere è mio, maggiore. — Jocelyn realizzò che i suoi occhi erano impressionanti non solo per l'insolita sfumatura di verde, ma perché le pupille ridotte a due capocchie di spilli rendevano le iridi ancor più sorprendenti. Oppio. Aveva visto occhi come quelli in signore della buona società, un po' troppo amanti del laudano.

Era stata sua intenzione fare immediatamente la proposta, ma ora, mentre si trovava accanto alla pallida ombra di quello che era stato un valoroso soldato, le si chiuse la gola e rimase silenziosa.

Interpretando il silenzio della giovane come un invito a proseguire, Richard Dalton disse: — Lady Jocelyn ha una proposta piuttosto insolita da fare, una proposta che ritengo troverai interessante. Vi lascio perché possiate discuterne insieme.

Jocelyn trasse un profondo sospiro, grata che Richard avesse rotto il ghiaccio. Da dove incominciare? Non volendo stancare troppo il maggiore, disse succintamente: — Mio padre è morto diversi anni orsono e mi ha lasciato una cospicua eredità, a condizione che mi sposi entro i venticinque anni d'età. Raggiungerò quest'età fra poche settimane e sono ancora nubile. Richard mi ha parlato della vostra situazione, e ho pensato che potremmo trovare un accordo di reciproco vantaggio. Se... se mi sposerete, mi impegnerò a passare una rendita a vostra sorella per garantire la sua sicurezza futura.

Quando finì, regnò il più assoluto silenzio. Jocelyn dovette ricorrere a tutto il suo autocontrollo per non trasalire sotto lo sguardo sorpreso di Lancaster. Ma quando lui parlò, la sua voce espresse soltanto curiosità, non rabbia all'esplicita implicazione della sua morte imminente. — Stento davvero a credere che non riusciate a trovare

27

un marito nella maniera ortodossa. Gli uomini di Londra sono per caso diventati pazzi, ciechi, o tutte e due le cose?

— L'uomo che desidero ha mostrato un poco lusinghiero disinteresse per me — ammise Jocelyn. — Forse un giorno potrebbe cambiare idea. Lo spero. Nel frattempo, non voglio sposarmi solo per mantenere intatto il patrimonio, e poi rimpiangere ciò per il resto della vita. Mi capite? — Le sue ultime parole erano una supplica; d'un tratto era importante che accettasse le sue azioni come ragionevoli.

— Sarebbe una follia sposare l'uomo sbagliato a causa di un ridicolo testamento — ammise lui. I suoi occhi si chiusero, il viso presentava in modo allarmante un pallore cadaverico. Lei lo guardò ansiosamente, sperando di non averlo stancato troppo.

I suoi occhi lentamente si riaprirono. — Che genere di vitalizio avevate intenzione di proporre?

Jocelyn non ci aveva ancora pensato. Dopo una rapida valutazione della sua rendita, chiese esitante: — Cinquecento sterline all'anno sarebbero di vostro gradimento?

Lui inarcò le sopracciglia. — Sarebbe molto generoso. Abbastanza perché Sally potesse vivere una vita agiata se volesse, anche se non riesco a immaginarla in ozio. Magari metterebbe in piedi una scuola.

Tacque, le rughe sul suo viso ancor più accentuate mentre rifletteva. A disagio Jocelyn disse: — Vorrete senza dubbio un po' di tempo per pensarci.

— No — rispose con enfasi, il tono di voce più forte. — Non c'è tempo... da perdere.

Le parole la gelarono. Per un interminabile momento, i loro sguardi si incontrarono. Jocelyn non vide paura per la morte imminente, solo totale sincerità e pace conquistata a caro prezzo.

Scandendo accuratamente ogni parola, Lancaster disse: — Lady Jocelyn, mi fareste l'onore di diventare mia moglie? — Un debole, sarcastico sorriso gli incurvò le labbra. — Anche se non ho niente da offrirvi all'infuori del mio nome, per i vostri scopi sarà sufficiente.

Il suo coraggio nello scherzare in simili circostanze ebbe quasi il sopravvento sull'autocontrollo di Jocelyn. Respingendo ogni indecisione, posò la mano sulla sua. Era quasi scheletrica, ma il battito della vita era ancora presente. — L'onore sarà mio, maggiore Lancaster.

— David — soggiunse. — Dopotutto stiamo per sposarci.

— David — ripeté lei. Era un nome bello e prestigioso che gli si addiceva.

Inarcò le sopracciglia per concentrarsi. — Naturalmente, dovremo sposarci qui. Temo che dovrete procurarvi una licenza speciale, ma se conoscete un uomo d'affari, dovrebbe essere in grado di ottenerla entro domani.

— Incaricherò il mio avvocato. Potrà anche provvedere all'accordo per vostra sorella. Il suo nome è Sally Lancaster?

— Sarah Jane Lancaster. — Chiuse di nuovo gli occhi. — Il vostro legale dovrà stendere anche un atto di rinuncia da farmi firmare.

— È necessario?

— Legalmente il vostro patrimonio diventerebbe mio sposandovi, e alla mia morte la metà passerebbe al mio erede, Sally. Dato che lo scopo di quest'accordo è di permettervi di mantenere intatto il vostro patrimonio, non desideriamo che accada.

— Cielo, non ci avevo pensato! — Che cosa sarebbe successo se avesse fatto questa proposta a un uomo meno scrupoloso del maggiore Lancaster? Avrebbe potuto significare il disastro.

Con voce a malapena udibile, lui aggiunse: — Se il vostro avvocato è degno di questo nome, avrebbe protetto lui i vostri interessi.

Riconoscendo che era al limite delle sue forze, Jocelyn disse: — Dovrei essere in grado di ottenere la licenza e i documenti che mi avete richiesto entro domani. Questa stessa ora è conveniente per voi? — Mentre studiava l'esile figura sotto la coperta, si chiese se sarebbe stato ancora vivo fra altre ventiquattr'ore.

Come se avesse intuito i suoi pensieri, David disse:
— Non preoccupatevi, sarò ancora qui.

Lei gli strinse delicatamente la mano, poi gliela lasciò.
— Grazie, David. Ci vediamo domani, allora.

Un po' confusa dalla rapidità degli eventi, uscì dalla stanza, chiudendo pian piano la porta dietro di sé. Richard sedeva nella sala d'aspetto in fondo al corridoio, così lo raggiunse, facendogli cenno di non alzarsi. — Il maggiore Lancaster ha acconsentito. La cerimonia avrà luogo domani. Grazie, Richard. Mi... mi avete permesso di controllare in qualche modo la mia vita.

— Sono lieto di aver potuto aiutare due amici contemporaneamente — rispose calmo. — Forse la provvidenza ci ha messo lo zampino.

— Vorrei poterlo credere. — Con un mezzo sorriso, Jocelyn si congedò.

Chiedendosi se David apparisse scosso quanto lady Jocelyn, Richard si rimise in piedi sulle grucce e si avviò verso la stanza dell'amico. — Ho saputo che è andato tutto bene — disse entrando.

Gli occhi di David si aprirono. Sebbene fosse grigio per lo sfinimento, c'era un sorriso sulla sua faccia. — Molto bene. Mi farai da testimone?

— Naturalmente. — Richard sedette su una sedia accanto al letto. — Hai bisogno che provveda a qualcos'altro per le nozze?

— Potresti sfilarmi l'anello dal mignolo e conservarlo per la cerimonia? — Posò la mano destra sulle sudicie lenzuola. — Credo sia abbastanza piccolo per lei.

Richard sfilò facilmente l'anello dal dito ossuto di David.

— La mia efficiente sposa provvederà a tutto il resto — disse il maggiore, divertito. — Grazie per averci fatto conoscere.

— Il matrimonio di convenienza è un'usanza consacrata dal tempo, sebbene non abbia mai saputo di uno come questo — ammise Richard. — Ma ne trarranno vantaggio tutti.

— Ci sono altri uomini qui le cui famiglie potrebbero

aver bisogno di quel denaro più di Sally, ma sono abbastanza egoista da essere lieto che ne benefici lei. Una donna senza famiglia è potenzialmente a un passo dalla rovina. Un incidente o una malattia potrebbe ridurla in povertà. Adesso questo è stato scongiurato. — David espirò rumorosamente. — È ora di altro laudano. Laggiù, sul tavolino...

Richard versò la medicina, poi tenne in mano il cucchiaio perché David potesse berla. — Tua sorella non è esattamente senza famiglia.

— Morirebbe di fame piuttosto che chiedere aiuto a uno dei nostri fratelli. Non posso dire di biasimarla. Farei lo stesso. — Gli occhi di David si richiusero. — Adesso non sarà mai costretta a... chiedere aiuto a qualcuno.

Pensando che il suo amico si fosse addormentato, Richard si alzò sulle grucce, ma prima che se ne andasse, David mormorò: — L'avrei aiutata anche senza la promessa del vitalizio. Mi piace l'idea di essere sposato con lady Jocelyn, anche se solo per pochi giorni. — La sua voce si tramutò in un bisbiglio.

Richard lasciò la stanza soddisfatto e grato che lady Jocelyn rendesse più piacevoli gli ultimi giorni di David. L'unica persona che avrebbe potuto disapprovare l'accordo era Sally Lancaster, che proteggeva suo fratello come una gatta con un gattino. Perlomeno la rendita le avrebbe dato un'opportunità quando il fratello se ne fosse andato.

3

Dopo aver lasciato il capitano Dalton, Jocelyn imboccò le scale, poi si abbandonò seduta su un gradino, incurante del suo abito costoso. Prendendosi il viso tra le mani, cercò di concentrarsi. Si sentiva profondamente sollevata al pensiero che il suo problema si fosse risolto, ammesso che il maggiore Lancaster non morisse nella notte, ma avrebbe al tempo stesso preferito non aver mai messo piede all'ospedale York. Sebbene nessuno dei due

uomini avesse mostrato disgusto al suo impulsivo suggerimento, si sentiva come un avvoltoio che volteggia sopra
le carogne.

Ebbene, lei e il maggiore avevano fatto un patto, ed
era troppo tardi per tirarsi indietro. Le era di conforto sapere che era apparso contento di accettare la sua proposta. Ma quando pensava al coraggio del maggiore, al
lampo di divertimento nei suoi occhi verdi, avrebbe voluto piangere. Quanti altri uomini e ragazzi erano morti a
causa dell'ambizione di Napoleone, o erano rimasti mu-
tilati come Richard Dalton e Rhys Morgan?

Era inutile pensarci, così Jocelyn si alzò e assunse la
sua abituale espressione di circostanza. Quando raggiunse il reparto di Rhys Morgan, appariva tranquilla,
sebbene fosse ancora sconvolta.

Udendo un'angosciata voce gallese, si fermò sulla soglia del reparto, senza farsi vedere dai Morgan. "Chi mai
vorrebbe uno storpio come me?" stava dicendo amaramente Rhys. "Non posso combattere, non posso scendere nelle miniere, e sarei di scarso aiuto nella fattoria.
Vorrei che quella maledetta cannonata mi avesse spazzato via la testa invece della gamba!"

Hugh cominciò a ribattere in tono sommesso, troppo
basso perché Jocelyn potesse afferrare le sue parole.
Eresse le spalle prima di entrare nel reparto. Avrebbe potuto fare qualcosa per un uomo che sarebbe rimasto in
vita a sufficienza per beneficiarne.

Quando si avvicinò al letto, i due fratelli si girarono a
guardarla. La faccia di Rhys era tesa, mentre quella di
Hugh mostrava colpa e disagio per essere tutto intero.

Mentre Hugh si alzava, Jocelyn disse a Rhys: — Caporale Morgan, ho un favore da chiedervi.

— Dite pure, milady — rispose inespressivo.

— So che potrà sembrarvi noioso dopo tutto quello
che avete fatto e visto, ma prendereste in considerazione
l'idea di venire a lavorare per me? Mia zia andrà presto
ad abitare in un'altra casa, e porterà con sè parte della
servitù, compreso uno dei due uomini che lavorano nelle

scuderie. Quale cavalleggero, avrete certamente esperienza coi cavalli. Vi interesserebbe l'impiego?

La faccia del caporale rifletteva sgomento, e un principio di speranza. — Mi piacerebbe.— Il suo sguardo si posò sulla gamba mancante. — Ma io... io non so se potrò essere all'altezza delle aspettative di vostra signoria.

— Non vedo ragione di dubitare della vostra competenza, caporale. — Volendo metterlo a suo agio, aggiunse maliziosa: — Vi prego, dite sì, almeno per il bene di vostro fratello. È letteralmente minacciato dalle cameriere della casa che cercano di attirare la sua attenzione. Avere un altro bel giovane in famiglia gli renderà la vita più facile.

— Milady! — farfugliò Hugh, il viso scarlatto.

Alla vista dell'imbarazzo di suo fratello, Rhys si appoggiò ai cuscini e rise di gusto. — Sarò molto onorato di lavorare per voi, lady Jocelyn.

— Magnifico. — Poi le venne un'altra idea. — Perché non chiedete ai dottori se non potreste essere trasferito a casa mia per la convalescenza? È un posto molto più gradevole di questo, e vostro fratello sarà lieto di avervi vicino.

— Oh, milady! — esclamò Hugh, la faccia che si illuminava.

— Ne sarei felicissimo, lady Jocelyn.

— Allora vi aspetteremo non appena verrete dimesso. — Mentre si allontanava perché Hugh potesse salutare in privato suo fratello, Jocelyn pensò a David Lancaster, che era così grave che il tentativo di trasportarlo gli avrebbe probabilmente causato la morte.

Qualche minuto dopo, il lacchè la raggiunse e uscirono dall'edificio. Jocelyn inspirò con sollievo la calda aria estiva.

Dietro di lei, Hugh disse esitante: — Lady Jocelyn?

La giovane si girò a guardarlo. — Sì, Morgan?

— Milady, non dimenticherò mai quello che avete appena fatto — asserì gravemente. — Se ci sarà mai qualcosa che potrò fare per ripagarvi, qualunque cosa...

— È stato facile farlo, e sono sicura che tuo fratello

sarà all'altezza dell'incarico — asserì, con una scrollata di spalle.

— Forse è stato facile, ma pochi l'avrebbero fatto.

Jocelyn chinò brevemente la testa, poi si volse per scrutare la strada. — Riesci a vedere dove sta aspettando la mia carrozza?

Prima di ritornare in Upper Brook Street, Jocelyn fece visita al suo avvocato e amministratore, John Crandall. Negli anni successivi alla morte del padre di lei, l'avvocato si era abituato a trattare direttamente con lady Jocelyn, ma quel giorno le sue richieste gli fecero inarcare le sopracciglia.

— Avete intenzione di sposare un ufficiale morente? — ripeté incredulo. — Ottempererà ai termini del testamento, ma la speranza di vostro padre era che trovaste un marito che vi tenesse in riga. Questo maggiore Lancaster difficilmente potrà farlo.

Jocelyn fece del suo meglio per apparire addolorata. — Perché pensate che non mi sia sposata con qualcun altro? L'affetto tra David e me... dura da tempo. — Non era esattamente una bugia. — Era in Spagna quando sono andata a trovare mia zia e suo marito. Ma la guerra, sapete... — Neanche questa era una bugia, per quanto ingannevole fosse. — Non ho mai conosciuto un gentiluomo più coraggioso e più onorevole. — Questa, almeno era la verità.

Rabbonito, Crandall promise di provvedere alla licenza speciale e a tutto ciò che era necessario per l'indomani mattina. Tornando a casa, Jocelyn si chiese se parlare a lady Laura delle sue nozze, ma poi ci rinunciò. Sua zia le aveva detto con chiarezza che non desiderava essere messa a parte dei suoi progetti matrimoniali. Meglio parlargliene a cose fatte. Aveva imparato da tempo che era più facile ottenere il perdono che il consenso.

Jocelyn si svegliò il mattino dopo provando uno strano senso di irrealtà. "Oggi è il giorno del mio matrimonio." Non che questo fosse un vero matrimonio, naturalmente. Ma saperlo non serviva a mascherare la realtà: quel giorno avrebbe fatto il passo che la maggior parte delle ragazze considerava il più importante della propria vita, e lei lo stava facendo quasi con noncuranza.

D'impulso, decise di aggiungere qualcosa di speciale alla tragica, piccola cerimonia che avrebbe avuto luogo più tardi. Quando Marie apparve con la cioccolata e i panini, rispedì la ragazza in cucina con l'ordine di preparare un cestino con champagne e bicchieri, e di raccogliere un mazzo di fiori in giardino.

Scelse l'abito con particolare cura: un vestito da mattina color crema guarnito di piegoline e ricamo in tinta attorno all'orlo e alla scollatura. Marie le raccolse i capelli castani in una severa crocchia, con soltanto qualche delicato ricciolo attorno al viso. Vedendo che la sua padrona era pallida, aggiunse abilmente un po' di colore con il pennello.

Ma anche così, guardandosi allo specchio, Jocelyn pensò di assomigliare più a qualcuno che stesse per andare a un funerale. E non era in un certo senso la verità?

Alle undici meno un quarto, la carrozza di Jocelyn si fermò davanti all'ingresso dell'ospedale York. Ad attenderla c'era un imbronciato Crandall, con una cartella piena di documenti in una mano e un anziano, confuso prete al suo fianco.

Mentre Hugh Morgan l'aiutava a scendere dalla carrozza, lei disse piano: — Sai del testamento di mio padre?

Lui annuì. Non ne rimase sorpresa; la servitù era sempre al corrente di quel che succedeva in una casa. — Sto per sposarmi. Per favore... augurami ogni bene.

Lui irrigidì per un momento la mascella. Riprendendosi, disse: — Sempre, milady.

Crandall li raggiunse, ponendo fine alla breve conversazione. Con Morgan che portava i fiori e un cestino decorato di nastri, entrarono nell'ospedale in silenzioso corteo.

Il maggiore Lancaster e il capitano Dalton erano impegnati in una partita a scacchi quando Jocelyn arrivò col suo *entourage*. Assurdamente fu lieta di constatare che il suo futuro marito non solo era vivo, ma che Richard l'aveva aiutato a sedersi, appoggiato contro i cuscini perché apparisse meno esausto. Sorrise ai due uomini. — Buongiorno, David. Richard.

Il suo sposo ricambiò il sorriso. — Questo è il più bel giorno della mia vita, Jocelyn. Siete assolutamente deliziosa.

Udendo entusiasmo nella voce del maggiore, Crandall si rilassò a sufficienza da sorridere. Si presentò, poi disse: — Maggiore Lancaster, vorreste per favore firmare questi?

David studiò attentamente i documenti prima di firmare. Ignorando gli aspetti burocratici del matrimonio, Jocelyn sistemò i fiori sul comodino nel vaso di vetro che aveva portato. Sfortunatamente, i vivaci fiori estivi facevano apparire il resto della stanza ancor più tetro. D'impulso, preparò coi fiori un piccolo *bouquet* e lo legò con un nastro sottratto al cestino.

Dopo aver letto e firmato a sua volta i documenti, Jocelyn si avvicinò al capezzale e diede la mano a David, che strinse con forza le sue dita fredde. Allora lo guardò negli occhi e rimase sorpresa della tranquillità che vi lesse. Il maggiore Lancaster non era un uomo che voleva o aveva bisogno di pietà.

Abbozzò un tremulo sorriso, augurandosi di mantenere la sua stessa calma. — Che ne dite di incominciare?

I dettagli della cerimonia non le furono mai chiari in seguito. Solo vaghi frammenti: — Vuoi tu, David Edward, prendere questa donna...

— Lo voglio. — Anche se non forte, la sua voce era ferma e sicura.

— Vuoi tu, Jocelyn Eleonor...

— Lo voglio. — La sua risposta non fu quasi udibile.

Le frasi successive del vicario suonarono confuse, fino alle parole "finché morte non vi separi". Era sbagliato, *sbagliato*, che la morte si librasse sopra quello che solitamente era un avvenimento gioioso.

Fu richiamata al presente quando David le prese la mano e le infilò accuratamente l'anello d'oro che Richard aveva preparato. — Con quest'anello io ti sposo, con il mio corpo io ti onoro...

C'era un guizzo di umorismo nei suoi occhi, come se stessero dividendo uno scherzo privato. E forse era così.

Con voce roboante, malgrado la minuscola figura, il vicario intonò le ultime parole: — Vi dichiaro marito e moglie.

David le tirò la mano, e lei si chinò a baciarlo. Le labbra di lui erano sorprendentemente calde sotto le sue.

Respingendo le lacrime, Jocelyn alzò la testa. Dolcemente lui disse: — Grazie, mia cara.

— Grazie, marito mio — sussurrò lei.

Avrebbe voluto aggiungere qualcos'altro, dire che non avrebbe mai dimenticato la loro breve conoscenza, ma il momento svanì, messo in fuga da una voce bassa e intensa proveniente dalla soglia. — Che cosa significa tutto questo?

Jocelyn sussultò. Un'accigliata, giovane donna era in piedi nel vano della porta, i pugni chiusi lungo i fianchi. Mentre tutti nella stanza guardavano verso di lei in attonito silenzio, la nuova venuta si avvicinò al letto. Il suo sguardo da David si spostò su Jocelyn, che notò come i suoi occhi arrabbiati fossero di un verde luminoso.

Con caustico divertimento, Jocelyn realizzò che era arrivata la sua nuova cognata e che non sembrava affatto soddisfatta di quello che aveva scoperto. Sally Lancaster era una creatura minuta e magra, quasi bruttina, con capelli scuri raccolti in una crocchia. Il suo scialbo vestito grigio aveva un collo alto fuori moda, e la sua espressione in quel momento era di totale disapprovazione. I begli occhi verdi erano il suo unico attributo degno di nota, e al momento sfavillavano di rabbia.

Jocelyn chinò la testa. — Voi dovete essere miss Lancaster. Io sono lady Jocelyn Kendal. O meglio, lady Jocelyn Lancaster. Come avrete senza dubbio immaginato, vostro fratello e io ci siamo appena sposati.

— David? — esclamò incredula la giovane donna.

Lui allungò l'altra mano verso di lei. — Sally, va tutto bene. Ti spiegherò più tardi.

Mentre prendeva la mano del fratello e lo guardava, il suo viso si addolcì.

Jocelyn si rivolse al suo lacchè. — Morgan, lo champagne, per favore.

Aprendo il cestino, l'uomo tirò fuori una bottiglia e dei bicchieri. Versare e passare attorno lo champagne servì ad alleggerire l'atmosfera nella stanza. Perfino Sally accettò un bicchiere, sebbene sembrasse ancora pronta a esplodere.

Jocelyn si rendeva conto che un brindisi era appropriato, ma che in tali circostanze sarebbe stato grottesco brindare alla salute e alla felicità della coppia. In qualità di testimone, il capitano Dalton salvò la situazione. Alzò il bicchiere verso gli sposi, apparendo perfettamente a suo agio nonostante la necessità di mantenersi in equilibrio sulle grucce. — A David e a Jocelyn. Non appena vi ho visti insieme, ho capito che eravate fatti l'uno per l'altra.

Solo Jocelyn e David compresero l'ironia dell'osservazione.

Dopo che gli ospiti ebbero bevuto, David alzò il bicchiere per un altro brindisi, esordendo con voce fievole ma chiara: — Agli amici, presenti e assenti.

Chiunque poteva brindare a questo, e l'atmosfera divenne all'improvviso festosa. Jocelyn teneva d'occhio Sally Lancaster, e non rimase sorpresa quando la giovane disse con falsa dolcezza: — Lady Jocelyn, posso parlarvi un momento, fuori?

Jocelyn la seguì rassegnata in corridoio. Avrebbe dovuto affrontare la sua suscettibile cognata prima o poi, e meglio che desse lei delle spiegazioni invece di David. Si stava rapidamente stancando e aveva a malapena toccato lo champagne.

Una volta fuori, Sally chiuse la porta prima di chiedere bruscamente: — Vorreste per favore spiegarmi che cosa significa tutto questo? È una nuova moda per le signore dell'alta società sposare soldati morenti, con la disinvoltura con cui sceglireste un cappellino? Racconterete ai vostri amici che gioco divertente avete scoperto?

Jocelyn ansimò. Se sua cognata credeva veramente

che il matrimonio fosse il risultato di un egoistico, annoiato capriccio, era facile capire il perché di tanta ostilità.

Sentendosi irritata e colpevole al tempo stesso, Jocelyn rispose con la voce gelida della figlia di un conte: — Questa è un'affermazione ridicola e non merita una risposta. Vostro fratello è adulto. Non ha bisogno del permesso di nessuno per sposarsi.

Gli occhi di Sally si strinsero come quelli di un gatto. — Credo che l'abbiate costretto a farlo. David non vi ha nemmeno mai nominata! Non riesco a credere che si sarebbe sposato senza dirmelo a meno che non avesse avuto scelta.

Jocelyn si rendeva conto che la donna era gelosa dell'attenzione di suo fratello, ma era abbastanza irritata per aggiungere acidamente: — Forse sapeva che avreste avuto un accesso di collera e ha preferito una cerimonia tranquilla.

Nel veder sbiancare la faccia di Sally, si dispiacque del commento. Più dolcemente aggiunse: — Abbiamo deciso all'improvviso, solo ieri. Forse non c'è stato il tempo di avvisarvi.

Sally scosse tristemente la testa. — Ero qui ieri pomeriggio. Perché non mi ha voluta al suo matrimonio?

Il capitano Dalton le raggiunse, ritenendo, evidentemente, che le due donne avessero bisogno di un arbitro. Chiudendo la porta con la punta di una gruccia, disse senza preamboli: — Sally, David l'ha fatto per voi. Lady Jocelyn, col vostro permesso, spiegherò la situazione.

Sollevata, Jocelyn annuì, e Richard descrisse la necessità di Jocelyn di sposarsi, e perché David avesse acconsentito. Sally appariva tuttora irritata. — Non aveva bisogno di sposarsi per il mio bene. Sono perfettamente in grado di badare a me stessa.

Richard si appoggiò discretamente alla parete, la faccia affaticata. — Sally, David sarà molto più contento di sapere che qualcuno provvederà a voi. Volete concedergielo?

Sally fece una smorfia e scoppiò in lacrime. — Mi dispiace, Richard. Mi sembra... mi sembra tutto così strano. Che diritto aveva lei di intromettersi in questo modo?

Jocelyn abbassò lo sguardo sull'anello che David le aveva messo al dito. Un semplice, consumato anello d'oro con sigillo che era stato probabilmente sulla sua mano. Forse l'unica cosa di valore che possedeva. Le andava a pennello. Addolorata, ribatté: — Ho il diritto che vostro fratello mi ha conferito. — Alzando la testa, aggiunse: — Se volete scusarmi, raggiungo mio marito.

Mentre rientrava nella stanza, vide che Sally stava singhiozzando contro la spalla del capitano.

Qualcuno aveva aiutato il maggiore a sdraiarsi di nuovo. La sua faccia era grigia per lo sforzo compiuto nell'ultima ora, e appariva così fragile da farle temere che perfino rimettersi a sedere potesse significare la morte per lui. Ma come aveva promesso, era sopravvissuto abbastanza a lungo per diventare suo marito.

— È ora che vi lasci dormire. — Si chinò a baciarlo lievemente per l'ultima volta, poi sussurrò in spagnolo: — *Vaya con Dios*, David.

— E anche voi. — Sorrise con una serenità che le trafisse il cuore. — Vi prego, siate felice in futuro, mia cara.

I loro sguardi si incontrarono per un lungo, interminabile istante. Poi lei posò dolcemente il mazzolino di fiori sul suo cuscino, perché potesse odorarne la fragranza.

A malapena in grado di controllare le sue emozioni, Jocelyn si raddrizzò e invitando con un'occhiata il suo *entourage* a uscire, se ne andò, non osando girarsi.

"Va' con Dio, David. E che gli angeli ti accompagnino cantando al tuo riposo."

4

Sally aveva ritrovato la compostezza, ma il suo sguardo era ostile quando apparve la moglie di suo fratello. Con faccia inespressiva, lady Jocelyn infilò una mano nella borsa a rete e ne tirò fuori uno dei suoi biglietti da visita. — Ecco il mio indirizzo. Fatemi sapere quando... cambia qualcosa, o se c'è qualcosa che posso fare per il benessere di vostro fratello. Coperte, medicinali... Forse potrei assumere infermiere private per lui?

Riluttante, Sally accettò il biglietto e scattò: — David non ha bisogno di niente da voi.

— Come volete. — Dopo aver affettuosamente salutato Richard, lady Jocelyn si allontanò con il suo seguito.

— Sgualdrina — borbottò Sally a denti stretti.

Per nulla scioccato dal suo linguaggio, il capitano si limitò a rivolgerle uno stanco sorriso. — Non lo è, sapete. È una donna che sta cercando di trovare una soluzione in un mondo fatto di uomini. Nelle stesse circostanze, potreste comportarvi esattamente come lei.

— Ne dubito — disse Sally, lieta che sua signoria si fosse tolta di mezzo. Notando l'espressione sfinita di Richard, aggiunse: — È ora che vi riposiate. Sono sicura che siete rimasto alzato più di quanto il vostro medico approverebbe.

— Non gli ho mai dato retta, perché dovrei incominciare proprio ora? Ma mi sdraierò volentieri. — La guardò seriamente. — Sally, pensate bene a quel che direte a David. È contento di questo matrimonio. Non rovinategli tutto.

Lei arrossì all'ammonimento. — Immagino di meritarlo. Non preoccupatevi, non lo angoscerò. Vado da lui adesso e gli farò sapere che non ho ammazzato sua moglie.

— Sarà sollevato di sentirlo. — Il capitano si staccò dal muro e percorse il corridoio in direzione della sua stanza.

Controllandosi, Sally entrò nella camera del fratello. Sembrava che David stesse dormendo, ma i suoi occhi si aprirono quando sedette accanto a lui. — Perdonami, piccolo istrice.

Il cuore di Sally sussultò quasi angosciato quando lui usò quel vecchio nomignolo. — Certamente. Ma è stato uno choc venire qui e scoprire quello che stava succedendo. — Prese la bottiglia del laudano. — Credo sia ora della tua medicina.

David accettò grato il cucchiaio di laudano, poi si rilassò contro i cuscini con uno stanco sospiro. — Sei venuta presto oggi.

— È arrivata la madrina dei ragazzi stamattina e li ha condotti a fare una gita, così mi sono ritrovata inaspettatamente libera. — Con voce priva di ogni inflessione d'accusa, continuò: — Perché non mi hai detto che stavi per sposarti?

David sorrise con un pizzico di furberia. — Perché se te l'avessi detto in anticipo, avresti tenuto una lezione su come sei in grado di badare a te stessa e avresti detto che non era assolutamente necessario che provvedessi a te. Ho ragione?

Sally scoppiò a ridere. — Mi conosci fin troppo bene.

La sua voce si affievolì mentre scivolava nel sonno. — So che sei molto brava, ma sei ancora la mia sorellina. Sono lieto di sapere che riceverai una rendita di cinquecento sterline all'anno.

Cinquecento sterline all'anno! Sally fissò il fratello addormentato. Nessuno aveva accennato a com'era cospicua la cifra. Qualunque altra cosa potesse essere l'arrogante lady Jocelyn, non era tirchia. Cinquecento sterline corrispondevano a cinque retribuzioni annuali di Sally, e per essere una donna era ben pagata. Avrebbe potuto vivere agiatamente, e anche con un certo stile.

Chissà se avrebbe desiderato continuare a insegnare? Sally amava il suo mestiere, e i Launceston erano i migliori datori di lavoro che avesse mai avuto. Tuttavia, cinquecento sterline all'anno le avrebbero permesso di fare delle scelte. Avrebbe potuto viaggiare. Comprare un cottage in un villaggio e vivere una vita comoda.

La libertà al costo della vita di David. Scosse la testa, ricordando a se stessa che sarebbe morto comunque. Così se non altro, lady Jocelyn avrebbe avuto cinquecento sterline in meno all'anno da sprecare in frivolezze.

Traendo conforto al pensiero, infilò la mano nell'informe borsa di broccato per il lavoro a maglia. Dopo aver rammendato tutta la biancheria di David, aveva fatto quattro paia di guanti, tre paia di calze e due sciarpe durante le ore in cui era rimasta seduta in quella stanza d'ospedale. Sebbene non le piacesse particolarmente sferruzzare, aveva scoperto che le era impossibile concentrarsi sulla lettura quando David stentava a respirare accanto a lei. Perlomeno i ferri le tenevano occupate le mani.

Contemplò abbattuta la calza che stava facendo. Le erano caduti tre punti, e ci avrebbe impiegato mezz'ora a riparare il danno. Be', David avrebbe dormito per buona parte del tempo. Guardò la figura scheletrica del fratello, poi si volse con una scrollata di spalle. Erano solo due settimane che era stato ricoverato a Londra? Le sembrava di venire in questo brutto ospedale da sempre, e ogni giorno lui appariva più fragile, al punto che era difficile capire come potesse essere ancora vivo.

A volte, desiderava che fosse già tutto finito. Altre si chiedeva come avrebbe saputo della sua morte. Sarebbe stata con lui? Richard le avrebbe mandato un messaggio? O sarebbe arrivata e avrebbe trovato il letto di suo fratello vuoto, e saputo il peggio?

Sally si rese conto che il filo di lana le si era rotto in mano. Con dita tremanti, lo riannodò. "Devi stare calma. David non deve essere costretto ad affrontare anche il tuo dolore oltre al suo."

Quel pomeriggio Jocelyn raggiunse sua zia per il tè nel soleggiato salotto che era il rifugio speciale di Laura Kirkpatrick. Dopo essere state servite, annunciò: — Sarai contenta di sentire che il problema matrimonio è risolto. Zia Elvira dovrà rassegnarsi a vivere con l'attuale rendita di Willoughby.

Laura posò la tazza, la faccia che si illuminava. — Hai accettato uno dei tuoi corteggiatori? Quale? C'è appena il tempo per le pubblicazioni, ma la cerimonia dovrà essere per pochi intimi, temo.

— Meglio ancora. — Jocelyn porse a sua zia un foglio di carta. — È già tutto fatto. Guarda, è il mio certificato di matrimonio.

— Ma che diamine! — Laura guardò il foglio e si immobilizzò. Quando alzò lo sguardo, la sua faccia cominciava a mostrare i segni dell'irritazione. — Che cosa significa tutto questo?

— Non è ovvio? — Jocelyn dovette interrompersi per un momento, ricordando l'ultima volta che aveva visto David, prima di poter continuare. — Ho trovato un uomo morente, e in cambio di una considerevole ricompensa, mi ha fatto l'onore di fare di me sua moglie.

— Ma non avevi nemmeno mai conosciuto David Lancaster!

— L'idea mi è venuta quando sono andata a trovare Richard Dalton e lui mi ha parlato delle condizioni del maggiore — spiegò. — È perfettamente ragionevole. La sorella del maggiore Lancaster riceverà una rendita, e io avrò ottemperato alle condizioni del testamento di papà. Richard non ne è rimasto scioccato quando l'ho suggerito, e neanche il maggiore... mio marito.

Gli occhi di lady Laura luccicavano di collera. — Sono uomini che hanno vissuto per anni a contatto con la morte. Naturalmente vedono le cose in maniera diversa da come le vede la società!

Le labbra di Jocelyn si tesero. — È di questo che sei preoccupata, di quello che diranno gli altri? Credevo fossi al di sopra di queste cose. E poi, nel bel mondo saranno in molti a ridere della storia se ne verranno a conoscenza. Rideranno e mi giudicheranno molto intelligente.

Chiazze rosse apparvero sulle guance di Laura, ma la sua voce si mantenne normale. — Non posso negare che quello che dice la gente mi preoccupa. La famiglia Kendal ha già avuto la sua parte di scandali.

Mentre Jocelyn impallidiva a quel ricordo del passato, sua zia continuò implacabile. — Ma quello che mi sconcerta veramente è che tu ti stia servendo della morte di un brav'uomo per i tuoi egoistici scopi. Perché non ne hai discusso prima con me?

Jocelyn cercò di mantenersi calma, ma la paura che sua zia la disprezzasse era tanta. — Non volevi sapere quel che avevo intenzione di fare! — gridò, con voce rotta. — Ti prego, zia Laura, non essere arrabbiata con me. Non l'avrei certo sposato se avessi saputo che ne saresti

44

rimasta sconvolta. È stata un'idea impulsiva. Il maggiore Lancaster ha accettato di buon grado la mia offerta, e dopo è stato troppo tardi per tirarsi indietro. Ho pensato che ne avremmo tratto vantaggio entrambi, senza fare del male a nessuno. Ti prego... ti prego, cerca di capire.

Lady Laura sospirò, la rabbia si stava tramutando in delusione. — Forse non sarei rimasta così sconvolta se il tuo impulso ti avesse dirottata verso un estraneo, non verso un uomo che conosco e rispetto. David merita di più che essere usato così... così sconsideratamente.

— Forse hai ragione — sussurrò Jocelyn, soffrendo per la disapprovazione di sua zia. — Ma quel che è fatto non può essere disfatto.

Lady Laura si alzò in piedi. — Domani mattina parto per Kennington. È ora di aprire la casa e prepararsi per il ritorno di Andrew dal Continente. — Nella sua voce solitamente dolce c'era una traccia di asprezza. — Adesso che sei una donna sposata, non hai più bisogno di me come chaperon.

— Immagino di no. — Jocelyn guardò la torta che aveva ridotto in briciole.

Sua zia si fermò sulla soglia. — Tornerò fra un paio di settimane o giù di lì, e per allora avrò superato questo momento di rabbia.

Tremando, Jocelyn si lasciò cadere nella poltrona. Come se quel giorno non fosse stato già abbastanza difficile, adesso si era alienata la sua più cara amica, la donna a cui voleva bene come a una madre. Di nuovo, come spesso nella sua vita, aveva rovinato tutto.

Ebbene, non poteva farci niente. Mentre cercava qualcosa che la rallegrasse, ricordò che i Parkington davano una piccola festa quella sera. Era esattamente il genere di evento che preferiva.

Sarebbe stato un bene non trascorrere la serata chiedendosi quando sarebbe rimasta vedova.

La riunione a casa dei Parkington era ristretta, dato che la maggior parte della buona società aveva già lasciato Londra per le dimore estive. Ma nonostante l'aspettativa, Jocelyn si scoprì irrequieta, annoiata dalle conversazioni che sembravano frivole paragonate alla cruda realtà dell'ospedale militare.

Poi arrivò un ritardatario, e lei inspirò bruscamente, il polso che le accelerava quando vide che si trattava di Rafael Whitbourne, duca di Candover. Le bastò guardarlo per sentirsi meglio. Non dipendeva soltanto dal fatto che era molto bello. Ciò che trovava irresistibile era sapere che loro due erano fatti l'uno per l'altra.

Mentre chiacchierava con gli altri ospiti, Jocelyn osservò Candover aprirsi un varco nella sala da ballo. Sapeva che non doveva pararglisi davanti. Essendo ricchissimo e scapolo, il duca suscitava l'interesse di innumerevoli donne, il che lo rendeva giustamente cinico. Tuttavia, lei disponeva di un titolo e un patrimonio e non aveva certamente bisogno del suo. Erano semplicemente perfetti l'uno per l'altra. Se Jocelyn l'avesse conquistato, sarebbe stato solo per pura attrazione e simpatia reciproca.

La sua pazienza fu ricompensata quando Candover andò a invitarla dopo che la piccola orchestra iniziò a suonare musica da ballo. — Lady Jocelyn — disse con fare compiaciuto. — Sono lieto di vedere che siete ancora in città. Volete farmi l'onore di questo valzer?

— Solo se mi promettete di non pestarmi di nuovo i piedi — rispose scherzosamente lei.

— L'ultima volta non è stata colpa mia — protestò lui, i grigi occhi ridenti. — Quando quell'ubriacone mi è finito addosso, è stato un miracolo se non siamo volati entrambi sul pavimento in un groviglio assai poco dignitoso.

— Ho trovato eccezionale che siate riuscito a mantenere l'equilibrio mentre quel villano finiva a terra svenuto. Come ci siete riuscito? — chiese, lasciandosi condurre sulla pista da ballo.

— L'ho semplicemente aiutato ad andare nella direzione in cui stava già andando. — La musica cominciò, e presero a volteggiare. — Imparare a difendersi è uno dei vantaggi nascosti dell'educazione ricevuta a Eton.

Il piacere che provava in sua compagnia le ricordò

perché avesse respinto altri corteggiatori e giustificato la penosa cerimonia avvenuta quel giorno.

Mentre si scambiavano facezie, Jocelyn studiava il suo viso, ammirando la fermezza dei suoi lineamenti, la chiarezza di quei freddi occhi grigi. Era conosciuto come Rafe da una ristretta cerchia di amici, ma lei non avrebbe mai osato chiamarlo così senza essere invitata a farlo. Forse un giorno.

Aveva l'impressione di ridere e chiacchierare in maniera disinvolta, così rimase sorpresa quando Candover domandò: — Perdonatemi, lady Jocelyn, ma mi sembrate abbattuta oggi. C'è qualcosa che non va?

Era la domanda di un amico, non di una semplice conoscenza. — È stata una giornata strana — rispose. — Mi sono sposata stamattina e non mi sono ancora abituata al fatto.

Un moto di sorpresa apparve dietro il suo atteggiamento solitamente distaccato. — Davvero? Non sapevo che steste contemplando il passo fatale. — Il suo sguardo divenne ironico. — La casa dei Parkington è certamente un posto strano per una luna di miele.

Era arrivato il momento di informarlo delle circostanze, e della sua disponibilità. — Non è risaputo, ma mio padre ha lasciato un ridicolo testamento, con la condizione che mi sposi prima dei venticinque anni o che venga in gran parte diseredata.

Lui inarcò le sopracciglia. — Che mentalità retrograda!

— Esattamente, soprattutto se considerate che eravamo in ottimi rapporti. Ma non c'era niente che potessi fare, così stamattina ho contratto un matrimonio di convenienza. — Una nota di amarezza subentrò nella sua voce. — Avevo sperato di fare un vero matrimonio.

— Se con ciò alludete a un'unione d'amore, sapete come essa sia rara nel nostro ambiente, e come di rado abbia successo — dichiarò lui in tono sarcastico.

— Non alludevo a un'unione d'amore che inebetisse al punto di non saper più discernere il carattere dell'altro — spiegò. — Dovrebbe esserci attrazione, naturalmente, ma da quel che ho sentito, col tempo si affievolisce anche negli amanti più infatuati. Molto meglio basare un matrimonio sul rispetto e l'affetto reciproco.

— Molto ragionevole da parte vostra — osservò lui, incuriosito. — Vorrei che più donne avessero un atteggiamento così sensato. Renderebbe il matrimonio una condizione molto più appetibile.

Dall'approvazione nei suoi occhi, capì di essersi conquistata maggiormente la sua stima. Se si fosse sposato, sarebbe stato con un donna come lei.

Ma il matrimonio era solo una possibilità futura. Pensando alla sua attuale condizione, disse con un sospiro: — Ho dovuto accontentarmi di molto meno di quel che desiderassi. — Alzò lo sguardo su di lui attraverso le folte ciglia. — Dovrò cercare altrove per relazioni più appaganti.

— Vostro marito non obietterà? — chiese lui, fissandola.

— No — rispose con fermezza Jocelyn. Tra le braccia dell'uomo che voleva sposare, non aveva voglia di pensare al soldato che aveva sfiorato così brevemente la sua vita. — Il nostro non è altro che un matrimonio di convenienza.

Il valzer giunse al termine. Abbassarono entrambi le braccia, ma invece di abbandonare la pista da ballo, rimasero immobili, in un momento di acuta consapevolezza reciproca. Lo sguardo di Candover si posò deliberatamente su di lei, indugiando sulla provocante scollatura e le curve visibili attraverso il leggero abito estivo.

Jocelyn interpretò il suo attento esame come una muta, sottile avance. Le implicazioni erano quasi sconvolgenti. Con un gesto, un vago passo indietro, poteva fargli capire che non provava interesse a procedere ulteriormente. Invece, colse il suo sguardo e sorrise.

Esperto nel corteggiamento, Candover riconobbe il silenzioso segnale di lei. Con un lento, devastante sorriso l'accompagnò al suo posto. — Parto da Londra domattina, ma aspetterò con ansia il momento di farvi visita al mio ritorno in città a settembre.

Sarebbe stata certamente vedova per allora e libera di verificare la promessa nei suoi occhi, anche se quella libertà sarebbe venuta a un prezzo più alto di quanto si fosse aspettata.

Con un'ultima, intima occhiata, Candover indietreggiò. Ballare con lei due volte di fila avrebbe attirato l'attenzione. Invece, tra loro c'era un tacito accordo che la lasciò senza fiato per l'eccitazione. Finalmente, l'unico uomo che desiderava la stava vedendo come una donna, e tutto perché adesso era sposata.

Pianificare freddamente una relazione la metteva a disagio, e non era così ingenua da pensare che i piani di lui andassero oltre una pura e semplice relazione. Ma sospettava fortemente che sarebbe occorsa l'intimità perché lui potesse apprezzare pienamente com'erano perfetti l'uno per l'altra.

Se avesse perduto il gioco, oltre alla verginità, ebbene, non era fatta di pietra. Anche se sarebbe stato doloroso accettare il ruolo di amante e non di moglie, ci sarebbe stata una contropartita. Provava la curiosità di ogni donna normale per la passione, e trovava Candover così affascinante che avrebbe sicuramente apprezzato quello che aveva da insegnarle.

Sarebbe rimasto inorridito o incuriosito, scoprendo che era vergine?

I due mesi fino a settembre sarebbero scorsi interminabili e vuoti davanti a lei.

5

Sally si agitò per tutta la notte dopo aver lasciato l'ospedale, infuriata al ricordo della fredda bellezza che aveva così casualmente usato e abbandonato suo fratello. Anche durante le lezioni con i bambini Launceston il mattino dopo, la sua mente continuò ad arrovellarsi.

Mentre usciva per recarsi all'ospedale, realizzò di essere stata succube del suo fatalismo. Negli ultimi quindici giorni aveva accettato il verdetto dei medici sul destino di David. Adesso la sua rabbia l'aveva indotta a decidere di non rinunciare così passivamente. David non era in condizione di lottare per la sua vita, ma lei sì. Se c'era qualcosa o qualcuno che potesse offrire anche una sola possibilità di ripresa, per David, ebbene l'avrebbe rintracciato.

Prima di entrare nella stanza del fratello, Sally andò a cercare il medico, il dottor Ramsey, determinata a discutere ogni possibilità. Il dottor Ramsey era un uomo robusto con un'aria perennemente affaticata. Contrariamente a molti suoi colleghi, era disposto ad ammettere i limiti della sua conoscenza.

Batté prudentemente le palpebre dietro gli occhiali quando Sally lo trovò tra i pazienti, sapendo per esperienza quanto potesse essere ostinata. — Sì, miss Lancaster? — disse con un'inflessione che sottintendeva che aveva poco tempo da dedicarle.

— Dottor Ramsey, non c'è nient'altro che si possa fare per mio fratello? Si sta spegnendo davanti ai miei occhi. Ci deve pur essere qualcosa che potete fare.

Il medico si tolse gli occhiali e li pulì. — Il caso del maggiore Lancaster mi lascia perplesso. Si sta aggrappando alla vita con notevole tenacia, ma c'è molto poco che si possa fare in caso di paralisi. — Si rimise con fermezza gli occhiali sul naso. — E oltre alla paralisi, sospetto che abbia subito gravi lesioni interne che sono al di là di quanto possa oggi fare la medicina. Non ci resta che rendere i suoi ultimi giorni il più confortevoli possibile.

Sally incontrò il suo sguardo prima che potesse distoglierlo. — Non desidero criticare il vostro operato. So che avete fatto tutto il possibile, e vi sono profondamente grata. Tuttavia, esiste qualche internista o chirurgo a Londra che potrebbe avere un diverso approccio, intervenire magari in modo radicalmente diverso dagli standard attuali? C'è poco da perdere.

Il dottor Ramsey annuì. Dopo un lungo istante di riflessione, disse: — C'è uno scozzese pazzo di nome Ian Kinlock all'ospedale San Bartolomeo. Ho saputo che è appena ritornato dal Belgio dove ha effettuato numerosi interventi chirurgici dopo Waterloo. Un tipo eccentrico, ma ha fatto cose eccezionali.

Il medico guardò l'abito dimesso di Sally. — Molto qualificato sia come internista che come chirurgo, e i suoi onorari per i consulti privati sono altissimi. Sembra che faccia sborsare un bel po' di quattrini a chi se lo può permettere, e offra poi prestazioni gratuite alla povera gente. Un vero pazzo. Non lo persuaderete mai a occuparsi di un paziente ricoverato all'ospedale York.

— Sono entrata inaspettatamente in possesso di un po' di denaro. Vedremo.

Sally si volse e si avviò lungo il corridoio. Dietro di lei, udì il dottor Ramsey borbottare: — Che Dio aiuti Ian Kinlock.

Mentre si dirigeva verso la camera di David, continuò a lambiccarsi il cervello. Consultare un nuovo chirurgo era un po' come aggrapparsi all'ultima speranza, ma valeva la pena di tentare. E poi le piaceva l'idea di spendere i soldi di lady Jocelyn per aiutare David. L'ospedale San Bartolomeo era uno dei più vecchi e affollati ospedali di Londra. Si trovava vicino alla Cattedrale di St. Paul, e avrebbe dovuto noleggiare una carrozza...

Distratta dai suoi pensieri, andò quasi a sbattere contro un robusto giovanotto in parrucca incipriata e livrea azzurra fuori dalla porta di David. Dopo un momento lo riconobbe come il lacchè che era stato presente al ridicolo matrimonio del giorno prima. Morgan, si chiamava.

— Siete venuto a vedere se il marito della vostra padrona è già morto? — chiese caustica. Si vergognò quando il giovanotto arrossì. Era un bersaglio troppo facile; non era giusto prendersela con lui per la condotta di lady Jocelyn.

— Sono venuto per condurre a casa mio fratello, miss Lancaster — rispose freddamente. — Lady Jocelyn mi ha chiesto di informarmi sul maggiore Lancaster mentre ero qui.

— È ricoverato anche vostro fratello? — chiese Sally in tono più conciliante.

— Era un caporale dei dragoni, signorina. Lady Jocelyn gli ha offerto una posto in casa sua e l'opportunità di trascorrervi la convalescenza — spiegò Morgan. — Ha mandato la sua carrozza per rendere il viaggio il più comodo possibile.

Le parole del lacchè erano state pronunciate per dimostrare la cortesia della sua padrona a una donna che chiaramente non apprezzava sua signoria. Invece, servirono a far nascere l'idea che si preannunciava interessante per i suoi sviluppi.

Quest'orribile ospedale avrebbe fatto ammalare una persona sana, bisognava trasferire David se possibile, certo non poteva permettersi di affittare un alloggio e la servitù per prendersene cura.

Adesso, però, si era presentata una possibilità. Secondo la legge inglese, David possedeva la lussuosa dimora di Upper Brook Street che lady Jocelyn chiamava casa. Quella strega non aveva il diritto di rifiutargli l'ospitalità. Sally avrebbe condotto suo fratello in Upper Brook Street, e se la sua indesiderata cognata avesse sollevato delle obiezioni, ci avrebbe pensato lei a scatenare un pandemonio.

— Che fortuna che abbiate con voi una carrozza — bisbigliò Sally. — Possiamo servircene per trasferire il maggiore Lancaster a casa di lady Jocelyn.

Morgan apparve dapprima sbalordito, poi allarmato. — Non saprei, signorina. Sua signoria mi ha chiesto di informarmi sulle sue condizioni, ma non mi ha detto di condurlo a casa.

Fissando lo sventurato lacchè con lo sguardo intenso con cui fissava i suoi studenti, Sally disse: — Era senza dubbio preoccupata all'idea di trasferirlo. Tuttavia, io ho appena parlato col medico di mio fratello, e ha ammesso che non c'è niente da perdere a effettuare un cambiamento. — Il che non era esattamente quello che il dottore aveva detto, ma lei l'aveva escogitato dopo.

Dato che Morgan appariva tuttora poco convinto, Sally inferse il colpo finale. — Dopotutto, sono sposati. Quello che è suo è anche del marito. La cara lady Jocelyn non può certamente desiderare che suo marito rimanga in questo… in questo posto malsano.

— È vero che sua signoria e il maggiore sembravano molto affiatati — asserì incerto Morgan. — E Dio sa come mio fratello non veda l'ora di lasciare quest'ospedale. Avete ragione, questo non è un posto salubre. — Corrugò la fronte prima di annuire. — Trasferirò prima mio fratello sulla carrozza, poi tornerò a prendere il maggiore con una barella e qualcuno che mi aiuti a trasportarlo. Volete preparare le sue cose, signorina?

— Naturalmente. — Mentre lo osservava allontanarsi, Sally si meravigliò di come si fosse lasciato facilmente convincere.

Trovò di nuovo il dottor Ramsey. Questi ammise cupamente che se il viaggio dal Belgio non aveva ucciso il maggiore, difficilmente l'avrebbe ucciso un viaggio attraverso Londra, e se invece fosse avvenuto, sarebbe servito solo ad accelerare l'inevitabile.

Ignorando le funeste predizioni del medico, Sally ritornò in camera del fratello. — Buone notizie, David. C'è qui la carrozza di lady Jocelyn, e ho il permesso del dottor Ramsey di trasferirti a casa di tua moglie. Sono sicura che ti sentirai più a tuo agio lì che all'ospedale.

— Vuole che alloggi da lei? — chiese con compiaciuta sorpresa. — Questo non faceva parte del patto. È molto gentile da parte sua.

L'idea che sua moglie tenesse sufficientemente a lui da mandare a prenderlo fece apparire David così felice che Sally non tentò di correggere il malinteso. Si augurò invece che lady Jocelyn gli riservasse una buona accoglienza.

— Non mi mancherà questo posto, fatta eccezione per Richard.

— Potrà venire a trovarti adesso che si sta riprendendo così bene. Gli darò il tuo nuovo indirizzo prima di andare.

Dopo aver preparato i bagagli, Sally prese la bottiglia di laudano. — Devo darti una doppia dose? Il viaggio sarà poco confortevole.

— Hai ragione. Preferisco non rendermi conto di quello che sta succedendo. — Sally si augurò che il viaggio in carrozza non compromettesse maggiormente la sua salute, non se lo sarebbe mai perdonato.

Hugh Morgan viaggiava fuori dalla carrozza, ma il veicolo era lo stesso troppo affollato con Sally, David e il timido caporale stipati nell'interno. Quando infine raggiunsero Upper Brook Street, Sally disse: — Per favore, aspettate qui finché non avrò informato lady Jocelyn che è arrivato suo marito.

Salì le scale di marmo e afferrò il massiccio battente a forma di delfino. Quando un maggiordomo aprì la porta, disse: — Sono miss Lancaster, la cognata di lady Jocelyn. Conducetemi per favore da sua signoria, perché possa chiederle dove desidera sistemare suo marito.

Marito? Il maggiordomo strabuzzò gli occhi. Riprendendosi, disse: — Credo che lady Jocelyn sia nel soggiorno. Se volete seguirmi...

La casa era lussuosa come Sally si era aspettata che fosse, uno sfondo perfetto per la sua impeccabile padrona.

Rifiutandosi di lasciarsi intimidire dall'imponente atrio, Sally assunse un'espressione combattiva mentre il maggiordomo la introduceva nel soggiorno. Lady Jocelyn sedeva a uno scrittoio, e indossava l'abito color giunchiglia, un perfetto complemento al suo caldo colorito castano. Sulla scrivania c'erano un vaso di fiori e un gatto dal pelo fulvo. Agli occhi di Sally, la bestiola appariva costosa e sgradevole come la sua padrona.

Il maggiordomo annunciò: — Lady Jocelyn, vostra cognata desidera parlarvi.

Jocelyn alzò lo sguardo, sorpresa. Era uno choc vedere una giovane donna irata imporle la sua presenza, uno sgradevole ricordo degli infelici avvenimenti del giorno prima. — Grazie, Dudley. Non c'è altro.

Il maggiordomo batté in rapida ritirata.

— Miss Lancaster, che piacere inaspettato — disse freddamente. Con un'improvvisa, dolorosa fitta, si chiese se per caso Sally fosse venuta a dire che suo fratello era morto a causa delle lesioni. No, era improbabile che le trasmettesse la notizia di persona. Probabilmente voleva prendersela di nuovo con la sua indesiderata cognata. — Che cosa vi ha portata qui oggi? — chiese.

La scontrosa cognata si accigliò. — Sto conducendo David a casa vostra.

— Che cosa diamine state dicendo? — chiese Jocelyn, sbalordita.

— I beni della moglie diventano anche del marito col matrimonio. Se non permetterete a David di restare qui, lo... lo indurrò a lasciare tutta la vostra proprietà al Fondo Vedove e Orfani dell'Esercito. Lo farà se glielo chiederò.

Jocelyn sentì le sue mani serrarsi a pugno. Non provava il desiderio di esercitare violenza fisica su qualcuno dai tempi della sua infanzia. — Che commovente esempio di devozione fraterna. Tuttavia, vostro fratello ha suggerito che il mio avvocato redigesse un atto di rinuncia per quel che riguardava le mie proprietà.

— Ha rinunciato ai suoi diritti? — chiese sgomenta Sally.

— L'ha fatto. Ovviamente vostro fratello oltre alla bellezza ha ereditato tutto l'onore della famiglia Lancaster. — Jocelyn afferrò il cordone del campanello. — Se non ve ne andate nei prossimi trenta secondi, vi farò sbattere fuori dalla mia servitù.

Sally fece una smorfia. — Lady Jocelyn, so di non piacervi più di quanto voi piacciate a me, ma non avete mai amato nessuno nella vostra vita?

Jocelyn s'interruppe, sospettosa. — Che cosa c'entra?

— Se poteste scegliere, lascereste morire qualcuno che amate in quell'orribile posto?

Jocelyn trasalì, ricordando lo squallido ospedale.

Vedendo la sua reazione, Sally aggiunse: — Volevate sapere se David potesse godere di qualche comodità in più. Ebbene, starà molto meglio qui, e avete sicuramente abbastanza spazio e servitù da non sentirlo come un peso. Se volete proibirmi di venire a trovarlo, non verrò. Se mi chiedete di rinunciare all'accordo, lo farò — disse con voce rotta. — Ma vi prego, non rimandate David all'ospedale. Anche se legalmente non ha nessun diritto, voi avete un obbligo morale verso vostro marito.

— Rimandarlo? — Volete dire che è qui adesso? Mio Dio, state cercando di ucciderlo? — domandò Jocelyn inorridita, ricordando com'era apparso fragile il giorno prima.

— È nella vostra carrozza ed è sopravvissuto al viaggio. Finora. — Sally non aggiunse altro.

Jocelyn abbassò lo sguardo sull'anello che David le aveva infilato al dito. "Finché morte non ci separi."

Date le condizioni di David e l'impetuoso rifiuto di Sally a proposito di ulteriori aiuti, Jocelyn non aveva nemmeno vagamente pensato di trasferirlo a Cromarty House. Ma la sua sgradevole cognata aveva ragione. Per quanto deleterio e penoso sarebbe stato averlo lì, era suo marito. Glielo doveva. Inoltre, scoprì che voleva fare qualcosa per alleviare i suoi ultimi giorni.

Tirò il cordone del campanello. Dudley apparve così in fretta che doveva aver avuto l'orecchio premuto sul buco della serratura. — Mio marito è fuori nella carrozza — disse. — È molto malato e ha bisogno di essere portato dentro. Conducetelo nella stanza azzurra.

Dopo che il maggiordomo se ne fu andato, Sally disse con voce rotta: — Grazie, lady Jocelyn.

— Non sto facendo questo per voi, ma per lui. — Girandosi verso il suo scrittoio, raccolse una tintinnante borsa di pelle e la tirò a Sally. — Intendevo farvela pervenire, ma dato che siete qui, ve la consegno personalmente. Il primo trimestre della vostra rendita.

Sally ansimò per come pesava la borsa. Mentre stava per guardarvi dentro, Jocelyn aggiunse caustica: — Non avete bisogno di contare il denaro. C'è tutto: centoventicinque sterline in oro.

Sally alzò la testa di scatto. — Non trenta pezzi d'argento?

— No, naturalmente — ribatté gelida Jocelyn. — L'argento è per chi vende. Io sto comprando e pago in oro.

Mentre Sally era sul punto di esplodere, Jocelyn continuò: — Potete andare e venire come desiderate. C'è una piccola stanza accanto a quella di vostro fratello. Ve la farò preparare per... per tutto il tempo che ne avrete bisogno. Ha un cameriere personale? — Quando Sally scosse la testa, Jocelyn aggiunse: — Gliene procurerò uno io, oltre all'assistenza infermieristica di cui necessita.

Sally si girò per andarsene, poi si volse di nuovo per dire esitante: — C'è un'altra cosa. Crede che sia stata una vostra idea farlo venire qui, e gli ha fatto molto piacere. Spero che non lo deluderete.

Ai limiti della pazienza, Jocelyn scattò: — Dovrete semplicemente sperare che le mie maniere non siano così disdicevoli da tormentare un uomo morente. E adesso volete liberarmi della vostra presenza?

Sally batté in rapida ritirata, tremando per la reazione. Qualunque dubbio avesse potuto nutrire sul fatto che lady Jocelyn fosse una donna aggressiva era stato accantonato. Ma sicuramente sarebbe almeno stata gentile con David, che sembrava nutrire l'illusione che fosse una brava persona. Scoprire il vero carattere di quella strega l'avrebbe addolorato.

6

Occorse solo un quarto d'ora per sistemare il maggiore e le sue poche cose in una sontuosa camera da letto con una vista di scorcio su Hyde Park. David era pallidissimo a causa del penoso trasferimento, e Sally era lieta di aver portato la bottiglia di laudano nel suo cestino da lavoro. Quando il lacchè se ne fu andato, somministrò un'altra dose di oppio a suo fratello.

Nascondendo i suoi sentimenti per lady Jocelyn, Sally disse: — Benché tua moglie sia stata abbastanza generosa da offrirmi una stanza qui, credo sia meglio che dorma a casa dei Launceston. Ma verrò ogni pomeriggio, come facevo all'ospedale, e Richard ha detto che passerà a trovarti domani. — Raddrizzò le coperte sulla sua esile

57

figura. — È ora che tu dorma un po'. Il viaggio deve averti sfinito.

David abbozzò un sorriso. — Vero, ma sto bene ora, piccolo istrice.

— Adesso che sei sistemato, vado all'ospedale San Bartolomeo. Il dottor Ramsey ha detto che c'è un bravissimo chirurgo lì, qualcuno che potrebbe essere in grado di aiutarti.

— Forse — disse suo fratello, poco convinto.

Lei notò che i suoi occhi continuavano ad andare alla porta. Che si aspettasse che la sua cosiddetta moglie andasse a trovarlo? Augurandosi che lady Jocelyn fosse abbastanza educata da farlo, Sally disse: — Torno da te più tardi. — Si chinò a baciargli la fronte, poi se ne andò.

Hugh Morgan si stava avvicinando alla camera azzurra. — Sua signoria mi ha assegnato al servizio del maggiore — disse ingenuamente. — È un vero onore.

— Sono sicura che lo soddisferete appieno. — Fortunatamente, il lacchè sembrava un giovanotto gentile e coscienzioso. David sarebbe stato in buone mani.

Adesso doveva trovare lo scozzese pazzo del San Bartolomeo.

Jocelyn ci impiegò una buona mezz'ora a calmarsi. Quando era arrivata la sua terrificante cognata, stava ammirando i fiori che Candover le aveva mandato quella mattina. Il biglietto diceva solo: A SETTEMBRE, ed era firmato audacemente con una C.

Stringendo il biglietto fra le ditae ricordando il muto ma intenso scambio di sguardi e sorrisi avvenuto tra loro, si era abbandonata ai sogni. Forse nell'enigmatico duca avrebbe trovato quello che aveva sempre cercato, e mai osato credere di trovare.

Poi quell'abominevole donna si era fatta avanti con le sue minacce e il suo ricatto morale. A eccezione dei vivaci occhi verdi, Sally Lancaster non assomigliava in nulla a David, che era un vero e proprio gentiluomo.

Le labbra di Jocelyn si incurvarono involontariamente, ricordando l'osservazione che aveva fatto di comprare con l'oro il maggiore. A zia Laura sarebbe venuto un colpo se avesse sentito sua nipote dire una cosa così imperdonabilmente volgare, ma Sally Lancaster aveva la capacità di tirare fuori il peggio del carattere di Jocelyn.

Jocelyn sospirò, il divertimento svanito, e grattò distrattamente Iside tra le orecchie. Come aveva potuto credere che immischiarsi nella vita e nella morte di qualcuno sarebbe stato semplice? Avrebbe preferito non pensare all'imminente morte del maggiore, e certamente non aveva inteso assistervi, ma adesso non poteva più evitarlo.

Ogni volta che pensava a David Lancaster, avrebbe voluto mettersi a piangere.

Si riconcentrò su questioni pratiche. Fortunatamente Morgan aveva accettato di buon grado l'opportunità di servire il maggiore. Il giovane era dotato di buon cuore e di mano ferma, e Jocelyn aveva saputo da Marie che aspirava a diventare cameriere personale. Adesso ne aveva l'occasione.

Chiamando di nuovo il maggiordomo, disse: — Ordinate due carichi di paglia e fatela sparpagliare sulla strada. Non voglio che il maggiore Lancaster venga disturbato dal passaggio di carri e carrozze. Dite inoltre al cuoco di preparare cibo adatto a un malato. — Ammesso che il maggiore potesse essere indotto a mangiare.

Dopo che Dudley se ne fu andato, si ripromise di essere più paziente con Sally Lancaster, perché sarebbe stato impossibile evitarla completamente. L'irritabilità di Sally era comprensibile visto che era così devota a suo fratello e che non aveva nessun altro da amare. D'altronde con il suo aspetto e con quel suo caratterino era probabile che non le capitasse più.

Sally aveva creduto che l'ospedale di York l'avesse abituata a quei luoghi di sofferenza, ma il San Bartolomeo sembrava ancor più affollato e rumoroso. Era stato fondato dai monaci nel Medioevo e sembrava che da allora non fosse più stato rinnovato. Ciononondimeno l'ospedale preparava alcuni tra i migliori chirughi del paese.

Le occorse una buona mezz'ora di cammino e parecchie domande per individuare qualcuno che sapesse qualcosa di Ian Kinlock. Dapprima le dissero che non era in ospedale perché "quella era la sua giornata per i ricchi".

Un'altra mezz'ora di ricerche la condusse in una grigia stanzetta dove avrebbe potuto rintracciare Kinlock dopo il lavoro quotidiano in sala operatoria. Sedette ad aspettare su una scomoda sedia di legno. Un'accozzaglia di libri, documenti e schizzi anatomici coprivano il ripiano di una logora scrivania. Kinlock poteva essere un uomo brillante, ma certo non era ordinato.

Dopo un'ora di crescente tedio, prevalse l'amore innato di Sally per l'ordine, e cominciò a raddrizzare libri e documenti.

Dopo aver riordinato la scrivania, attaccò con la libreria, spolverandola da cima a fondo. Su un ingombro scaffale di mezzo, le sue dita sfiorarono una specie di tazza di porcellana. La tirò fuori e scoprì che stava stringendo un cranio umano: col fiato corto lo rimise frettolosamente a posto, compiacendosi di non essere svenuta per lo choc.

Una voce impaziente con un marcato accento scozzese borbottò dalla soglia: — Quel cranio apparteneva all'ultima persona abbastanza sciocca da ficcare il naso nel mio studio. State cercando di fare la sua stessa fine?

Sally trasalì e si girò, emettendo una specie di squittio. Il proprietario della voce era un uomo di statura media con spalle massicce e un camice macchiato di sangue. Le sue cespugliose sopracciglia scure erano in netto contrasto con la testa dai folti capelli bianchi.

— In realtà non... non ho spostato niente — balbettò lei. — Voi dovete essere Ian Kinlock, il chirurgo?

— Sì. Adesso uscite dal mio studio. — Si lasciò cadere sulla sedia della scrivania, aprì uno dei cassetti e tirò fuori una bottiglia di quello che sembrava whisky. Ignorando la sua visitatrice, la stappò e ingollò un lungo sorso, crollando contro lo schienale della sedia a occhi chiusi.

Quando Sally si avvicinò, si rese conto che era più giovane di quello che avesse inizialmente pensato, certamente sotto i quaranta. I capelli potevano essere precocemente bianchi, ma le rughe sul suo viso erano dovute alla stanchezza, non all'età, e il corpo robusto possedeva la forma fisica di un uomo nel fiore degli anni. — Dottor Kinlock?

Le sue palpebre si sollevarono lievemente, rivelando stanchi occhi azzurri. — Siete ancora qui? Fuori. Subito. — Bevve un altro sorso di whisky.

— Dottor Kinlock, desidero che visitiate mio fratello.

Lui sospirò, poi le si rivolse con ostentata pazienza. — Miss come-diavolo-vi-chiamate, ho visto più di cinquanta persone oggi, effettuato sei interventi, e perso due pazienti di fila sotto i ferri. Anche se vostro fratello fosse il principe in persona, non lo vedrei. Per la terza e ultima volta, andatevene, o vi sbatterò fuori io stesso.

Si passò una mano stanca tra i capelli bianchi. Nonostante il suo linguaggio rozzo, dava l'impressione di un uomo capace e intelligente, e Sally provò un briciolo di speranza. Ancor più determinata a condurlo da David appena possibile, aggiunse: — Mio fratello è stato ferito a Waterloo. È paralizzato dalla vita in giù, soffre costantemente, e si sta spegnendo a poco a poco.

Gli occhi di Kinlock mostrarono un barlume di interesse. — Con quel genere di lesione, è un uomo morto. Per i miracoli, rivolgetevi alla chiesa di San Bartolomeo dall'altra parte della strada.

Sally incontrò il suo sguardo. — Non avete fatto un giuramento, dottore? Il giuramento di aiutare coloro che soffrono?

Per un momento temette di aver esagerato e che il chirurgo l'avrebbe uccisa lì per lì. Poi la sua rabbia si dissolse. — Vi scuserò per il fatto che siete preoccupata per vostro fratello — disse con grande gentilezza. — Dovrei perfino sentirmi lusingato dalla toccante fiducia che riponete in me. Sfortunatamente, quello che sappiamo sul corpo umano è così poco rispetto a quel che non sappiamo che è un miracolo che possa perfino essere di aiuto a qualcuno.

Vide la desolazione nei suoi occhi e ricordò i due pazienti che erano appena morti. Non c'era da meravigliarsi che fosse di cattivo umore.

Kinlock bevve un altro sorso di whisky, poi continuò con lo stesso tono ragionevole. — Quand'è stata la battaglia di Waterloo? L'otto di giugno? Sono quasi cinque settimane. — Scosse la testa, parlando fra sè. — Quante maledette operazioni ho fatto lì? E quanti uomini ho perduto?

— Avete a cuore i vostri pazienti — osservò pacatamente Sally. — Questo è quanto desidero per David: un chirurgo che prenda a cuore la sua malattia.

Corrugando la fronte, Kinlock ingollò dell'altro whisky. — Con una ferita alla spina dorsale abbastanza grave da causare la paralisi, mi sorprende che vostro fratello sia ancora in vita. Metà delle funzioni fisiche sono pregiudicate, si formano infezioni e ulcere per il fatto di rimanere sdraiati troppo a lungo nella stessa posizione. Un uomo non sopravvive molto in queste condizioni, e da quello che ho visto in casi simili, è una benedizione quando muoiono. Così seguite il mio consiglio: dite addio a vostro fratello e lasciatemi in pace.

Fece per girarsi verso la scrivania, ma Sally allungò una mano, sfiorandogli la manica. — Dottor Kinlock, non è successa nessuna di queste cose a mio fratello. È solo che soffre molto e si sta spegnendo. Non potreste dargli un'occhiata? Vi prego!

Alle sue parole, Kinlock aggrottò pensieroso le folte sopracciglia scure. — Soffre molto? Strano, ci si aspetterebbe una sorta di intorpidimento... — Rifletté ancora un momento, poi snocciolò una serie di domande di carattere medico.

Sally fu in grado di rispondere a buona parte delle domande, avendo tempestato a sua volta i medici dell'ospedale York per sapere di David.

Dopo aver accertato qual era la condizione e il trattamento usato con David, Kinlock domandò: — Quanto laudano prende vostro fratello?

Sally cercò di fare una media. — Una bottiglia di Sydenham ogni due o tre giorni, credo.

— Accidenti, capisco perché quell'uomo non può muoversi! L'oppio è un meraviglioso medicamento, ma non privo di controindicazioni. — Incrociò le braccia sul petto, riflettendo. Infine, disse: — Verrò a visitarlo domani pomeriggio.

Il cuore di Sally sussultò. — Non potreste venire stasera? È così debole...

— No, non posso. E se volete che venga dopo essermi scolato tutto questo whisky, siete una sciocca.

Le sue mani sembravano abbastanza ferme, ma pensava che avesse ragione. — Domani mattina allora, come prima cosa? Vi darò centoventicinque sterline. — Sally tirò fuori la borsa con l'oro e gliela porse.

— Siete molto determinata, non è vero? Tuttavia, ho dei pazienti da visitare domani mattina. Potrò venire soltanto nel pomeriggio, e non sono in grado di anticiparvi l'ora. Prendere o lasciare. — Le restituì la borsa.

— Ho sempre saputo che i chirurghi sono una categoria di persone grossolane e dissacratorie. E voi non smentite questa diceria.

Invece di sentirsi insultato, Kinlock scoppiò a ridere, l'espressione che si illuminava per la prima volta. — Avete dimenticato di aggiungere dure, insensibili, e ignoranti. — Tappò il suo whisky e posò la bottiglia sulla scrivania. — Tra parentesi, come vi chiamate?

— Sally Lancaster.

— Sì, avete proprio l'aria di una Sally. — Il suo accento scozzese era adesso più pronunciato, forse per via del whisky. — Annotate l'indirizzo di vostro fratello, e passerò domani pomeriggio. Non presto, probabilmente.

Mentre Sally annotava l'indirizzo, Kinlock incrociò le braccia sulla scrivania, vi posò sopra la testa, e si addormentò.

Prima di andarsene, Sally studiò perplessa la figura addormentata. Che aria poteva mai avere una Sally? Uno scozzese pazzo, certo, duro, insensibile e tutto il resto. Ma per la prima volta dopo settimane, provò un briciolo di speranza al pensiero che David potesse avere un futuro.

Lady Jocelyn gettò esasperata la penna d'oca sulla scrivania, schizzando macchie di inchiostro sul registro. Iside alzò il naso sdegnata per questa mancanza di autocontrollo della sua padrona. Per tutto il pomeriggio lady Kendal aveva cercato di occuparsi della corrispondenza e dei conti mensili, ma le era impossibile concentrarsi, la mente occupata dall'uomo che giaceva di sopra nella stanza azzurra.

Posò il mento su un palmo e pensò com'era ridicolo non osare andare a trovarlo. Dopotutto, era la sua ospite. Cielo, sua moglie! La sua permalosa sorella se n'era andata, non era ritornata e aveva rifiutato l'offerta di una camera da letto, cosa di cui Jocelyn era grata. Perlomeno quell'orribile donna non mancava completamente di buonsenso. Se avessero dovuto incontrarsi quotidianamente al tavolo della colazione, sarebbe presto avvenuto un omicidio.

— Hai perfettamente ragione, Iside. Visto che non ho combinato niente, potrei anche andare a vedere se il maggiore è a suo agio. O se è ancora vivo. — Jocelyn si allontanò dalla scrivania. — Pensi che gradirebbe un po' di fiori? — Il gatto sbadigliò voluttuosamente. — Sono contenta che tu sia d'accordo. Vado a raccoglierne un po' in giardino.

Dopo aver raccolto e sistemato una bracciata di rose gialle e tea con un po' di verde, Jocelyn portò il vaso di sopra nella stanza azzurra. Bussò leggermente alla porta, entrando quando non ottenne risposta. Il maggiore sembrava addormentato, così posò i fiori sul tavolo accanto al letto, poi si girò per osservarlo meglio.

Nel riposo, il suo viso le ricordava quello dormiente di un cavaliere medioevale scolpito su una tomba di marmo nella chiesa del villaggio di Charlton. Scavato, nobile, remoto. Il suo pallore era messo in risalto dall'ombra scura della barba. Mossa da un impulso di tenerezza, Jo-

celyn allungò una mano per sfiorargli la guancia, sentendo i peli irti sotto le dita.

Sconcertato, lui aprì gli occhi. — Buongiorno, lady Jocelyn.

Lei lasciò ricadere in fretta la mano, le dita che le pru-
devano. — Buongiorno. Siete stato ben accudito?

— Benissimo. È stato gentile da parte vostra invitar-
mi qui.

Con quella gioia che gli brillava negli occhi, non
avrebbe potuto disilluderlo, anche se Sally non le avesse
detto di non farlo. Tuttavia, un'onestà innata la costrinse
a spiegare: — Gran parte del merito va a vostra sorella. È
stata lei a pensare di chiedere al vostro medico se poteva-
te sopportare un trasferimento.

— Il dottor Ramsey avrà sicuramente risposto che
non importava a questo punto. — Il suo sguardo spaziò
per la stanza dall'alto soffitto a stucchi e le pareti rivestite
di seta. — Casa vostra è un posto infinitamente più piacevole di un ospedale per morire.

Jocelyn avvicinò una sedia al letto e sedette in modo
che i loro visi fossero quasi allo stesso livello. — Come
potete essere così calmo, parlare della vostra morte come
se si trattasse di un cambiamento del tempo?

Pur non essendosi quasi mosso, sembrò che avesse
scrollato le spalle. — Quando si è trascorso abbastanza
tempo come soldati, la morte *è* come un cambiamento
del tempo. Ho vissuto per anni nell'incertezza. Non mi
sono mai illuso di invecchiare.

— La vostra esperienza va oltre la mia capacità di
comprensione — osservò lei sommessamente.

— Siamo tutti il prodotto della nostra esperienza. La
mia è stata piuttosto melodrammatica — asserì distrattamente, l'attenzione concentrata soprattutto su lady Jocelyn. Col sole pomeridiano che scolpiva i suoi lineamenti
perfetti, era deliziosa. I suoi occhi, di un delicato castano
dorato con verdi pagliuzze, lo affascinavano, e scoprì di
essere un po' meno rassegnato di prima a morire.

Con doloroso rammarico, pensò che gli sarebbe piaciuto aver incontrato e corteggiato quella signora quan-

d'era in buona salute. Anche se, pure in questo caso, le sue condizioni non l'avrebbero mai reso un partito adatto a una signora del rango della contessa.

C'era un luccichio di lacrime sulle sue guance. Lui scoprì che concentrando tutte le sue forze, avrebbe forse potuto alzare una mano e asciugargliele con la punta delle dita. — Non piangete per me, milady. Se mai mi ricorderete, preferirei che fosse con un sorriso.

— Non vi dimenticherò, David, ve lo prometto. — Le lacrime non sparirono del tutto, ma sorrise alzando una mano per coprire la sua. — È così strano pensare che tre giorni fa non ci conoscevamo nemmeno. Adesso c'è un... un legame eccezionale tra noi. Credevo che un matrimonio di convenienza si riducesse a uno scambio di parole e di firme, ma è molto di più, non è vero?

— Per me lo è stato. — Troppo stanco per continuare a tenere alzato il braccio, lo adagiò sul letto. Lei intrecciò le dita della mano con quelle di lui. C'era un'intimità in quella stretta che gli riscaldò il cuore. Avrebbe voluto avere la forza di sfiorarle i luminosi capelli, di vedere se erano morbidi come sembravano. Sarebbe stato estremamente romantico, dato che nessun'altra parte del suo corpo era in grado di reagire. — Il mio unico rammarico è di disturbare la vostra pace.

— Forse era ora che la mia pace venisse disturbata. Troppa tranquillità può non giovare all'anima. — Si alzò in piedi, lasciandogli la mano, con suo rimpianto.

La dolce voce musicale di Jocelyn assunse una nota di efficienza. — Hugh Morgan vi è gradito come servitore? Altrimenti, ne troverò un altro.

— Più che gradito. Non voglio essere un ospite esigente, o trattenermi troppo a lungo.

Lei si morse il labbro inferiore. — Se c'è qualcosa che desiderate, non dovete fare altro che chiederlo. Vi dispiace se vengo a farvi visita?

Divertito che potesse pensare una cosa simile, domandò: — Perché dovrebbe dispiacermi?

— È sconveniente...

Lui rise di tale assurdità. Dopo un momento di sorpresa, Jocelyn lo imitò. — È stato sciocco da parte mia, non è vero? Non può esistere nulla di sconveniente tra marito e moglie.

— La vostra reputazione è salva. Anche se non fossimo sposati, non sono in condizione di compromettervi. — Sorrise. — Che peccato!

Jocelyn apparve incerta, poi sorrise a sua volta e si chinò in avanti, sfiorandogli le labbra con un bacio prima di girarsi e uscire dalla stanza. Lui ammirò la grazia del suo portamento e il modo in cui il sole bruniva i suoi capelli castani, conferendogli una sfumatura rossiccia che la rendevano più sensuale. Che quel colore suggerisse un bel caratterino sotto la facciata fredda e di circostanza? Un pensiero deliziosamente intrigante. Non solo era una signora, ma una donna. Una donna che avrebbe potuto amare.

Era ironico pensare che se non fosse stato in punto di morte, non si sarebbero mai incontrati.

Jocelyn chiuse la porta dietro di sè, poi vi si appoggiò contro, sentendosi svuotata. Maledizione, perché doveva piacerle? Ogni volta che lo vedeva, era anche peggio. Strana, la sensazione di intimità tra loro, forse perché non c'era tempo per cortesi preliminari.

Non c'era quasi più tempo per nulla...

7

Grata che lady Jocelyn fosse fuori, Sally trascorse buona parte del pomeriggio successivo a tenere d'occhio la porta d'ingresso mentre aspettava che apparisse Ian Kinlock, ma il battente rimase desolatamente silenzioso. L'ora era tarda quando si sentì bussare alla porta. Sally la raggiunse contemporaneamente al maggiordomo.

Con un sospiro di sollievo, vide che era il chirurgo che reggeva una borsa nera da medico con una mano. Al maggiordomo Sally disse: — Il dottor Kinlock è qui per visitare mio fratello, Dudley. Lo accompagno di sopra io.

Kinlock entrò. Nell'elegante residenza cittadina appariva fuori posto come un orso ballerino, e altrettanto forte. Mentre Sally lo precedeva lungo le scale, osservò freddamente: — Gran bella casa. — Sbirciò dubbioso i suoi scialbi indumenti. — Abitate qui anche voi?

Pensò di spiegargli, ma era troppo complicato. — No, mio fratello è un ospite. E io sono governante in un'altra casa. Trascorro qui tutto il tempo che posso.

Entrarono nella stanza di David. Dall'espressione di suo fratello, Sally capì che non si aspettava niente di buono da quella visita. Vi si sottoponeva solo per amor suo. Dopo le presentazioni, il chirurgo disse: — Uscite, signorina. Esaminerò vostro fratello in privato. So già come rispondereste alle domande. Voglio sentire che cosa dirà lui.

Offesa, Sally aprì la bocca per protestare, poi si interruppe quando David, divertito dalla franchezza un po' rude del medico, disse: — Va', Sally. Me la caverò.

Una volta fuori, trascorse un'interminabile mezz'ora a camminare attorno alla balconata che sovrastava l'atrio. Non un brutto posto per fare un po' di moto col cattivo tempo, decise.

Quando Kinlock aprì la porta, gli corse incontro. La sua espressione sembrava più serena di quand'era arrivato. Sperando che fosse un buon segno, disse: — Ebbene?

— Entrate, miss Lancaster. Desidero discutere di questo con entrambi.

David aveva le labbra esangui a causa della penosa visita, ma i suoi occhi erano vigili. Sally gli si avvicinò, prendendogli la mano e tenendogliela stretta.

Kinlock cominciò a camminare su e giù per la stanza. Sally si chiese se quell'uomo si rilassasse mai.

— Innanzitutto, maggiore Lancaster, c'è ancora un frammento di *shrapnel* nella vostra schiena, un po' più in basso di quelli che vi sono stati asportati dopo la battaglia. Esso è la fonte di gran parte del dolore. — Il chirurgo aggrottò le sopracciglia cespugliose. — A giudicare dalle vostre reazioni, credo che non siate realmente paralizzato.

— Se non sono paralizzato — ribatté stupito David — che cosa non va in me? Metà del mio corpo non si muove.

— Credo che soffriate di una combinazione di più fattori. La scheggia di *shrapnel* non è certamente insignificante, ma ritengo che il vostro problema principale derivi dal troppo laudano — dichiarò bruscamente Kinlock. — Vi sono state somministrate dosi massicce per attutire il dolore causato dalle ferite alle spina dorsale, che deve essere stato atroce. L'oppio vi ha certamente aiutato, e vi ha anche impedito di agitarvi e procurarvi danni ulteriori, ma credo che alla fine sia sopraggiunto un avvelenamento da oppio, e che siate probabilmente diventato dipendente. Esagerare col laudano può avere molti effetti collaterali, compresa un'estrema debolezza muscolare, e l'incapacità di ingurgitare cibo.

E David era vissuto a brodo e laudano per settimane, perché i dottori non vedevano la ragione di limitare il suo consumo d'oppio dato che stava comunque morendo.

— Mio Dio. Che circolo vizioso! — esclamò il maggiore.

— Quando infine il gonfiore intorno al frammento è diminuito al punto da poter essere asportato, stavate morendo di fame ed eravate così indebolito dal dolore e dall'oppio che sembravate paralizzato.

Cercando di afferrare quello che Kinlock stava dicendo, David chiese: — Se smetto di assumere laudano, guarirò?

Kinlock corrugò la fronte. — Non è così semplice. Ridurre l'oppio vi restituirebbe l'appetito e vi permetterebbe di non morire di fame, ma il dolore potrebbe essere insopportabile. Se diventaste abbastanza forte da camminare, c'è il rischio che il proiettile si sposti e causi una vera paralisi. Ma anche se accadesse, potreste cavarvela con una sedia a rotelle, e la vostra vita non sarebbe in immediato pericolo. Questa sarebbe la linea di trattamento più sicura.

Le sue ultime parole caddero in un assoluto silenzio.

Immaginando quello che il chirurgo non stava dicendo, David asserì: — State pensando a un trattamento più radicale, non è vero?

— L'alternativa è un intervento chiurugico. Un intervento è sempre pericoloso, e asportare la scheggia di *shrapnel* potrebbe causare il genere di danno alla spina dorsale di cui pensano soffriate già. Inoltre, un intervento aumenta il rischio di infezione, che potrebbe esservi fatale, soprattutto indebolito come siete ora.

— Ma se funzionasse?

— Se funzionasse... è possibile che dopo una settimana possiate essere in grado di camminare.

Sally ansimò, la mano che stringeva la sua. David cercò di immaginare come sarebbe stato vivere. Avere di nuovo un futuro. Con un profondo sospiro, chiese: — Quando potreste operare?

Kinlock inarcò le sopracciglia mentre guardava la sua borsa dei ferri. — Se siete sicuro che è ciò che desiderate, potrei farlo subito. Ho tutti gli strumenti di cui ho bisogno, e l'intervento in sé non durerebbe a lungo.

David e Sally si scambiarono un'occhiata, comunicando senza parlare. Più l'operazione fosse stata rinviata, e più debole sarebbe stato. Terrorizzata dal rischio, ma sapendo che era la sua ultima speranza, Sally fece un rigido cenno col capo, assentendo.

David si rivolse al chirurgo. — Procedete allora. Subito.

— Molto bene. — Kinlock esitò. — Nella vostra situazione e conoscendo i rischi, farei la stessa scelta.

Era un conforto, pensò David. Il suo sguardo andò alla bottiglia sul comodino mentre pensava agli strani sogni, ai colori e ai suoni distorti, alla nebulosità in cui era vissuto da quando aveva ripreso conoscenza dopo la ferita.

Se fosse stato abbastanza forte, avrebbe afferrato la bottiglia e l'avrebbe scaraventata attraverso la stanza. Ma per settimane, aveva accettato la droga come l'unica cosa che rendesse sopportabile la vita. — Da quando ho incominciato a prendere il laudano, ho provato la sensazione che... che un estraneo si fosse impossessato della mia mente. Pensavo che dipendensse dal fatto che stavo morendo. — Storse la bocca. — L'oppio è un amico maledettamente infido.

— Sì, ma ne avrete bisogno per l'operazione — lo avvertì Kinlock. — Poi, sarà bene diminuire gradualmente il dosaggio. Se smetterete di colpo, trascorrerete giornate sudando, gridando e dio sa cos'altro.

— Avete già visto molti oppiomani per sapere se smettere pian piano faciliterà le cose?

Il chirurgo apparve turbato. — Non saprei, maggiore. È un'abitudine difficile da perdere. Ma non dovete decidere subito. Prendete una buona dose ora e continuate a prenderne per i prossimi giorni. Sarebbe troppo traumatico per il vostro corpo eliminare la droga e sottoporvi a un intervento. Quando vi sentirete meglio, allora sarà il momento di smettere.

Sebbene David stesse annuendo, aveva già deciso di smettere il più presto possibile. Inghiottì l'abbondante dose che Sally gli stava somministrando per poter sopportare l'operazione. Ma una volta superato quel momento, si ripromise che non avrebbe toccato più una goccia di quella robaccia.

Kinlock fece cenno a Sally di seguirlo in anticamera, dove David non avrebbe potuto sentirli. — Avrò bisogno di due uomini per tenerlo fermo, e di qualcuno che mi passi gli strumenti. Avrò anche bisogno di asciugamani, lenzuola, sapone e molta acqua calda. — Notando la sua sorpresa, spiegò: — Non so perché, ma la pulizia sembra ridurre le infezioni.

Ciò aveva senso per Sally. — Vi porterò tutto l'occorrente.

Il chirurgo afferrò il pomolo della porta per rientrare, ma si fermò. — Avete detto che vostro fratello è un ospite qui. Chi è il proprietario della casa... un parente?

— Appartiene alla moglie di David.

— Moglie! Perché non è qui? — chiese Kinlock.

— Il matrimonio ha avuto luogo solo un paio di giorni

fa ed è stato sostanzialmente un matrimonio di convenienza. Si conoscono appena. Lady Jocelyn non sa nemmeno che siete qui. — Mentre spiegava, Sally pensò per la prima volta a come avrebbe reagito quella strega se David fosse miracolosamente guarito.

Sbuffando per le idiozie delle classi alte, Kinlock rientrò in camera da letto. Scacciando il pensiero della reazione di lady Jocelyn, Sally si affrettò ad andare a prendere quanto le era stato richiesto. Sua signoria aveva detto di chiedere qualunque cosa fosse stata necessaria, e in nome del cielo, l'avrebbe fatto.

Sally era grata che i preparativi per l'intervento includessero anche il fatto di coprire con lenzuola gran parte del corpo di David, fuorché per la piccola area sulla schiena dove sarebbe stata effettuata l'incisione.

Si accostò al letto e disse: — Vi passerò io stessa i ferri.

— Siete sicura, ragazza? Sarebbe meglio che lo facesse qualcuno che non sia imparentato con il paziente. Non sareste di nessuna utilità se sveniste.

Sally alzò il mento. — Non sverrò. Non preoccupatevi, me la caverò.

Lui abbozzò un sorriso. — Molto bene. — Nominò velocemente gli strumenti e l'ordine in cui avrebbero dovuto essere passati.

I due domestici che avrebbero assistito, assunsero le loro posizioni, Hugh Morgan a capo del letto e il nerboruto, taciturno cocchiere in fondo. Delicatamente ma con fermezza, afferrarono David, e l'operazione ebbe inizio.

Sally era stupita per come Kinlock lavorava in fretta, incidendo abilmente e tamponando il sangue.

Dopo una lunga quanto meticolosa indagine della ferita aperta, emise un piccolo suono soddisfatto. Con una delicatezza che sembrava impossibile per mani così grandi e forti, estrasse un piccolo frammento di metallo. Lasciandolo cadere nella bacinella che Sally gli porgeva, borbottò: — Adesso sonderemo ancora un po', per essere più sicuri.

Quando fu soddisfatto, ricucì la ferita. L'aiuto dei domestici era stato inutile, perché David non si era quasi mosso durante l'operazione.

Kinlock ordinò: — Passatemi quel barattolo, ragazza.

Sally obbedì, aprendoglielo. Il contenuto era una disgustosa massa grigio-verde che puzzava terribilmente. Con suo orrore, vide Kinlock spalmarne un po' sulla ferita. Poi la tensione si allentò a tal punto che Sally non fece quasi caso quando Kinlock applicò una fasciatura e diede a voce bassa alcuni istruzioni a Morgan, che sarebbe rimasto con David. Sentendosi svenire, adesso che aveva svolto il suo ruolo, Sally uscì e si lasciò cadere su un divano addossato alla parete della balconata. Kinlock aveva fatto bene ad ammonirla che l'operazione sarebbe stata sconvolgente. Ma era anche stata affascinante.

Quando lo scozzese uscì infine dalla stanza, Sally alzò lo sguardo intimorita: — Pensate... pensate che sia riuscita?

Lui si lasciò cadere sull'estremità opposta del divano, sfinito come la prima volta che l'aveva visto. E temette il peggio quando lo vide prendersi la testa fra le mani, finché non la rialzò con un rassicurante sorriso. — Sì, è perfettamente riuscita. Il frammento è uscito tutto, e dai test che ho appena fatto, ha sensazioni normali alle gambe. C'è ancora una possibilità di infezione, ma a Dio piacendo, credo che sopravvivrà, e tornerà probabilmente come nuovo.

Sally non aveva pianto quando le avevano detto che David sarebbe morto, ma dopo aver sentito che sarebbe vissuto, scoppiò in irrefrenabili singhiozzi. — Grazie Dio — disse con voce rotta. — *Grazie Dio*.

Kinlock le passò un braccio attorno alle spalle mentre continuava a piangere. — Su, su, ora. Siete una ragazza coraggiosa, e vostro fratello è fortunato ad avervi.

Si girò verso di lui, affondando il viso nel suo petto. Era così forte, così solido. Dal tessuto di lana della sua giacca emanava un lieve profumo di tabacco da pipa, che la riportò indietro di vent'anni a quando suo padre la teneva stretta e lontana dai problemi del suo mondo di bambina.

Il pensiero la fece piangere ancora di più. Aveva perduto suo padre, poi sua madre, e anche David quasi. Ma adesso, per grazia di Dio e di questo burbero scozzese dal sangue caldo, non sarebbe stata sola.

Esaurite le lacrime, si staccò da Kinlock e tirò fuori un fazzoletto dalla tasca. — Mi dispiace di aver pianto così a lungo. È solo che quello che avete fatto assomiglia molto a un miracolo. Non... non riesco quasi a crederci.

Kinlock abbozzò uno stanco sorriso che lo fece apparire sorprendentemente giovane. — Bene, volevate un miracolo. Siete passata dalla chiesa di San Bartolomeo l'altro giorno?

— No, ma ci andrò sicuramente domani!

— Fatelo. Anche a Dio piace essere ringraziato quando fa bene qualcosa.

Sally si alzò. — È ora che torni da David. Ci sono speciali istruzioni su cosa fare per lui durante la notte?

— Le mie uniche istruzioni sono per voi: cenate e fatevi una buona notte di sonno — rispose severamente. — Ordini del medico. Se non incominciate a prendervi più cura di voi stessa, diventerete presto una paziente. Non occorre che vi preoccupiate per il maggiore Lancaster. C'è Morgan con lui, e io passerò domani.

Sally aprì la bocca per protestare, poi ci ripensò. — Va bene — rispose.

Kinlock si alzò in piedi e raddrizzò le spalle, rilasciando i muscoli. — Sapete se in questa grandiosa dimora c'è del whisky?

Se anche avesse voluto fare il bagno in una tinozza di porto, Sally si sarebbe assicurata che il suo desiderio venisse esaudito. — Che ne dite di scendere a vedere?

Kinlock prese la borsa dei ferri, e scesero in salotto. Il solerte maggiordomo di lady Jocelyn rispose subito alla scampanellata di Sally, tirando fuori velocemente bottiglie di whisky e di brandy.

Notando che le mani di Ian Kinlock stavano tremando

mentre si versava un whisky, chiese: — Siete sempre così teso dopo un'operazione?

Lui sembrò vergognarsene. — Sì. Le mie mani sono ferme come la roccia durante un' intervento, ma poi ho difficoltà a credere di essere stato così temerario da eseguirlo. — Ingollò metà del suo whisky, poi riempì nuovamente il bicchiere e sedette sul divano, bevendo più lentamente.

Sally sorseggiò il suo brandy. Ottimo, come si era aspettata. — Cos'era quell'orribile medicamento che avete usato?

Kinlock sorrise. — Siete certa di volerlo sapere?

— Sì, per favore.

— Pane ammuffito e acqua.

— Mio dio! Dopo esservi assicurato di usare strumenti sterili, avette applicato qualcosa di così sudicio su David? — esclamò Sally, inorridita.

— So che sembra strano, ma in tutto il mondo esistono tradizioni popolari in cui si usano come medicamenti cose ammuffite — spiegò il chirurgo. — In Cina, usano cagliata di soia ammuffita. Nell'Europa orientale e meridionale, i contadini conservano perennemente una forma di pane sulle travi. Se qualcuno si fa male, la tirano giù, tolgono la muffa e preparano un impasto con l'acqua, poi lo applicano sulla ferita.

— Interessante. — Sally era sempre stata insaziabilmente curiosa, una buone dote per una insegnante. — Tenete anche voi una forma di pane ammuffito nella vostra soffitta?

Kinlock scosse la testa, ricordando. — Questo pane particolare mi è stato dato da un marinaio russo che giurò che era il migliore che avesse mai usato. L'ho provato e ho scoperto che perdevo meno pazienti per infezione e necrosi. Ne faccio uso da circa otto anni.

— Che cosa vi ha deciso a tentare un rimedio così poco ortodosso, innanzi tutto?

— Ho viaggiato molto, e mi sono interessato spesso alla medicina popolare. I miei colleghi più ortodossi ridono, ma a volte funziona. Uno dei miei scopi nella vita è quello di verificare simili pratiche e scoprire quali sono valide.

Adesso che David era stato salvato, Sally scoprì di essere più curiosa dell'uomo che del chirurgo Kinlock. — Quali sono i vostri altri scopi nella vita?

— Salvare più persone che posso dalla Morte. Alla fine, la morte vince sempre. Ma non senza lottare, perdio! — La sua espressione era cupa.

Desiderando cancellare quell'ombra triste dai suoi occhi, Sally alzò il bicchiere. — Un brindisi alla vittoria di oggi sulla Morte!

Con espressione più serena, Kinlock sfiorò il suo bicchiere con quello di Sally e bevvero. Poi lei versò dell'altro liquore per entrambi, e quindi scivolarono in una conversazione più generale, gioendo tutti e due dell'euforia del momento. Sally parlò del suo impiego di governante, Kinlock della sua formazione professionale a Edimburgo e a Londra. Dopo gli studi e il praticantato, era diventato medico di bordo, ed era stato nei luoghi più strani e diversi. Infine, era diventato chirurgo nell'esercito, affinando le sue abilità sul campo di battaglia.

Sally sentiva l'amore per la professione in ogni parola che lui pronunciava. Davvero uno scozzese pazzo! Benediceva in cuor suo il dottor Ramsey per averla mandata da quest'uomo, che era certamente l'unico chirurgo in Inghilterra che avrebbe potuto salvare suo fratello.

8

Stanca dopo una lunga giornata fuori di casa Jocelyn, rientrando, aveva quasi superato il salone quando udì una voce femminile e si fermò. Che zia Laura si fosse calmata e fosse ritornata a Londra?

Sperando che così fosse, aprì la porta del salotto. Con suo disgusto, trovò non sua zia, ma la sua grossolana cognata che stava per ubriacarsi in compagnia di uno scarmigliato individuo che Jocelyn non aveva mai visto. La sua espressione si irrigidì davanti a simili libertà prese in casa sua. Tuttavia, ricordando la sua decisione di essere più paziente, cominciò a indietreggiare pian piano. Sally poteva essere un po' ebbra, ma non avrebbe probabilmente rubato l'argenteria, che non era comunque in salotto.

Prima che potesse svignarsela, Sally alzò lo sguardo e la vide. — Ho cattive notizie per voi, lady Jocelyn.

— Oh, no. È... è morto? — Jocelyn si raggelò. Dunque David se n'era andato, il corpo martoriato che si stava raffreddando di sopra, gli occhi verdi chiusi per sempre. E lei non era neppure stata a casa. Quella breve visita del giorno prima era stata un addio. Ecco perché Sally era ricorsa alla bottiglia di brandy.

— Al contrario — continuò la ragazza con la sua stentorea voce da insegnante. — Il dottor Kinlock, qui presente, ha effettuato uno splendido intervento chirurgico, e sembra probabile che David non solo sopravviverà, ma si riprenderà completamente.

Sarebbe vissuto? Le parole costituirono uno choc perfino superiore a quello che la sua morte avrebbe provocato. Stordita dal tentativo di assimilare simili notizie contraddittorie, Jocelyn mosse un passo avanti e afferrò lo schienale di una sedia per sorreggersi. Che cosa meravigliosa se quello che aveva detto Sally era vero. David meritava di vivere ed essere felice.

Ma nel mezzo di tanta gioia affiorò un pensiero: non era stato previsto un marito vivo!

— So che lo volevate morto. — Sally si alzò in piedi e si avvicinò a Jocelyn, gli occhi scintillanti. — Forse farei meglio a restare qui a proteggerlo finché non può essere trasferito da casa vostra. Dato che non morirà di morte naturale, chi mi assicura che non vogliate rimediare alla situazione?

Jocelyn si sentì impallidire. — Che parole spregevoli! Sebbene la mia intenzione fosse di diventare vedova, non volevo vedere morto David. Ammesso che riusciate a capire la distinzione. — Girò alla cieca intorno alla sedia e vi si lasciò cadere.

Sentì in mano qualcosa di freddo e alzò lo sguardo sul

medico che le porgeva un bicchiere di brandy, gli occhi che la osservavano con preoccupazione professionale. — Bevete questo, lady Jocelyn. Vi aiuterà a superare lo choc.

Ubbidiente sorseggiò la bevanda, e quasi le sembrò di soffocare quando il brandy le bruciò in gola. Ma il chirurgo aveva ragione, perché la sua mente ricominciò a funzionare. Abbassò lo sguardo sul bicchiere e cercò di fare luce sui suoi sentimenti.

Non c'era niente di cui rattristarsi se David Lancaster fosse vissuto. Ma che cosa avrebbe significato questo per i suoi piani su Candover? Anche se il duca si fosse innamorato di lei, non avrebbe potuto sposarlo. Tale consapevolezza le fece venir voglia di piangere.

Rendendosi conto di essere emotivamente confusa, cercò di accentrare la sua attenzione altrove. Sul chirurgo, per esempio, che le apparve sotto una luce migliore. Poteva essere scarmigliato, ma il suo sguardo era intelligente e gentile mentre descriveva brevemente perché il maggiore era stato così male e che cosa aveva fatto per guarirlo.

Quand'ebbe finito, Jocelyn fu in grado di esibire un sorriso genuino. — I miei ringraziamenti, dottor Kinlock. Avete fatto un ottimo lavoro. Non conosco il maggiore Lancaster da molto tempo, ma so che il mondo sarà un posto migliore grazie alla sua sopravvivenza.

Davanti agli occhi disgustati di Sally, Kinlock sembrò quasi soccombere all'immenso fascino di lady Jocelyn. Anche il più intelligente degli uomini era evidentemente incapace di riconoscere una sgualdrina di alto rango per quello che era.

Non appena il pensiero le si formò nella mente, se ne vergognò. Essendo a stomaco vuoto, il brandy si stava probabilmente facendo sentire. Anche lady Jocelyn era apparsa sorprendentemente vulnerabile quando Sally le aveva rivolto la sua inconcepibile accusa. Chi avrebbe pensato che quella strega avesse dei sentimenti? Probabilmente era soltanto sconvolta dall'insulto alla sua dignità.

Cionondimeno, Sally era stata molto scortese con la sua ospite. Sebbene le scuse non fossero una sua prerogativa, asserì in modo formale: — Mi dispiace per quello che ho detto, lady Jocelyn. Sono sicura che David sarà curato alla perfezione qui finché non potrò trasferirlo altrove. Incomincerò subito a cercare un altro posto perché non vi sia di incomodo.

— Non c'è bisogno di affrettarsi. La casa è abbastanza grande da ospitare un reggimento, o almeno una compagnia. — Riassumendo la sua abituale freddezza, lady Jocelyn si alzò in piedi. — Dottor Kinlock, inviatemi il conto per i vostri servigi. Confido che sia consono ai risultati.

Lui guardò Sally. — Mi ha incaricato miss Lancaster, e credo intenda provvedere lei al mio onorario.

— Sciocchezze, la responsabilità è mia. — Rivolse al chirurgo un altro affascinante sorriso.

Sua signoria guardò verso l'orologio del camino. — Si sta facendo tardi. Permettetemi di farvi accompagnare a casa dalla mia carrozza. A meno che non vogliate trattenervi per la notte, miss Lancaster?

— Non sarà necessario. Il dottor Kinlock dice che David dormirà tutta la notte, e Morgan è qui per prendersene cura. Raggiungerò a piedi la casa dei miei datori di lavoro. Non è lontano, e c'è ancora luce.

Non pensava al suo lavoro da diverse ore, ma d'un tratto la colpì il pensiero che avrebbe dovuto assicurarsi che i Launceston continuassero a essere soddisfatti di lei. Era probabile che lady Jocelyn venisse meno al suo accordo finanziario, visto che non sarebbe rimasta vedova come si era aspettata. Non aveva importanza. La vita di David valeva tutto quello che Sally possedeva, e una vita di agi non faceva per lei.

Dopo una rapida occhiata a Sally, Kinlock decise diversamente. — Saremo felici di accettare la vostra gentile offerta, lady Jocelyn. Mi accerterò che miss Lancaster ritorni a casa sana e salva. Se volete chiamare la carrozza, saremmo del parere di avviarci.

— Questo non è necessario — borbottò Sally mentre lady Jocelyn ordinava la carrozza.

Il chirurgo ridacchiò. — Dal mio punto di vista, lo è. Quando mai vi capita di bere brandy?

— Quasi mai — ammise. — Ma non sono affatto ubriaca. — Alla sua dichiarazione seguì un singhiozzo.

Con occhi scintillanti, Kinlock l'afferrò per il braccio e la dirottò verso la carrozza. Sally salì e si lasciò cadere grata contro la spalliera di velluto. Era sicuramente un po' alticcia e incline al riso. Che strano.

In seguito non ricordò di cosa avessero parlato durante il breve tragitto, ma prima che raggiungessero la casa dei Launceston, Kinlock fece cenno al cocchiere di fermarsi e farli scendere.

Sally sbirciò fuori dal finestrino, riconoscendo una taverna a circa due isolati dalla casa dei suoi datori di lavoro. — Non siamo ancora arrivati.

Lui le prese la mano per aiutarla a scendere dalla carrozza.

— No, ma il cibo è buono, e intendo farvi mangiare prima che ritorniate a casa. Altrimenti, i vostri padroni vi licenzieranno per ubriachezza e sarà colpa mia.

Il suo tono era divertito, ma Sally ne rimase lo stesso offesa. — Non sono ubriaca. Solo... solo un po' allegra. Non ho bisogno di mangiare.

Kinlock le posò la mano sul braccio. — Può darsi che voi non abbiate fame — disse diplomaticamente — ma io sì. Volete unirvi a me perché non debba mangiare solo?

Avendola messa così, Sally non poté rifiutare. Non desiderava farlo, comunque. Era affamata, adesso che ci pensava.

La taverna era pulita, e deliziosi profumini provenivano dalla cucina. Il proprietario salutò Kinlock come un vecchio amico e li fece accomodare in un angolo in penombra e tranquillo. Sally ingollò rapidamente pane e formaggio, pasticcio di carne e cipolla, budino di pesche, e il forte caffè che il chirurgo le ordinò di bere.

Dopo il caffè, asserì candidamente: — Mi dispiace di essere una simile seccatura, dottor Kinlock. Devo essere stata davvero un po' sbronza, o non mi sentirei così sobria adesso.

Sorridendo, lui tagliò abilmente una mela in otto pezzi.

— Il sollievo per vostro fratello unitamente al brandy a stomaco vuoto ha avuto un interessante effetto su di voi.

Sally si rilassò contro lo schienale di quercia, sentendosi particolarmente tranquilla. — Non credo di aver più fatto un vero pasto da quando ho visto la lista delle vittime di Waterloo.

La primavera era sembrata interminabile mentre l'Inghilterra aspettava di affrontare la battaglia col Grande corso, tornato miracolosamente dall'Elba con l'intero esercito francese che accorreva in suo soccorso. Aveva letto con avidità i giornali, provando forse un senso di premonizione. Quand'era arrivata infine la notizia di come David fosse stato ferito gravemente, non ne era rimasta sorpresa. Sconvolta e terrorizzata, ma non sorpresa. E poi era incominciata l'attesa...

Ricordando a se stessa che ormai il peggio era passato, disse: — Mi dispiace che, per prendervi cura di me, sarete costretto a tornare a casa a piedi quando avreste potuto farvi accompagnare dalla carrozza di lady Jocelyn. Abitate vicino al Bart?

— No, ho un ambulatorio a un paio di isolati, in Harley Street, e abito di sopra. Mangio spesso qui. — Tracciò un cerchio con un po' di birra rovesciata. — Che storia c'è dietro il matrimonio di vostro fratello? Non mi sembra il solito matrimonio di convenienza.

Sally raccontò brevemente perché lady Jocelyn avesse desiderato diventare una ricca vedova, e come David fosse diventato suo marito. La storia appariva bizzarra mentre la esponeva, ma il chirurgo non mostrò di esserne scioccato. Sospettava che ci volesse ben altro per sorprendere Ian Kinlock.

Quand'ebbe finito, lui scosse la testa con espressione perplessa. — Povera donna. Non c'è da meravigliarsi che voi due foste ai ferri corti. I vostri interessi per la salute del maggiore erano di natura completamente diversa.

— Mi biasimate per essermi chiesta se avrebbe potuto porre fine alla sua sgradita esistenza?

— Stupidaggini, ragazza, non credete che rappresenti una minaccia per lui più di quanto lo credo io — ridacchiò. — Non avete visto la sua espressione quando ha creduto che fosse morto?

— È apparsa angosciata — ammise Sally. — Probabilmente temeva che una morte in casa sconvolgesse la servitù.

— Può darsi che non desideri essere sposata con vostro fratello, ma è un uomo piacevole, ed è apparsa sinceramente felice di sentire che si sarebbe ripreso. Sarà divertente vedere come risolveranno il problema.

— Il pensiero di avere lady Jocelyn come cognata non mi alletta. È la donna più altezzosa che abbia conosciuta.

— Non è così male, sebbene appartenga a una classe di inutili parassiti. Una donna molto affascinante, in realtà.

Sally si trattenne saggiamente dal fare commenti. Date le circostanze, la politica sarebbe stato un argomento di conversazione più sicuro. — Vi esprimete come un radicale.

— Se è radicale disprezzare la gente pigra che non ha mai fatto un po' di bene a nessuno, allora lo sono. Donne che spendono più denaro per un abito di quanto una famiglia media veda in un anno, uomini la cui idea dello sport consiste nell'ammazzare animali inermi e giocarsi delle fortune.— Sorrise malignamente. — Ho pensato spesso che la caccia sarebbe molto più giusta se volpi e fagiani fossero armati e potessero battersi.

Sally immaginò una volpe che puntava un fucile e scoppiò a ridere. — Riesco certamente a immaginare alcuni membri del bel mondo che, se presi a pallettoni, si ridimensionerebbero.

Il suo sorriso la indusse a riconoscere la sconvenienza della sua osservazione. Kinlock era così anticonformista che le faceva dimenticare di tenere la lingua a freno. Studiò la faccia rugosa sotto i folti capelli bianchi, i lineamenti espressivi che potevano riflettere simili eccessi di rabbia e compassione. Non sarebbe mai stata in grado di ripagarlo per quello che aveva fatto.

Il suo sguardo si posò sulle restanti fette di mela, che aveva spinto da parte. Dimenticando nuovamente di riflettere prima di parlare, chiese: — Non le mangiate quelle?

Avrebbe voluto nascondersi immediatamente sotto il tavolo, ma lui si limitò a far scivolare i pezzi di mela verso di lei. — Dovete mangiare un bel po' per rifarvi. La preoccupazione vi ha ridotta a pelle e ossa.

Lui riteneva che fosse magra, realizzò mentre mangiava le ultime due fettine di mela. Il suo pensiero successivo fu di chiedersi perché le importasse. Allarmata, pensò che le sarebbe piaciuto che Kinlock la vedesse come una donna, non semplicemente come la sorella di un paziente.

Naturalmente agli occhi del chirurgo, era solo una piccola governante ossuta che si era sbronzata e aveva insultato una bella donna che trasformava gli uomini in suoi schiavi. Umiliata a quel pensiero, inghiottì l'ultimo pezzo di mela e si alzò dalla sedia. — È ora che ritorni dai Launceston.

— Sì, dovrei tornare a casa anch'io.

Mentre si alzava anche lui, vide che per la prima volta da quando l'aveva conosciuto, appariva completamente rilassato. Ebbene, meritava di sentirsi soddisfatto per il lavoro di quel giorno.

Percorrendo gli ultimi isolati fino alla residenza dei Launceston, Sally trovò conforto nel pensiero che quella notte avrebbe dormito meglio di quanto non avesse dormito da mesi.

9

Jocelyn rimase seduta a lungo a bere tè dopo che il chirurgo e Sally Lancaster se ne furono andati. Zia Laura avrebbe detto che finire con un marito indesiderato era quello che meritava per le sue azioni riprovevoli. Tutto sommato, Jocelyn era propensa ad ammetterlo.

Agendo d'istinto, Iside le balzò in grembo e vi si accocolò, facendo le fusa in una dimostrazione d'affetto. Accarezzare la sua lucida pelliccia era un modo per calmare il panico che la coglieva ogni volta che rifletteva sull'essere sposata con un completo estraneo. Un amabile estraneo, per la verità, che era giunta ad ammirare e gradire, ma pur sempre un estraneo.

Riacquistare la salute avrebbe potuto rendere il maggiore un uomo completamente diverso da quello che aveva aspettato la morte con tanto tranquillo coraggio. Non si era accordato per un matrimonio duraturo più di quanto avesse fatto lei, e poteva essere altrettanto sconvolto all'idea di aver perso la libertà di sposare chi voleva. Forse c'era una donna che amava e che avrebbe sposato se non fosse stato per le ferite apparentemente mortali riportate a Waterloo.

Il divorzio era fuori discussione, naturalmente. Aveva sofferto tutta la vita per l'orribile scandalo provocato dal divorzio dei suoi genitori e non avrebbe mai imboccato quella via.

Anche se fosse stata disposta a farlo, un divorzio richiedeva una causa. E molto spesso essa si basava sull'adulterio da parte della moglie, cosa che non aveva certamente nessuna intenzione di commettere. E inoltre, poteva darsi che il maggiore Lancaster non volesse affatto divorziare da lei se aveva deciso che preferiva restare sposato con una donna ricca. Per fortuna, aveva firmato i documenti con cui rinunciava a vantare dei diritti sulle proprietà dei Kendal.

Scosse la testa. La sua immaginazione stava correndo all'impazzata. Un David sano poteva essere diverso da quello in punto di morte, ma non riusciva a immaginarlo nei panni di un mostro. Avrebbe scommesso sul fatto che era un uomo onesto e perbene. Semplicemente non lo voleva come marito.

Iside balzò a terra, toccando il tappeto con un tonfo

prima di allontanarsi. Era ora di informarsi sulla salute del maggiore.

Nella camera azzurra, Hugh Morgan vegliava attentamente sul suo paziente addormentato.

— Come sta? — chiese piano Jocelyn.

Il lacchè si alzò e la raggiunse alla porta. — Dorme come un bambino, milady — le assicurò a voce bassa.

— Bene. — Mentre stava per andarsene, si rammentò di chiedere: — E vostro fratello? È a suo agio qui?

— Oh, sì. È come rinato, e grazie per avermelo chiesto. — Morgan le rivolse un timido sorriso. — Avevate ragione a proposito delle cameriere, milady. Lo stanno circondando di attenzioni, e questo gli fa un gran bene.

Il commento le fece abbozzare un sorriso. Perlomeno una delle sue impulsive decisioni stava avendo conseguenze positive.

Dopo una cena solitaria, Jocelyn se ne andò a letto in compagnia delle sue ansie. Cercò di prendere con filosofia la questione di un futuro con il marito. Dopotutto, fra cent'anni sarebbero stati morti, e che importanza avrebbe avuto tutto questo? Ciononostante, si agitò per ore prima di addormentarsi.

Fu svegliata da colpi insistenti alla porta. Iside, sistemata comodamente al suo solito posto in fondo al letto, drizzò le orecchie in quella direzione mentre entrava Marie, indossando un semplice abitino che evidentemente aveva infilato di gran fretta. — Hugh Morgan mi ha chiesto di svegliarvi. Il maggiore è molto irrequieto, milady, e Morgan è preoccupato.

— Vado a vedere. — Subito sveglia, Jocelyn scese dal letto e indossò la vestaglia che Marie le stava porgendo. Dopo aver infilato le pantofole, uscì dalla stanza, dove l'aspettava Morgan con un candelabro. — Il dottor Kinlock ha lasciato il suo indirizzo?

— Sì, lady Jocelyn. Ha detto di andare a chiamarlo se necessario.

Annodò la cintura della vestaglia mentre si affrettavano lungo il corridoio fino alla camera azzurra, le fiamme delle candele che brillavano dietro il lacchè. Era molto tardi, l'ora più buia della notte.

Sperando di non dover disturbare inutilmente Kinlock, entrò nella stanza del maggiore. Era disteso sulla schiena e si stava agitando debolmente sotto le coperte. Trattenne il fiato mentre osservava le sue gambe muoversi. Soltanto un po', ma si stavano muovendo. Kinlock non si era sbagliato: non c'era paralisi.

Inebriata da questa constatazione, Jocelyn si avvicinò al letto e gli posò una mano sulla fronte. Se avesse avuto la febbre, avrebbe mandato a chiamare subito il medico, ma la temperatura sembrava normale.

La sua irrequietezza si placò al contatto della mano.
— *Jeanette, mignonne?* — mormorò in un ottimo francese.

Jocelyn tolse la mano e disse vivacemente: — No, sono Jocelyn. Una rispettabile donna inglese, non una delle vostre sgualdrinelle francesi o belghe.

Sollevò le palpebre. Dopo un momento di confusione la riconobbe. — Come fate a sapere che Jeanette non era il mio cavallo?

— Chiamereste *piccina* il vostro cavallo?

— Un soldato e il suo cavallo sono molto cari l'uno all'altro — osservò lui gravemente, ma c'era divertimento nei suoi occhi.

Jocelyn scoppiò a ridere. — Non credo di voler sapere di più. — La sua espressione si addolcì. — Ricordate quel che è successo? Il dottor Kinlock? L'operazione?

Si accigliò. Jocelyn intuì che aveva paura di informarsi sull'esito. — L'operazione è andata bene — si affrettò a dire. — Kinlock è convinto che possiate ristabilirvi completamente.

Dapprima, rimase così immobile che Jocelyn si chiese se l'avesse sentita. Poi, con faccia alterata dallo sforzo, mosse la gamba destra, sollevando il ginocchio di qualche centimetro. Lo stesso con la sinistra. — Mio Dio! — esclamò con voce scossa. — È vero. Riesco a muovermi. *Riesco a muovermi*.

Chiuse di nuovo gli occhi prima che le lacrime potessero sfuggirgli. Rendendosi conto di come doveva essere scosso, Jocelyn sedette sulla sedia accanto al letto e gli prese la mano, poi disse a Morgan e a Marie: — Potete allontanarvi per un po'. Morgan, forse gradiresti bere un tè e mangiare qualcosa.

— Volentieri, milady — ammise lui, scambiando un'appassionata occhiata con Marie.

Mentre David cercava di dominarsi al pensiero del sensazionale cambiamento nelle sue condizioni, Jocelyn ripeteva calma quello che il medico le aveva detto poco prima. Quando i suoi occhi si riaprirono, chiese: — Come vi sentite?

— In confronto a come mi sentivo a Waterloo, abbastanza bene. Rispetto agli standard normali, malissimo.

Sorridendo del suo umorismo, Jocelyn chiese: — Soffrite molto?

— Naturalmente! Per che razza di stupido mi prendete? — C'era una strana luce nei suoi occhi. Non dovuta alla febbre, ma all'ebbrezza derivante dai miracoli.

— Maggiore Lancaster, ho l'impressione che diventerete intrattabile adesso che siete in convalescenza. — Jocelyn continuò a studiare la sua faccia magra, pensando che esisteva un'altra, sottile differenza.

Gli occhi. Per la prima volta, gli occhi verdi sembravano quasi normali, senza le pupille dilatate dall'oppio. Prese la bottiglia posata sul tavolino. — Il dottor Kinlock ha detto di darvi un po' di laudano se vi foste svegliato durante la notte. Avete bisogno di riposare per riprendervi.

— No! — Mosse il braccio con più forza di quanto pensava possedesse, facendo finire la bottiglia in frantumi sul ricco tappeto orientale.

Lo fissò mentre l'odore speziato di chiodi di garofano e cannella invadeva la stanza. Il suo solito umorismo era stato sostituito da una sorta di disperazione. — Mi dispiace — disse con voce alterata. — Non intendevo colpirvi. Ma non prenderò più oppio. Mai più.

— Perché no?

— Il dottor Kinlock non ha forse spiegato che stavo morendo avvelenato dall'oppio?

Quando Jocelyn annuì, continuò: — Il persistente uso di oppio altera la mente e i sensi. Vista, udito, olfatto, pensiero; cambia tutto. Era come... come se mi avessero rubato l'anima. Preferirei morire piuttosto che permettere che accada di nuovo.

— Preferireste davvero la morte? — chiese calma.

Trasse un lungo respiro. — No. Esagero. Credo che se il laudano costituisse la differenza tra la vita e la morte, lo prenderei. Ma stanotte, per la prima volta dopo settimane, non sono sotto l'influenza della droga, e mi sento meglio di quanto mi sia mai sentito dal giorno in cui quel maledetto proiettile mi ha colpito. Più forte. Più sano.

— E il dolore?

Storse la bocca. — Mentirei se non ammettessi che mi sento come se una tigre cercasse di divorarmi. Ma lo preferisco lo stesso a quel terribile delirio.

— Molto bene, maggiore, non vi costringerò a prenderlo, anche se non faccio promesse su come potrebbe comportarsi il dottor Kinlock quando passerà domani — disse riluttante. — Se riterrà che il laudano è essenziale per la vostra guarigione, lo aiuterò a tenervi giù mentre ve lo somministrerà.

— Sì, signora — rispose mansueto, avendo vinto la sua battaglia.

— Se non dormite, che ne direste di mangiare? Dovete ritrovare le forze.

— Sapete — disse lui meravigliato. — Credo di avere fame, per la prima volta da dopo la battaglia.

— L'idea di una fetta di roast-beef con un po' di patatine non vi alletta?

Il solo pensiero gli fece venire l'acquolina in bocca. — Chi devo corrompere?

— Preparatevi per una zuppa — disse lei dolcemente. — Se andrà giù, vi daremo magari un'omelette o un po' di crema.

Lui rise, anche se ciò lo faceva soffrire. — Vi state vendicando per le mie manchevolezze, lady Jocelyn.

Lei tirò il cordone del campanello. Morgan apparve quasi subito, ansimando lievemente per essere accorso dalla cucina. Mentre ordinava da mangiare, David ammirò la linea perfetta del suo profilo. Sebbene gli indumenti per la notte la coprissero più degli abiti da giorno, c'era una seducente intimità in quelle vesti.

— Il cuoco non gradirà essere svegliato così tardi — osservò il lacchè.

Jocelyn inarcò le aristocratiche sopracciglia. — Se *monsieur* Cherbonnier avrà qualcosa da eccepire circa le condizioni del suo impiego in casa mia, ditegli che non è costretto a continuare ad accettare l'esorbitante compenso che gli elargisco. Mi aspetto di essere servita entro quindici minuti. È chiaro?

Reprimendo un sorriso, Morgan chinò la testa e se ne andò obbedendo.

— Lady Jocelyn, se mai desideraste un impiego, potreste diventare sergente-maggiore — osservò David.

Jocelyn sorrise sfrontatamente. — La mia servitù conduce una vita piuttosto piacevole, credo. Non è così grave sollecitarli di quando in quando.

— Sembrano tutti soddisfatti. — E avrebbero dovuto esserlo, in realtà.

— C'è qualcuno che vorreste informare sul miglioramento della vostra salute? — chiese lei. — Manderò un biglietto a Richard Dalton in mattinata, ma a chi altri? Ci saranno sicuramente dei parenti che saranno lieti di apprendere la bella notizia.

Senza pensare, lui rispose: — Difficilmente ai miei fratelli potrebbe importare qualcosa del fatto che sia ancora al mondo.

— Avete dei fratelli? — esclamò lei, sorpresa. — Credevo aveste detto che vostra sorella sarebbe rimasta sola al mondo quando foste morto.

Non volendo che pensasse che aveva mentito, spiegò riluttante: — Sally e io abbiamo tre fratellastri maggiori. Per lo più cerchiamo di fingere che non esistano. Mia madre era una seconda moglie, e molto più giovane di mio padre. I figli di primo letto la disprezzavano perché non era ricca, e la consideravano inferiore. Non osavano mancarle di rispetto davanti a nostro padre, così riversavano il loro rancore su Sally e me. — Sorrise, cupo. — Ho imparato a difendermi molto presto. Alla morte di mio padre, il figlio maggiore sbatté noi tre fuori dalla casa di famiglia.

— Che azione spregevole nei confronti della moglie del loro padre e dei loro stessi fratelli! — esclamò Jocelyn. — Vostro padre non aveva predisposto niente per voi?

— Era uno studioso che viveva in un suo mondo e pensava erroneamente che il suo erede si sarebbe preso cura di noi. Per fortuna mia madre aveva diritto a una piccola rendita, sufficiente per un cottage e una discreta educazione per me e Sally. — Pensò nostalgicamente al cottage, dove aveva trascorso i giorni più felici della sua vita. — La rendita cessò con la sua morte, naturalmente, e per allora io ero nell'esercito e Sally aveva quasi finito la scuola. Ce la cavammo abbastanza bene.

— Non c'è da meravigliarsi che voi e vostra sorella siate così legati.

— Crescendo, siamo stati i migliori amici l'uno dell'altra. Giocavamo e studiavamo insieme. — Sorrise. — Era perfino più divertente del mio pony prediletto.

Con espressione invidiosa, Jocelyn osservò: — Ho sempre desiderato avere un fratello o una sorella.

— Vi offrirei uno dei miei fratellastri, ma dubito che andreste d'accordo. Non vanno d'accordo neanche tra di loro. Devono aver preso dalla madre, visto che non hanno niente di nostro padre.

— Capisco perché vostra sorella non se la sentirebbe di rivolgersi a loro in caso di necessità. — Jocelyn serrò la bocca. — Essere traditi dai membri della propria famiglia è molto crudele, credo.

Lui si chiese quale tradimento avesse adombrato così i suoi occhi. Forse stava pensando a suo padre, che aveva cercato di decidere per lei anche dalla tomba. — Un peccato che non si possano scegliere i parenti come facciamo con gli amici.

— Anche nella mia famiglia ci sono diversi panni

sporchi. — Sorrise con fare derisorio. — Se non fossi stata così arrabbiata per come mia zia Elvira agognava a impossessarsi di questa casa, forse non avrei deciso di fare un... un matrimonio così impulsivo.

David espirò rumorosamente. Le sue parole gli stavano ricordando che la parentesi di quella notte era soltanto un'illusione. Entrambi si trovavano in una situazione che nessuno dei due aveva desiderato.

Sebbene sapesse che avrebbero dovuto affrontare presto l'argomento, era troppo stanco per discuterne ora. — Non preoccupatevi, lady Jocelyn. Credo che questo... matrimonio non voluto potrà essere sciolto presto senza arrecare danno a nessuno dei due.

Lei apparve così compiaciuta che gli sembrò quasi insultante. — Davvero? Come?

Prima che potesse rispondere, Morgan entrò con un vassoio. Soffocando la curiosità, Jocelyn disse: — Possiamo discuterne domani. O magari, più tardi. Adesso è ora che mangiate.

Le poche forze che David possedeva si erano esaurite parlando con Jocelyn, che dovette imboccarlo.

— Non dovreste fare questo — protestò lui.

Lei gli rivolse un'occhiata di rimprovero. — Pensate che non lo faccia bene?

— Sapete che non è quanto intendevo. — Prima che potesse aggiungere altro, Jocelyn lo zittì con una cucchiaiata di zuppa. Nessuna mai gli era sembrata così buona. — Non è conveniente che voi svolgiate un compito così umile per me.

Lei scosse mestamente la testa. — Solo perché ho un titolo, credono tutti che non sappia fare niente. Forse dovreste chiamarmi semplicemente Jocelyn. — Mentre lui apriva la bocca per rispondere, lei gli somministrò un'altra cucchiaiata.

Con la bocca piena, David poté solo alzare gli occhi al cielo. — Siete brava in questo — disse poi. — Vi siete già occupata di ammalati?

Il suo sorriso sparì e abbassò lo sguardo, immergendo il cucchiaio nella ciotola con eccessiva cura. — Mio padre, nelle ultime settimane della sua malattia. Era sempre stato energico e robusto, e divenne un paziente insopportabile. Si comportava meglio quando c'ero io con lui.

E in cambio della sua devozione filiale, il conte aveva lasciato quel vergognoso testamento. Non c'era da meravigliarsi che Jocelyn si sentisse tradita.

Non avrebbe fatto onore al roast-beef con le patatine. Non aveva nemmeno finito la ciotola di zuppa quando il suo stomaco contratto decise che ne aveva abbastanza.
— Mi dispiace — disse, occhieggiando con rimpianto i piatti coperti. — Non mi sento di mangiare altro.

Lei sorrise. — Non pensavo che l'avreste fatto. Francamente, ho ordinato l'omelette e la crema per me. Essere alzata a quest'ora mi mette appetito.

Prese il vassoio e lo posò da una parte, poi divorò velocemente l'omelette. Lui si divertiva a vederla mangiare con tanta avidità. Chissà se era vero che una donna che amava il cibo amava anche un altro genere di appetiti? Era un pensiero gradevole su cui riflettere mentre scivolava nel suo primo sonno naturale dopo settimane.

Nel torpore tra veglia e oblio, pensò che la mano di Jocelyn gli accarezzasse i capelli, ma questo era sicuramente uno strascico del delirio...

10

Jocelyn aveva sospettato che nel giro di una settimana sarebbe stato impossibile tenere a letto il maggiore Lancaster, ma si sbagliava. Proprio il mattino dopo passò dalla sua stanza e lo trovò seduto sul bordo del letto mentre Morgan lo aiutava a infilare una vestaglia sopra la camicia da notte. — Maggiore Lancaster! — esclamò — siete impazzito?

— Dopo la colazione — disse in tono lamentoso Morgan — ha insistito per mettersi a sedere, milady. Si è rifiutato di ascoltare ragione.

Forse tra il maggiore e sua sorella c'era una somiglianza che andava oltre il colore degli occhi, pensò. Non era certa se essere colpita, allarmata, o divertita dalla sua determinazione. — Kinlock vi staccherà la testa se non mostrerete un po' di buonsenso, maggiore. Ricordate che ventiquattr'ore fa eravate in punto di morte?

Lui le rivolse uno strano sorriso. — Se volete che vi chiami Jocelyn, voi dovrete chiamarmi David. — Aveva la voce tesa e la faccia imperlata di sudore.

Pensando che stesse male, Jocelyn si avvicinò al letto per toccargli la fronte. — La ferita si è infiammata?

Lui la fermò con la mano alzata. — Non... non si tratta di febbre. Kinlock ha detto che ci sarebbe stata una reazione quando avessi smesso con l'oppio. Sta... iniziando.

Jocelyn aggrottò la fronte. — Non sarebbe meglio che continuaste a prendere il laudano finché non sarete più forte? Ristabilirvi da un intervento chirurgico è sufficiente per ora.

— Più faccio uso di oppio, e più sarà difficile smettere — disse fermo. — Voglio farlo adesso, prima di diventare ancora più dipendente.

Lei esitò, comprendendo il suo punto di vista, ma perfettamente consapevole di come fosse stato vicino alla morte meno di un giorno prima.

Vedendo i suoi dubbi, David sostenne il suo sguardo. Aveva le pupille così dilatate che i suoi occhi erano quasi neri. — Jocelyn, vi prego, so perfettamente quel che posso sopportare.

Meritava la dignità di essere trattato come un uomo, non come un bambino. — D'accordo. Ma non sopravvalutate le vostre forze e non rovinate il lavoro di Kinlock.

— Non lo farò. — Inspirò con difficoltà. — Preferirei... che mi lasciaste adesso. Disintossicarsi non è un processo piacevole. Non voglio che mi vediate al peggio.

Jocelyn si sarebbe comportata nello stesso modo al suo posto; i momenti più neri era meglio viverli in privato. — Va bene. — Guardò il lacchè. — Informami subito se hai qualche dubbio sulle condizioni del maggiore, Morgan.

— Sì, milady.

Gli occhi del giovane scozzese rivelavano che era consapevole della sua responsabilità.

Quando la donna uscì, il maggiore sussurrò: — Grazie, Jocelyn. Di... tutto.

Sperava di non dover rimpiangere di avergli permesso di fare a modo suo.

David trasse un sospiro di sollievo quando Jocelyn se ne andò, sapendo di essersi conquistato uno straordinario alleato. — È rara la donna che capisce quando è meglio non discutere.

— È rara infatti, maggiore — ammise fervidamente Morgan.

David guardò il cameriere, chiedendosi se fosse innamorato della sua bella padrona. No, non c'era amore negli occhi del giovane, ma devozione per una donna che rispettava profondamente.

Un brivido lo percorse. Sapendo quello che l'aspettava, disse: — Aiutatemi a sedere in poltrona, per favore.

— Non stareste meglio sdraiato, signore?

— Più tardi. Finché mi è possibile, preferirei affrontare tutto questo seduto.

Il lacchè lo prese per un braccio e lo aiutò a raddrizzarsi. Quando la testa smise di girargli, David cercò di muovere tre passi verso la poltrona, col sostegno di Morgan. Vi si lasciò cadere pesantemente e appoggiò il capo allo schienale, gli arti che incominciavano a tremargli e un dolore lancinante che si sprigionava dall'incisione. Ma perlomeno non era più a letto.

Sedere in poltrona, gli sembrava un fantastico miglioramento.

Jocelyn aveva inviato un biglietto a Richard Dalton informandolo sulla salute del maggiore, ma il messaggero lo mancò per un pelo, e il capitano arrivò a metà mattina senza sapere del miracoloso miglioramento del suo amico.

Jocelyn lo trovò in piedi accanto alla finestra, le nocche bianche sulle grucce. Aspettandosi il peggio, come lei il giorno prima, chiese con espressione tesa: — David è...?

— Richard, sta molto, molto meglio — si affrettò a rispondere la donna. — È stato operato ieri, e il chirurgo pensa che abbia buone probabilità di rimettersi.

Lui sbarrò gli occhi. — David vivrà?

— Con un po' di fortuna, tornerà di nuovo come prima.

Il capitano si girò a guardare fuori dalla finestra, le spalle rigide.

Quando infine Richard riprese a parlare, la sua voce era così bassa da essere a malapena udibile. — Quando il vostro maggiordomo mi ha fatto entrare, ero quasi certo che mi avreste detto che David era morto ieri notte. Non... non potete immaginare che cosa significhi questo per me. Con tanti morti, è un conforto sapere che almeno un amico sopravvivrà, contro ogni aspettativa.

— Credo di poterlo immaginare — rispose lei tranquillamente.

— Che cosa significherà per voi questo? — le domandò Richard.

— Francamente non lo so — rispose, amara. — Ma spero che contrariamente a Sally Lancaster non mi accusiate di voler mettere il veleno nella zuppa di David.

— Sally non l'ha mai detto!

— L'ha apertamente insinuato. A essere sinceri, era un po' brilla in quel momento e forse non voleva dirlo.

— Se volevate uccidere qualcuno, immagino che avreste usato un modo più diretto, magari la pistola. Non qualcosa di subdolo come il veleno — osservò Richard con un sorriso che lo fece apparire di anni più giovane, esattamente come le era apparso quando si erano conosciuti in Spagna.

— Sarebbe un peccato non approfittare della mia abilità nel tiro — ammise lei.

Richard spostò il peso sulle grucce. — David sta abbastanza bene da ricevere visite?

— Dato che io sono solo una fragile donnicciola, mi ha sbattuto fuori dalla sua stanza stamattina, ma immagino che sarà contento di vedervi. — Quando lasciarono il soggiorno, ripeté quello che Kinlock le aveva detto.

— Allora è stato l'oppio a portarlo così vicino alla morte — osservò Richard, stupito. — Cielo, quando penso a quanto gliene ho somministrato con le mie stesse mani!

— Tutti, compreso David, pensavamo che fosse per il suo bene. Ma adesso che sa che non è così, si rifiuta di assumerne altro. — Guardò preoccupata l'amico. — Sapete niente sulla dipendenza dall'oppio? Ho paura che interrompere così bruscamente possa mettere a repentaglio la sua salute.

— In Spagna, uno dei nostri ufficiali divenne dipendente dopo una grave ferita. Non riuscì a smettere nonostante gli sforzi. Il suo stato era... poco invidiabile — dichiarò bruscamente il capitano. — Avendo assistito a tale lotta, ritengo che David voglia smettere il più presto possibile proprio per questa ragione. Ma non è uno sciocco. Non insisterebbe a fare qualcosa che potrebbe distruggerlo proprio mentre sta per ristabilirsi.

Doveva sperare che Richard avesse ragione. — Ho sentito che eravate qui ieri, così potete trovare la strada da solo. Vi prego, sentitevi libero di fare visita a David ogni volta che lo desiderate. Sono sicura che la vostra presenza accelererà la guarigione.

— E casa vostra è un luogo molto più gradevole di un ospedale per trascorrervi la convalescenza. Grazie, lady Jocelyn.

Jocelyn ritornò nel suo studio a scrivere alcune lettere. Laura Kirkpatrick sarebbe stata lieta di sentire che la salute del maggiore Lancaster era migliorata. E l'altra sua zia, lady Cromarty, si sarebbe infuriata ad apprendere che il patrimonio di sua nipote era ormai irraggiungibile. Peccato che Jocelyn non fosse lì a vedere la sua reazione.

Stava chiudendo la lettera per lady Laura quando apparve Dudley. — Ci sono qui le signorine Halliwell, milady.

Le signorine Halliwell? Maledizione, in mezzo a un dramma simile aveva completamente dimenticato che questo era un giorno di visita.

Stringendo leggermente i denti, andò a ricevere le signorine Halliwell, tre zitelle inoffensive ma piuttosto petulanti. Sembrava che il tempo non passasse mai. All'apparenza offriva tè e pasticcini con disinvoltura, ma sotto sotto era rosa dall'ansia. Come se la stava cavando David? Che avesse avuto un collasso per aver preteso troppo da se stesso?

Lieta che anche le ultime due ospiti se ne andassero, disse a Dudley di negare la sua presenza in casa a eventuali ritardatarie e salì le scale per andare a vedere quello che stava succedendo. Il suo colpo alla porta fu accolto da un allegro: — Avanti!

Entrò e scoprì che c'era in atto una partita a carte. Hugh e Rhys Morgan sedevano con Richard Dalton e David attorno al tavolo, e stavano giocando. Solo Richard non si mosse alla sua apparizione. Hugh balzò in piedi mentre Rhys abbassava la testa, paralizzato dalla timidezza. David, sprofondato nella poltrona, rivolse un sorriso nella sua direzione.

Sospettando che Richard avesse iniziato la partita a carte per distrarre David, disse con finta aria di rimprovero: — Stavo immaginando ogni genere di sciagura! Invece, voi signori, vi stavate divertendo mentre io svolgevo il mio ruolo di padrona di casa, accogliendo metà delle donne più noiose di Londra.

— Mi dispiace, milady, ma il maggiore Lancaster ha insistito perché partecipassi al gioco — balbettò Hugh Morgan.

Mantenendo un tono di voce allegro, Jocelyn aggiunse: — Maggiore, temo che stiate corrompendo la mia servitù.

Imitando il suo tono, nonostante il tremore alle mani, David rispose: — Al contrario, sto partecipando a una salutare lezione sui danni del gioco. Mai giocare con Richard, lady Jocelyn. Stiamo usando edifici come poste, e lui è già entrato in possesso di Horse Guards, Carlton House, St. Paul, e Westminster Abbey.

— Chi ha vinto l'ospedale York? — chiese lei con interesse.

— Nessuno di noi lo voleva — farfugliò Rhys, poi arrossì fino alle orecchie.

Era contenta di vedere come il caporale appariva più sano e felice. Forse avrebbe dovuto trasformare Cromarty House in un convalescenziario, perché sembrava che i soldati feriti rifiorissero lì. — Questo non è chiaramente posto per una donna. Divertitevi, signori. Vi manderò di sopra dei rinfreschi.

Indietreggiò, pensando che stava incominciando a capire il cameratismo che si creava sotto le armi, e come uomini che avevano combattuto insieme si prendessero cura l'uno dell'altro.

Tremando, palpitando, sudando, bramando e Dio sa cos'altro... David realizzò che non riusciva più nemmeno a fingere di giocare a carte.

Il tempo aveva rallentato il suo corso fino a cessare di avere significato. Quando i suoi compagni ebbero finito il leggero rinfresco, dissè con voce metallica perfino per le sue orecchie: — Scusate, signori, è ora che mi ritiri dal gioco. — Il sudore gli colava dalla mano, macchiando le carte mentre le posava e aveva la pelle d'oca. Con un enorme sforzo, cercò di aggiungere: — Richard, dovrai vincere la Torre di Londra un'altra volta.

— Non importa. Non potrei mai permettermi di mantenerla.

Giaceva adesso tremante tra le lenzuola che si stavano inzuppando di sudore. Il tempo sarebbe passato più in fretta se avesse potuto dormire, ma aveva lo stomaco contratto e la mente che vagava in uno strano sogno a occhi aperti, dove il presente si mescolava con il passato, e i peggiori incubi che avesse avuto.

Apparve Sally, la faccia ansiosa anche dopo che l'aveva rassicurata che stava bene e non aveva bisogno di trattenersi. Ed ecco Kinlock, preoccupato per il suo polso veloce, dargli dello stupido. Vagamente ne conveniva, ma ribatteva che dato che stava già andando meglio era un peccato che dovesse poi ricominciare tutto daccapo.

Le ore trascorrevano lentamente mentre gli dolevano i muscoli e tremava di freddo nonostante il mucchio di coperte che Hugh gli aveva messo addosso. Durante un'ora buia della notte, ebbe quasi un crollo. Il suo desiderio per il vellutato torpore creato dalla droga era tale che affondò la faccia tra i cuscini per impedirsi di chiedere il laudano.

Qualcuno gli passò una spugna di acqua fresca sulla faccia, e dal profumo di gelsomino capì che doveva essere lady Jocelyn. Cercò di girarsi, di dirle che non doveva stare lì, ma la sua chiara voce gli rispose di non fare lo stupido. Una donna forte, sua moglie. Moglie? Impossibile. Tristemente impossibile.

Poi fu sopraffatto da una profonda depressione e attirato in un buio infinito. Forse era notte, o forse il sole si era spento. Fissò lo sguardo su una candela, certo che se avesse battuto le palpebre non ci sarebbe più stata luce.

Venne l'alba, prova tangibile che il tempo stava trascorrendo. Era sopravvissuto finora, poteva continuare a sopportare.

La sua mente evocava febbricitanti visioni di infuocate pianure al centro della Spagna, a cui si sovrapponevano le verdi, adorate colline di Hereford, le colline che non vedeva da vent'anni.

Aveva dodici anni e portava ancora i segni delle percosse di uno dei suoi fratelli, quando il carro dell'impresa di trasporti era venuto a prenderlo insieme a Sally e a sua madre. Sebbene avesse amato Westholme quanto aveva odiato i suoi fratelli, si era rifiutato di girarsi a guardare nel caso che qualcuno potesse scambiare quel gesto per un atto di debolezza.

Rotolò dal letto e barcollò verso la finestra, sapendo che fuori avrebbe visto Westholme, ma Hugh Morgan lo afferrò al volo. Benché lottasse disperatamente, certo che la salvezza era a portata di mano se fosse riuscito a raggiungerla, non riuscì a competere con la forza del giovane gallese.

Era di nuovo sdraiato. Se solo avesse potuto dormire...

11

Per due giorni e mezzo, il dolore che aveva colpito il maggiore Lancaster si abbatté sull'intera casa. I nervi di Jocelyn erano a pezzi. Sebbene David le avesse chiesto di rimanere lontana, sedeva spesso con lui, visto che sembrava ignaro della sua presenza. Hugh Morgan si occupava della maggior parte dei compiti, ma Jocelyn, Sally e Rhys facevano a loro volta dei turni perché potesse godere di qualche pausa. Sebbene Jocelyn si fosse offerta di assumere un'infermiera, il lacchè aveva rifiutato, dicendo che poteva sbrigare quello che era necessario.

Per quanto tempo sarebbe durato un simile tormento? Milady l'aveva chiesto al dottor Kinlock, che però non aveva dato una risposta chiara. Alla peggio, cinque o sei giorni. Con un po' di fortuna, anche meno.

Fu un sollievo andare a un piccolo *dinner party* a cui Jocelyn aveva promesso di partecipare. Nel corso della serata cercò di non pensare alle sofferenze del maggiore.

Era passata l'una del mattino quando entrò dalla porta d'ingresso, facendo cenno alla carrozza rimasta in attesa che entrasse, di allontanarsi. Aveva detto alla servitù di non aspettarla alzata. Dal maggiordomo alla cameriera, sembrava che si fossero convinti che non sapesse infilare una chiave nella serratura o spogliarsi da sola.

A nessuno veniva mai in mente che a volte preferiva essere lasciata in pace.

Mentre si fermava in fondo alle scale, il suo sguardo assente si posò sulla porta del salotto, ricordandole la sgradevole scenata che aveva avuto luogo lì quel giorno. Sally aveva insistito che al fratello venisse somministrato laudano, perché non perdesse la ragione o non gli cedesse il cuore per lo sforzo.

Jocelyn capiva la preoccupazione di Sally; naturalmente, la condivideva. Ma la sorella non era presente quando David aveva fracassato la bottiglia di laudano per non cedere alla tentazione. Non aveva udito la disperazione nella sua voce.

Piuttosto che cercare di spiegare qualcosa di così profondamente privato, Jocelyn aveva freddamente osservato che David era un adulto e le sue decisioni andavano rispettate. Sally l'aveva di nuovo accusata di sperare che David morisse. Solo quando Richard aveva preso le sue parti, Sally aveva fatto marcia indietro, gli occhi impauriti oltre che furiosi.

Jocelyn scoprì di essere aggrappata così forte alla colonna delle scale che le sue dita incominciarono a dolerle. Con uno sforzo lasciò la colonna e cominciò a salire i due piani di scale.

Strano che a quell'ora la casa fosse così tranquilla, l'alto atrio buio illuminato soltanto dalle lampade del pianerottolo.

Raggiunse il piano delle camere da letto e lo percorse fino alla sua stanza. Era quasi arrivata quando scorse un'ombra, una forma più scura nella notte, che si muoveva davanti a lei. Si raggelò, il battito del cuore più affrettato mentre si chiedeva se fosse entrato un ladro?

No, la figura malferma apparteneva all'uomo che era stato al centro dei suoi pensieri in quegli ultimi interminabili giorni. Il maggiore Lancaster stava ondeggiando incerto, una mano lungo la ringhiera che correva attorno alla balconata per proteggere la gente da una fatale caduta nell'atrio sottostante.

Lo fissò, stupita che potesse spingersi così lontano da solo. Probabilmente lo sfinito Hugh Morgan si era addormentato durante la lunga veglia, e il maggiore si era allontanato senza svegliarlo.

Con le scarpette di capretto che non facevano rumore sulla passatoia, si diresse verso di lui. — Maggiore Lancaster, dovete assolutamente tornare a letto.

Lui si girò, sentendo il suo nome. Il suo sguardo era assente, come quello di un sonnambulo. Lei sospirò, la speranza che avesse superato la crisi d'astinenza svanì. — Venite — disse, la voce bassa ma ferma, come se fosse un bambino capriccioso. — Dovete tornare a letto.

— Chi... chi c'è? — La sua testa si mosse avanti e indietro mentre cercava di individuarla tra le ombre.

— Jocelyn.

Rassicurato dalla sua voce, si mosse verso di lei, ma i suoi passi barcollanti lo mandarono a sbattere contro la ringhiera. Lei ansimò inorridita mentre la parte superiore del suo corpo oscillava all'infuori verso il pavimento di marmo sottostante.

Terrorizzata, si precipitò verso di lui e lo prese tra le braccia. David ansimò e oscillò indietro per l'impatto inaspettato, e i due sbandarono attraverso il corridoio finendo contro la parete. Mentre lui barcollava ed era sul punto di cadere, Jocelyn lo strinse maggiormente, approfittando del fatto che era inchiodato tra lei e il muro.

Era così magro che gli si contavano le costole attraverso la vestaglia blu e sentiva il suo cuore battere forte, ma il corpo era sorprendentemente solido. E alto. L'altezza non era apparsa evidente da sdraiato.

Mentre Jocelyn tratteneva il fiato, le sue braccia la strinsero forte e mormorò con compiaciuta sorpresa:
— Jeanette!

— *Non* Jean... — Alzò lo sguardo per correggerlo, e le labbra di lui si posarono sulle sue.

Lei emise uno strozzato gemito di sorpresa a quel gesto insapettato. Le loro lingue si sfiorarono, e una grande mano scivolò carezzevole lungo il suo braccio nudo. Si sentì... estasiata. Amata.

Desiderata.

Le si piegarono le ginocchia e si aggrappò a lui, la parete che sosteneva entrambi. Per pura curiosità, aveva occasionalmente permesso ai suoi corteggiatori di rubarle un bacio, ed era stata lieta di scoprire che non provava una gran reazione. Ballare con Candover era più stimolante che essere baciata. Almeno finora, quando l'ardore delle labbra di un soldato non aveva spazzato via passato e futuro, lasciando solo il bruciante presente.

Era questo che sua madre aveva provato quando la lussuria si era impadronita di lei, trasformandola in una donnaccia che non pensava che ai suoi egoistici bisogni?

Il pensiero la disgustò, rendendola consapevole della sua situazione. Era tentata di tirarsi indietro e lasciar crollare a terra l'uomo, ma decise invece di girare la testa e dire nel suo tono più freddo e distaccato: — Maggiore Lancaster. Controllatevi!

Lui lasciò ricadere le braccia e la guardò battendo le palpebre, come se si svegliasse da un sogno. — Cielo! — esclamò mentre si rendeva conto del fatto che i loro corpi erano premuti l'uno contro l'altro. — Mi... mi dispiace. Sembra che mi sia... mi sia comportato molto male.

— È così.

Con un soffocato risolino, David aggiunse: — E mi dispiace di non aver apprezzato il misfatto mentre lo stavo compiendo.

Aveva realmente un terrificante senso dell'umorismo, ma era difficile essere severi con un uomo quando lo si stava abbracciando. — Perché state girovagando a quest'ora? E in una casa in cui non manca la servitù, perché siete lasciato solo nel momento del bisogno?

Inarcò le sopracciglia mentre rifletteva sulle sue domande. — Forse sono tutti a letto? Dev'essere molto tardi.

Lei sospirò, sollevata. La lucidità della sua mente indicava che aveva superato la crisi di astinenza, ed era sopravvissuto. — Un'osservazione profonda, maggiore. Sono contenta che siate ritornato nel mondo dei vivi.

Ma adesso cosa avrebbe fatto? Avrebbe potuto gridare perché qualcuno venisse a rimettere a letto il maggiore, non era sicura di quanto ancora potesse sostenerlo, e la sua stanza era in fondo al corridoio. La porta della sua camera era solo a pochi passi. — Se vi aiuto, pensate di poter raggiungere la camera accanto?

Lui si staccò con cautela dalla parete. Dopo aver pericolosamente ondeggiato, ritrovò l'equilibrio. — Credo di sì.

Con una certa goffaggine, il braccio sinistro di lui posato sulle spalle della giovane moglie, poi barcollarono giungendo nella stanza di Jocelyn, il maggiore che apriva la porta con la mano libera. Crollò sul letto come una marionetta a cui erano stati tagliati i fili.

Jocelyn si girò e vide che stava tremando per lo sforzo compiuto, ma abbozzò lo stesso un sorriso. — Sembra che sia di nuovo in debito con voi.

— Non pensateci nemmeno, maggiore. — Jocelyn gli sollevò le gambe sopra le coperte e lo aiutò a sdraiarsi. — Non avete idea di com'era noiosa la mia vita prima che le nostre strade si incrociassero.

Si raddrizzò, ansimando lievemente. Con suo sgomento, si era già addormentato. Pensava che non fosse sorprendente dopo tre giorni e tre notti privi di reale riposo, ma il fatto che fosse sul suo letto era molto imbarazzante.

Avrebbe potuto svegliare i camerieri e farlo trasportare nella sua stanza, ma sarebbe stata un'operazione lunga e rumorosa.

Tuttavia lei non poteva ritirarsi in una camera degli ospiti a trascorrere la notte, perché nessuna delle altre stanze era pronta. La camera da letto del maggiore era l'unica praticabile. Che male c'era se era nel suo letto? Dopotutto erano sposati. Più o meno.

Si spogliò dietro il paravento solitamente usato per il bagno. Le sembrava strano essere nuda in una stanza con un uomo, anche se l'uomo era morto per il mondo. Dopo essersi infilata la più pudica delle sue camicie da notte e la vestaglia, prese una leggera coperta dall'armadio e la posò sul suo ospite. Poi si rannicchiò sotto l'altra metà, la schiena girata verso di lui e il corpo il più vicino possibile alla sponda del letto.

Fortunatamente, era un letto molto grande.

David si svegliò lentamente, così caldo e in pace che dapprima si chiese se stesse fluttuando in un altro sogno. Ma no, il suo cuore batteva regolarmente e i suoi polmoni si espandevano e contraevano con convincente realtà.

Mosse cautamente le dita, per avere conferma che tutte le parti del suo corpo funzionavano. Sebbene fosse terribilmente indolenzito e sfinito da quei difficili giorni di astinenza, non aveva più crampi ai muscoli. Soprattutto, non c'era più traccia di paralisi.

Giacque a occhi chiusi, non volendo lasciarsi sfuggire tale deliziosa sensazione di benessere. Il profumo di lenzuola pulite e gelsomino, il braccio posato su un cuscino:

un cuscino che respirava? Sbarrò gli occhi, e scoprì che stava giacendo faccia a faccia con un'addormentata lady Jocelyn, il braccio sopra la sua testa.

Fu colto da un altro genere di paralisi. Rimase assolutamente immobile, respirando appena mentre cercava di ricordare com'era arrivato in quella che doveva essere la camera da letto di Jocelyn. Era mattina presto, e la luce giocava sui suoi splendidi capelli sciolti, accentuando le sfumature ramate. Nel sonno, appariva giovane e vulnerabile, per nulla simile alla donna sicura di sé che era entrata nella sua stanza d'ospedale, e nella sua vita.

Non c'era da meravigliarsi che si sentisse così bene. Tolse con riluttanza il braccio. Il movimento la destò, e i suoi occhi si aprirono. Il mutevole color nocciola era screziato da pagliuzze dorate, e la sua pelle possedeva la purezza immacolata di una rosa inglese.

I battiti del suo cuore accelerarono quando si guardarono l'un l'altra. Assomigliava a un uccellino che sarebbe volato via se avesse fatto la mossa sbagliata, eppure la sua presenza non sembrò sorprenderla. Che cosa diamine era successo la notte prima?

— Siete dunque risalito dal baratro, non è vero? — chiese lei con voce roca.

Il baratro. Una descrizione perfetta. — Sì, a Dio piacendo, non dovrò ritornarci mai più. — Abbracciò con un gesto la stanza. — Posso chiedere come sono finito in questa invidiabile posizione?

Gli occhi di lei si serrarono divertiti. — Immagino che osereste qualsiasi cosa, maggiore.

Lui sorrise. — D'accordo. Che cosa è successo?

— Non molto. Ricordate di aver vagato per il corridoio?

Le sue parole richiamarono immagini di barcollamenti, e la voce chiara e lieve di una donna. Si era girato...

Gli si contrasse lo stomaco. — Maledizione, ricordo di essermi sporto dalla ringhiera e aver pensato com'era lontano il pavimento, ma ero così confuso che non mi importava realmente. — Il ricordo era più sconvolgente di quanto lo fosse stata l'esperienza. — Mi avete trascinato via, vero?

Mentre Jocelyn annuiva, la sua deliziosa pelle morbida si colorì di rosa. D'un tratto ricordò perché. L'aveva baciata, e per qualche incredibile momento lei aveva risposto con ardore. Poi il buon senso era ritornato, e Jocelyn aveva posto fine all'abbraccio.

Sospettando che preferisse fingere che quel bacio non c'era mai stato, David disse con discrezione: — Immagino che mi abbiate condotto qui, e che mi sia addormentato subito.

— Esatto — rispose lei, apparendo sollevata. — La mia stanza era la più vicina, e l'unica pronta. Non volevo abbandonare il mio letto, visto che inoltre c'era posto sufficiente per due.

Ecco perché giacevano adesso insieme con tanta provocatoria intimità. Le accarezzò i capelli castani. — Mi avete salvato la vita stanotte. Dirvi grazie sembra inadeguato.

Senza muovere un muscolo, Jocelyn si spostò lievemente, come allarmata dal calore nella sua voce. — Se foste caduto, avreste combinato un bel guaio.

— Il che sarebbe stato imperdonabile, data la vostra gentilezza. — Avvertendo che aveva colto nel giusto senso il suo rimbrotto, ritirò la mano. Lady Jocelyn poteva essere legalmente sua moglie, ma in realtà erano due estranei, e non dava segno di ricambiare l'attrazione che lui aveva per lei.

E se si sentiva così attratto a soli pochi giorni dall'aver scongiurato la morte, che cosa avrebbe provato quando fosse stato di nuovo in perfetta salute?

Lei interruppe i suoi pensieri. — Sembravate molto determinato la notte scorsa. Ricordate dov'eravate diretto?

Lieto di essere tornati su un terreno più sicuro, rispose: — Hereford, credo.

— Perché Hereford?

— Perché no? È una contea deliziosa. — Subito dopo, aggiunse: — Deliziosa quasi quanto voi.

Lei si mise a sedere sul letto, cercando di assumere

un'espressione severa. — Sto incominciando a pensare che siate un incallito dongiovanni.

— Nient'affatto. — Studiò le sue forme aggraziate, che la camicia ampia lasciava soltanto intravedere. — Sto solo dicendo la verità. Saprete sicuramente di essere bella.

Lei abbassò lo sguardo e sembrò a disagio. Si chiese perché. Nella sua esperienza, la maggior parte delle donne amava essere ammirata. Forse Jocelyn stava interpretando i suoi commenti come l'avance di un marito a una donna che non aveva alcun interesse a essere sua moglie.

Quel triste pensiero fu interrotto dalla cameriera, Marie, che si precipitò nella stanza. — Milady, il maggiore è sparito... — Sbarrò gli occhi, osservando la scena davanti a sè. — *Mon Dieu!*

Freddamente come se fosse seduta nel suo salotto invece che sul suo letto in *déshabillé*, Jocelyn disse: — Come puoi vedere, il maggiore non è sparito. Stava vagando la notte scorsa ed è stato più facile condurlo qui che svegliare tutta la casa. Se il tuo assonnato corteggiatore è sveglio, informalo che può venire a riaccompagnare il maggiore Lancaster nella sua stanza.

Marie scosse la testa e uscì camminando all'indietro dalla camera, continuando a guardare, ma con un sorrisetto sulle labbra.

Soffocando un sospiro per l'interruzione, David ruotò cautamente le gambe giù dal letto, poi si alzò in piedi, appoggiandosi alla colonnina. — Credo di poter ritornare in camera mia senza aiuto.

Scese anche lei dal letto. — Meglio aspettare Morgan, maggiore Lancaster. Siete stato molto male e probabilmente siete ancora malfermo sulle gambe.

— Credevo di avervi persuasa a chiamarmi David l'altra notte.

Lei si strinse attorno al corpo la vestaglia, un atto inconscio inteso a coprirsi, ma che invece ne accentuava le forme. — Sarà più facile tenervi a distanza se vi chiamo maggiore.

Usando la colonna del letto come perno, si girò a guardarla. — Non farò niente che non desideriate.

— Non… non ho mai pensato il contrario. — Sospirò. — Ma siamo in un bel pasticcio.

— Credo che ci sia un modo per districarci da questo… indesiderato matrimonio che preserverà la vostra eredità e permetterà a entrambi di seguire strade separate.

Lei lo guardò con grandi occhi fiduciosi. — Lo pensate davvero?

— Devo vedere il testamento. Ne avete una copia in casa?

— Credo di sì.

Si fregò il mento e sentì la barba ispida. Cielo, era un disastro, non sbarbato, non lavato e con gli evidenti effetti dei suoi giorni di delirio. — Quando avrò avuto modo di lavarmi, radermi e fare colazione, darò un'occhiata al testamento. Non si dovrebbero mai guardare documenti legali a stomaco vuoto.

Jocelyn fece una smorfia. — Solo pensare al testamento di mio padre mi fa stare male.

Hugh Morgan si precipitò nella stanza, l'espressione impaurita per non aver trovato il suo paziente al risveglio. Profondendosi in scuse e spiegazioni, afferrò il braccio di David e lo aiutò a uscire dalla stanza.

Dopo che la porta si richiuse, Jocelyn alzò lo sguardo e trovò Iside seduta sul davanzale della finestra dove aveva trascorso la notte da quando il suo posto sul letto era stato usurpato. — Bene, micia, si direbbe che il nostro maggiore si sia definitivamente ristabilito. Ma che cosa faremo di lui?

Iside sbadigliò, sdegnosa. I gatti sceglievano molto più accuratamente le loro relazioni.

12

Quando Jocelyn raggiunse il maggiore Lancaster due ore dopo, ebbe difficoltà a riconoscere l'uomo che era stato in punto di morte solo pochi giorni prima. Lavato, sbarbato, e seduto a suo agio accanto alla finestra, non vi erano segni plausibili che fosse convalescente se non per la vestaglia che indossava. Si alzò quando entrò ed eseguì un encomiabile mezzo inchino nonostante il recente intervento alla schiena.

Lei sedette, posando un fascio di documenti su un tavolino in mezzo a loro accanto al vassoio del caffè. — Maggiore, siete fantastico. Perfino il dottor Kinlock pensava che vi sarebbe occorsa una settimana prima che foste in grado di alzarvi.

— Guarire in fretta è importante nell'esercito, dove il tempo spesso scarseggia. Desiderate un po' di caffè? Hugh Morgan l'ha appena portato.

— Grazie, volentieri. — Lo studiò mentre ne riempiva due tazzine. Sebbene fosse ancora molto magro, le guance quasi incavate, il colorito era sano. Jocelyn era divertita di vedere che i suoi folti capelli castani, anche se pettinati, stavano assumendo un'indisciplinata ondulazione naturale. Era più giovane di quanto avesse immaginato, più vicino ai trenta che ai quaranta.

Quando le porse la tazza, chiese: — A proposito di Morgan, dov'è ora?

— Credevo volesse rimettersi in pari coi suoi compiti abituali, o trascorrere più tempo col fratello. — Interpretando correttamente il suo cipiglio, David spiegò in tono pacato: — Non ho più bisogno di un infermiere a tempo pieno.

— Immagino di no. Ma non ha molto con cui rimettersi in pari. Londra è abbastanza deserta in questa stagione, per cui la servitù non è subissata di lavoro.

Aggiunse un po' di panna nella tazzina. — Quando è venuta la vostra cameriera poco fa, avete alluso a Morgan come se fosse un suo corteggiatore. È così?

— Credo. La governante mi ha però assicurato che si comportano con molta discrezione, ma c'è chiaramente un certo interesse da entrambe le parti.

— Siete un datore di lavoro molto liberale per permettere questi comportamenti in casa vostra. Molti preferiscono che la servitù non faccia troppo comunella.

— È nella natura umana l'attrazione tra i sessi. I datori di lavoro che non lo permettono costringono i loro dipendenti ad agire di nascosto. Purché non ne soffra il lavoro, sarebbe sciocco dare ordini che non verrebbero eseguiti.

Sorrise. — Lady Jocelyn, credo che siate una romantica.

— Nient'affatto. Realista, se mai. — Gli porse i documenti. — Ecco il testamento di mio padre che avevate richiesto.

— Col vostro permesso. — David cominciò a scorrere il documento, poi lo posò sul tavolo.

— Non ci sono condizioni legate alla vostra eredità a parte quella del matrimonio prima del venticinquesimo compleanno. Neanche il divorzio o l'omicidio potrebbero diseredarvi adesso che siete sposata.

— Sono queste le uniche due alternative? — chiese, allarmata.

— Affatto. Potremmo vivere in uno stato di separazione permanente, ma sarebbe molto insoddisfacente per entrambi. Per me almeno. La soluzione migliore è fare annullare il matrimonio.

Lei aggrottò la fronte. — Che cosa significa?

— Gli annullamenti sono accordati dai tribunali ecclesiastici, e sciolgono i matrimoni, lasciando entrambe le parti libere di risposarsi — spiegò. — Sono molto rari, ma se le ragioni sono sufficienti, un annullamento sarebbe più rapido e meno costoso di un divorzio, e molto meno scandaloso, dato che la cattiva condotta non c'entra.

— Sarebbe certamente preferibile, ma che ragioni occorrono? Devono essere più che fondate, o gli annullamenti sarebbero all'ordine del giorno.

La fissò con sguardo fermo. — Un matrimonio può essere annullato per mancanza di consenso, bigamia, follia, età non consentita, e diverse altre ragioni. Quello che funzionerebbe in questo caso sarebbe... l'impotenza.

Ci impiegò un momento ad assimilare le sue parole. Poi lo fissò, gli occhi tondi per lo choc. — Volete dire che a causa della vostra paralisi, adesso non potete...?

— Non dovete apparire così sgomenta, lady Jocelyn. Non ho infatti ragione di credere che sia il caso, ma data

110

la natura delle mie recenti ferite, sarà semplice affermare che il matrimonio non può essere consumato e dovrebbe quindi essere annullato.

Arrossendo, Jocelyn si concentrò sul caffè. Non si era resa conto di come questa discussione avrebbe potuto diventare imbarazzante. Era oscuramente consapevole che gli uomini prendevano molto sul serio le loro prestazioni amatorie. — Non vi dispiacerebbe dichiarare una cosa simile?

— Sebbene ammetta che è una questione di lana caprina dal punto di vista legale, finché non avrò una chiara prova del contrario, sarò in grado di giurare di essere... incapace con la coscienza tranquilla.

Jocelyn si costrinse ad alzare lo sguardo e a incontrare il suo. — È molto galante da parte vostra essere disposto a fare qualcosa che sarà sicuramente umiliante.

— Ci sarà abbastanza imbarazzo da affrontare. Tra le altre cose, sarà necessario certificare la vostra verginità. — Esitò, poi aggiunse: — Perdonatemi, ma... sarebbe un problema?

— Ma certo che sono vergine! — esclamò lei, arrossendo violentemente.

Passando caritatevolmente sopra al suo imbarazzo, David asserì: — Allora credo che un annullamento sarà possibile.

Lo sperava proprio. Pronta a cambiare argomento, chiese: — Come mai vi intendete tanto di legge?

— Ho studiato legge per due anni. Ritenevano che fosse una professione adatta a me.

Incuriosita, Jocelyn chiese: — Perché non avete continuato?

Sorrise. — Ho deciso che preferivo letteralmente la morte alla vita come avvocato, e mi sono arruolato nell'esercito.

— State confermando i miei pregiudizi. Dato che gli avvocati sono solitamente persone noiose, la legge dev'essere noiosa.

— Nient'affatto. Il *corpus* del diritto consuetudinario anglosassone è parte di ciò che rende unica la nostra nazione. E questo diritto consuetudinario ha il potere di evolversi coi tempi. Sono convinto che fra mille anni i nostri discendenti si governeranno ancora con la forma di legge che ci governa oggi.

— Che fantastica prospettiva — osservò lei, piena di ammirazione. — Avete appena fatto l'impossibile, facendo apparire la legge così romantica. Forse avreste dovuto diventare lo stesso avvocato, dopotutto.

— La pratica quotidiana consiste nel rimaneggiare documenti. L'avrei detestato. — Diede un colpetto al testamento di suo padre. — Sebbene questo sia certamente un documento interessante. A che cosa diamine stava pensando vostro padre?

— Non è ovvio? — rispose lei aspramente. — Credo che mi abbia descritta come "una ragazza testarda, e di gusti troppo particolari."

— Molto poco generoso da parte sua — osservò il maggiore, la voce seria ma gli occhi ridenti.

Non lo biasimava per essere divertito. La situazione era divertente per tutti tranne che per lei. — A dire il vero, so che mio padre era sinceramente preoccupato per me. Credeva realmente che per una donna non sposarsi fosse un terribile destino. E per quanto felice di veder passare il titolo a suo fratello, Willoughby, non desiderava che la sua discendenza si estinguesse se avessi scelto di non sposarmi.

— Questo è comprensibile.

— Forse, ma non significa che mi sottometterò facilmente. — Storse la bocca. — È paradossale. Da come mi ha allevata, non posso adesso vivere semplicemente la vita di una signora comune.

David prese la caffettiera e versò dell'altro caffè per entrambi. — Come siete stata allevata?

— Mi trattava come se fossi il suo erede. Cavalcavamo insieme per la tenuta, discutendo di fognature, bestiame e raccolti, tutte cose che il padrone della proprietà deve conoscere. Ho Charlton, la proprietà dei Kendal, nel sangue, nell'anima e nella mente. — Le tremò la voce. — Ma... Charlton non potrà mai essere mia.

— Non sarà la stessa cosa, ma adesso siete in posizione di acquistare un'altra tenuta. Col tempo e con l'amore, potrete farla diventare vostra come lo era Charlton.

Lo guardò timidamente. — Capite, non è vero? Ho parlato raramente di questo. Le donne non dovrebbero essere così attaccate alla terra.

— Chiunque lo affermi è uno sciocco.

— Francamente, l'ho sempre pensato, ma pochi uomini lo ammettono — osservò candidamente. — Adesso che la mia eredità è stata assicurata, incomincerò a cercare una proprietà in vendita adatta a me. Ci vorranno anni, ma col tempo, troverò quello che sto cercando.

— Diventare una donna d'affari è una lodevole ambizione, e non dubito che ci riuscirete. — Studiò la sua faccia. — Ma che mi dite del matrimonio? La prima volta che ci siamo incontrati, credo abbiate detto che c'era un uomo per il quale nutrivate delle speranze.

Jocelyn prese alcune zollette dalla zuccheriera con un cucchiaino d'argento, chiedendosi che cosa dire. Attenendosi semplicemente ai fatti, dichiarò: — La relazione era solo agli inizi. Mi è mancato il tempo di stabilire se avremmo potuto avere un futuro insieme.

— Com'è questo gentiluomo?

— Molto importante e di mondo, e non si lascia impressionare dalla gente che adora il suo titolo e la sua ricchezza. Ha molto spirito, ed è anche gentile. È un ammirevole proprietario terriero e un membro molto rispettato della Camera dei Lord. — Esitò, sapendo che non poteva, e non doveva, spiegare il desiderio che provava ogni volta che pensava a Candover. — Gradisco... gradisco molto la sua compagnia.

— Si direbbe un degno e appropriato marito. — David la scrutò con sguardo enigmatico. — E dovrebbe essere un vero sciocco a non apprezzarvi.

— Sembra che gradisca anche lui la mia compagnia, ma si è sempre comportato con il massimo rispetto perché io sono, ero, una ragazza nubile di buona famiglia — disse sarcasticamente. — Ha fama di preferire le donne di mondo... come lui.

Comprendendo il sottinteso, il maggiore osservò: — Un simile comportamento non è insolito tra gli uomini che non sono ancora pronti a sposarsi. Sta senza dubbio aspettando la donna giusta.

— È quanto credevo anch'io. — Giocherellò con la tazzina di finissima porcellana colta da un insolito nervosismo. — Vi sembrerò senza dubbio molto sciocca, a essere così interessata a un uomo che potrebbe non ricambiare mai la mia stima.

— Affatto. L'interesse è il primo passo essenziale, e se avete ragione, l'interesse è reciproco.

— Siete un uomo molto comprensivo. Vorrei che foste mio fratello, ma immagino che miss Lancaster sia restia a dividervi.

Il suo sorriso era stentato. — Mi vorreste come fratello?

— So che è impossibile, ma spero che possiamo comunque essere amici. Sono accadute troppe cose in questi ultimi giorni perché possiamo essere estranei.

— Avete certamente ragione su questo. — Le offrì la mano. — Amici, allora.

Jocelyn rimase colpita dal calore e dalla forza della sua stretta.

Poi lui disse: — A proposito di mia sorella, immagino che vogliate revocare il vitalizio stabilito per Sally, visto che non ho rispettato la mia parte del patto.

Per un momento fu tentata. Cinquecento sterline all'anno erano una somma considerevole, e Sally Lancaster difficilmente poteva essere considerata un accattivante oggetto di benevolenza. Ma aveva preso un accordo. — Non lo revocherò, naturalmente. Mi avete sposata, ed era su questo che si incentrava il nostro patto.

— Siete molto buona.

Il suo sguardo era di approvazione, ma la sua faccia e il suo atteggiamento mostravano segni di affaticamento. — Vi sto stancando — disse con aria di scusa. — Mi dispiace, sembrate stare così bene che continuo a dimenticare come eravate malato. Desiderate sdraiarvi?

— Forse dovrei. — Si alzò cautamente dalla poltrona.

— Immagino che farò ben poco oltre a mangiare e a dormire nelle prossime due settimane.

Si alzò anche lei, chiedendosi se dovesse chiamare Morgan. — Avete bisogno di aiuto?

— Posso cavarmela, lady Jocelyn. Grazie per il vostro interessamento.

L'atmosfera era diventata stranamente formale per due persone che si erano appena promesse amicizia. — A più tardi, allora.

La sua mano era quasi sul pomolo della porta quando si aprì e la contessa di Cromarty irruppe nella stanza, la faccia arrossata che si intonava alle piume fucsia sulla sua testa. Fissando Jocelyn con uno sguardo fulminante, ringhiò: — Che significato ha tutto questo?

13

Sbalordita, Jocelyn rispose debolmente: — Scusate?

— Svergognata! Cos'è questa sciocchezza del tuo matrimonio? Solo la settimana scorsa non avevi ancora trovato nessuno adatto allo scopo! — Gli occhi della contessa si ridussero a due fessure. — O ti sei comprata un marito, un cacciatore di dote disposto a prenderti nonostante i tuoi modi sleali e il tuo brutto carattere?

Jocelyn rimase senza fiato a quell'ondata di insulti. Sebbene lei e la contessa non fossero mai andate molto d'accordo, finora avevano mantenuto almeno una formale cortesia. Ma in verità, Elvira non era mai stata privata di una fortuna in precedenza.

Sua zia stava prendendo fiato per una nuova raffica di domande quando una voce fredda fendette l'aria. — Vorreste essere così gentile da presentarci, Jocelyn?

Aveva dimenticato la presenza di David, ma adesso si fece da parte perché sua zia potesse vedere che aveva invaso la camera da letto di un gentiluomo. La vista del maggiore Lancaster le fece emettere una specie di grugnito.

Volendo risparmiargli questa scena, Jocelyn disse:

— David, questa è mia zia, la contessa di Cromarty. Zia Elvira, il maggiore David Lancaster. — Presentò deliberatamente sua zia a David, sapendo che la contessa, che badava molto al ceto sociale, l'avrebbe visto come l'insulto che era.

— Allora siete colui che ha preso parte a questa farsa — esplose Elvira. — Non ho nemmeno mai sentito parlare di voi. Non siete nessuno!

David fece alla contessa un impeccabile inchino. — Naturalmente non potete approvare il fatto che vostra nipote si sia buttata via per qualcuno che non è di condizione elevata né dispone di alcuna ricchezza. Con la sua bellezza, le sue origini e il suo *charme*, poteva aspirare a qualcuno molto più in alto. L'ho fatto presente molte volte anch'io alla mia cara ragazza.

Alto, dai modi distinti, David mosse un passo avanti e posò il braccio attorno alle spalle di Jocelyn. — Non potrei condividere di più l'inadeguatezza di questa unione. Tuttavia, l'affetto ha superato la prova del tempo. Dato che i nostri sentimenti sono rimasti inalterati, ho ceduto alla tentazione e ho chiesto a Jocelyn di sposarmi.

La sua *cara ragazza* lo stava fissando sbalordita, così le rivolse un affettuoso sorriso e una strizzatina d'occhi. — Fa onore alla vostra perspicacia asserire che nessun uomo potrebbe essere degno di vostra nipote, lady Cromarty. Posso solo promettere che trascorrerò la mia esistenza cercando di essere degno di lei.

Lo sbalordimento di Jocelyn si tramutò quasi in un incontrollabile risolino. Con eroica forza di volontà, tubò: — David, caro, avete detto delle cose dolcissime! Ogni donna sarebbe orgogliosa di essere vostra moglie. — Rivolgendosi a sua zia, aggiunse, tutta compresa: — Tale nobiltà d'animo, tali alti principi, non hanno davvero prezzo. Con un cuore da leone: è un eroe di Waterloo, sai. — Lo cinse per la vita e gli posò la testa sulla spalla. — Sono la più fortunata delle donne.

Elvira guardava, stupefatta. Qualunque cosa si fosse aspettata, non era certo questo quadretto di reciproca adorazione. E anche se non aveva mai sentito parlare del maggiore Lancaster, costui era innegabilmente un gentiluomo. — Eravate legati da tempo?

— Oh, ci siamo conosciuti anni fa — rispose gentilmente David. — Ma la differenza di rango e la guerra hanno cospirato per tenerci lontani. — Rivolse a Elvira un serafico sorriso. — Spero che ci auguriate di essere felici.

— A me sembra un matrimonio di ripiego — scattò Elvira. — Nessun annuncio, nessuna pubblicazione, nessun membro della famiglia presente. Avresti almeno dovuto invitare Willoughby e me. Come capofamiglia, avrebbe dovuto accompagnarti all'altare.

Jocelyn assunse un'espressione avvilita. — Ti prego di dire allo zio che non intendevo offenderlo. Non c'è semplicemente stato il tempo di organizzare un matrimonio in grande. David era molto malato. Se la sua vita non fosse stata così in pericolo, credo che il suo senso dell'onore non gli avrebbe permesso di sposarmi.

Poco convinta, Elvira osservò: — Questo è tutto molto bello, ma come vi siete conosciuti?

Decidendo che la commedia era proseguita abbastanza, Jocelyn asserì con decisione: — È stato molto lodevole venire a porgere i tuoi rispetti, zia Elvira, ma non posso concederti di stancare ulteriormente mio marito. — Si allontanò da David per tirare il cordone del campanello.

Dudley arrivò quasi subito. — Per favore, accompagnate la contessa. Mi dispiace di non poterlo fare io, zia, ma mio marito e io stavamo discutendo di questioni piuttosto importanti. — Prese il braccio di David, battendo esageratamente le ciglia.

Sbaragliata, la contessa si volse e passò così in fretta accanto a Dudley che le piume lo colpirono in viso.

Jocelyn attese che i passi si fossero allontanati prima di crollare su una poltrona e scoppiare a ridere. — Capisco adesso perché non siete morto per le vostre ferite, maggiore — ansimò. — Il destino ha in serbo per voi ben altro. Non ho mai sentito una simile sequenza di mezze verità in vita mia. "Ci siamo conosciuti in questo secolo, naturalmente!"

— È un vantagio che mi deriva dagli studi in legge, mia cara. Qualsiasi buon avvocato è in grado di scegliere parole così efficaci da convincere un uomo sensato che il nero è bianco. Se sono nato per un destino diverso, voi siete nata per recitare. Entrate nello spirito delle cose abbastanza in fretta.

— È stato molto disdicevole da parte mia — disse Jocelyn senza rimpianto. — Ma che zia Elvira debba parlarmi in quel modo a casa mia!

— Vi accapigliate sempre?

— Ha sposato mio zio quando io avevo due anni. Mi hanno riferito che quando ci siamo conosciute, mi ha presa in braccio sforzandosi di mostrare i suoi istinti materni, al che le ho dato un morso sul naso. La nostra relazione non ha fatto che peggiorare da allora.

David sorrise. — Lady Cromarty ha ragione. Siete una svergognata.

Jocelyn sorrise a sua volta, imperturbabile. — Sebbene il desiderio di acquistare della terra sia stata la ragione principale che mi ha spinta a mantenere intatto il patrimonio, l'onestà mi costringe ad ammettere che il desiderio di contrastare zia Elvira non fosse da meno. — Poi rifletté. — Se otterremo l'annullamento, potrà contestarmi l'eredità con la scusa che non sono mai stata realmente sposata?

David si strinse nelle spalle. — Chiunque può perseguire chi vuole per qualsiasi ragione. Non credo che vincerebbe, ma dovrete discuterne col vostro legale. Vostro zio è il genere di persona che potrebbe trascinarvi in tribunale? Anche se la causa non verrà vinta, sarebbe lo stesso costosa e penosa.

— Willoughby farà probabilmente tutto ciò che desidera Elvira. È un uomo simpatico, ma completamente succube.

La visita di zia Elvira l'aveva costretta a pensare al futuro. — Che cosa farete dopo che vi sarete liberato del nostro inverosimile matrimonio?

— Non sono ancora sicuro. Ritornerò nell'esercito, probabilmente. Il pensiero di prestare servizio in una

118

guarnigione non mi entusiasma, ma non so cos'altro potrei fare. — Sorrise mestamente. — Può darsi comunque che l'esercito non mi voglia. Ridurranno certamente le truppe adesso che Bonaparte se n'è andato per sempre.

Jocelyn corrugò la fronte. — Mi sembra molto ingiusto che uomini che hanno contribuito alla salvezza della propria patria vengano scartati come... come scarpe vecchie adesso che non sono più necessari.

— La vita è migliore se non ci aspettiamo che sia anche giusta.

Bussarono alla porta, e Dudley entrò. — C'è qui il dottor Kinlock che desidera visitare il maggiore Lancaster.

Muovendosi con la sua solita impazienza, Kinlock entrò a ruota del maggiordomo. Le sue folte sopracciglia si inarcarono alla scenetta familiare davanti a lui. — Ho pensato che avrei fatto meglio a passare prima quest'oggi, ma sembra che la mia preoccupazione per la vostra salute sia del tutto infondata.

David si alzò nel veder entrare il chirurgo. — Può darsi che non sia pronto per una cavalcata o marce di venti miglia per qualche altra settimana, ma sto bene, nel complesso.

Kinlock sorrise. — La vostra opinione non conta, maggiore. Il medico sono io, così vi dirò io se state bene o no.

Vedendo che il chirugo voleva visitarlo, Jocelyn si alzò. — Ci vediamo più tardi, maggiore Lancaster. Devo chiedere al mio avvocato di venire domani?

Lui sospirò. — Prima è, meglio è, immagino.

Mentre se ne andava, Jocelyn realizzò che aveva trascorso con David molto più tempo di quanto fosse stata sua intenzione. Era una compagnia molto gradevole. Peccato che non potesse adottarlo come fratello, ma questo avrebbe confortato Sally Lancaster come sorella; non avrebbe mai funzionato.

David e Kinlock ammirarono entrambi l'elegante portamento di Jocelyn mentre scivolava fuori dalla stanza.

Dopo un accurato esame del paziente, Kinlock osservò: — Avete la costituzione di un toro, maggiore. La

119

ferita è quasi chiusa e senza apparente infezione, e avete superato brillantemente la disintossicazione dall'oppio. Ammetto che ero molto preoccupato ieri.

— Anch'io — disse David.

— Non sprecherò il mio fiato a darvi istruzioni sulla convalescenza, dato che farete comunque di testa vostra. — Il chirurgo lo guardò serio da sotto le folte sopracciglia. — Spero abbiate abbastanza buon senso da mangiare adeguatamente, riposare spesso e non abusare delle vostre forze.

— Non preoccupatevi. Ho già esperienza in fatto di ferite e convalescenza. Non farò niente di azzardato. — Guardò gravemente il chirurgo. — Vi devo più di quanto potrò mai ripagarvi. Spero sappiate quanto apprezzo quello che avete fatto.

— Non ringraziate me, ringraziate vostra sorella. Quando tutti gli altri avevano rinunciato a voi, lei non l'ha fatto. È una ragazza formidabile. — Kinlock sorrise, lo sguardo affettuoso. — Non ho fatto niente di speciale, se non esaminarvi attentamente. Purtroppo, i medici dell'ospedale York avevano già deciso che eravate un caso disperato.

— Sottovalutate la vostra abilità. — David allacciò la cintura della vestaglia, lieto che l'esame fosse finito. — Immagino che non vi rivedrò.

— Vi toglierò i punti la settimana prossima, ma a parte questo, non avete bisogno di me, maggiore. — Kinlock chiuse la borsa dei ferri. — Devo recarmi al Bart. Ho diversi interventi da fare oggi.

David gli tese la mano. — È stato un piacere.

La stretta del chirurgo fu vigorosa. — Il piacere è stato mio. È una soddisfazione ottenere uno splendido successo ogni tanto. — Gli rivolse un rapido sorriso. — E poi, lady Jocelyn ha già pagato l'esorbitante conto che le ho mandato. Servirà a mantenere il mio ambulatorio rifornito di medicinali per il prossimo anno. Buona giornata.

Quando Kinlock se ne fu andato, David si sdraiò sul letto, attento a non farsi male alla schiena. Dunque lady

Jocelyn aveva pagato anche il conto del medico. Era una signora in ogni senso della parola.

Chiuse gli occhi, sentendosi infinitamente stanco. Jocelyn era tutto ciò che aveva sognato in una donna, era sua moglie... e la stava aiutando a liberarsi della sua sgradita presenza. Era un maledetto sciocco.

Ma non aveva alternativa, in realtà. Lady Jocelyn Kendal, unica e ricca figlia di un conte, non era fatta per un povero ufficiale senza beni o prospettive.

Quando Sally Lancaster entrò nella stanza del fratello a metà pomeriggio, fu così felice di vederlo in piedi che si trattenne a stento dall'abbracciarlo forte. — Ti riprenderai, non è vero?

Lui ridacchiò. — Da stamattina, sto troppo bene per interessare ancora il dottor Kinlock. Qualche settimana di buona alimentazione e dovrei tornare nuovo di zecca. E devo tutto a te, Sally. Tutti gli altri si erano rassegnati, me compreso. Ma tu no.

Lei sorrise, scherzosa. — Ti ho aiutato per il mio bene, David. Chi altri mi tollererebbe come te?

— Molti uomini sarebbero felici di farlo. — La invitò a sedersi. — Adesso che sei economicamente indipendente e non hai bisogno di insegnare, che cosa desideri fare? Hai mai preso in considerazione il matrimonio?

Sorpresa della domanda, Sally rispose: — La rendita verrà sicuramente annullata, visto che la cara lady Jocelyn non ha avuto il suo marito morto.

— Ne abbiamo discusso poco fa. Non intende revocare l'accordo. Con il matrimonio ha raggiunto il suo scopo, che era quello di conservare il suo patrimonio. La mia esistenza è una complicazione, ma non una complicazione prevista nel nostro accordo.

— Il matrimonio è dunque solo una questione contrattuale? — chiese Sally indignata. — Quella donna ha ghiaccio nelle vene.

David aggrottò la fronte alla sua veemenza. — Non ti piace lady Jocelyn?

Ricordando che suo fratello non aveva visto la vera natura della donna, Sally rispose freddamente: — Non abbiamo quasi avuto occasione di conoscerci. — Cercò un lato positivo nel carattere della cognata. — Lady Jocelyn è stata molto premurosa per quel che riguarda l'uso della casa e della servitù. Mi ha anche gentilmente mandato un biglietto stamattina per informarmi che eri riuscito a superare la crisi di astinenza, il che è stato un grosso sollievo.

Nonostante la sua risoluzione di essere magnanima, Sally non poté fare a meno di aggiungere: — Ma francamente, il pensiero di essere imparentata con lei per il resto della vita mi fa gelare il sangue nelle vene.

David corrugò la fronte, ma prima che potesse rispondere, una voce fredda risuonò dalla soglia. — Non dovete temere a questo proposito, miss Lancaster. — Lady Jocelyn entrò nella stanza con un giornale. — Vostro fratello e io abbiamo già discusso di un eventuale annullamento, così il vostro sangue può continuare a scorrere nelle vene senza gelarsi.

Sally arrossì, sentendosi molto a disagio. — Splendido. Se un annullamento è possibile, immagino che David non corra alcun pericolo da parte vostra.

— Sally! — esclamò lui.

— Non preoccupatevi, maggiore — disse lady Jocelyn, mostrandosi eccessivamente tollerante. — Non è la prima volta che vostra sorella rivolge simili accuse. La sua preoccupazione per voi sembra aver stimolato un po' troppo la sua fantasia. — Posò il giornale sul tavolo. — Pensavo che vi avrebbe fatto piacere mettervi in pari con le notizie. Scusatemi per l'interruzione.

— Un momento, per favore, lady Jocelyn — disse David.

Rispondendo alla nota di comando nella sua voce, sua signoria volse nuovamente il suo gelido sguardo sugli ospiti. — Sì, maggiore Lancaster?

Sally fu costretta ad ammirare il naturale sussiego di lady Jocelyn.

David, però, non ne rimase intimidito. — Perché voi due siete sempre ai ferri corti?

Nella stanza cadde uno spiacevole silenzio, finché lady Jocelyn non disse: — Vostra sorella si è messa in testa che io rappresenti un pericolo per la vostra esistenza, e forse per il suo rapporto con voi. Evidentemente le piace vedere minacce dove non esistono.

La collera di Sally divampò. — "Minacce dove non esistono!" David, non volevo che lo sapessi, ma ho dovuto costringerla a ospitarti qui. Una volta entrata in possesso del certificato di matrimonio, era disposta a lasciarti morire in quell'orribile ospedale, perché non mettessi a repentaglio la sua egoistica esistenza.

David rivolse lo sguardo calmo su sua moglie. — È vero?

Jocelyn annuì, riluttante.

Sally non aveva ancora finito. — Quando mi ha consegnato il primo trimestre di rendita, le ho chiesto perché non fosse in trenta pezzi d'argento. — Lanciò un'occhiataccia alla cognata. — La tua cara mogliettina ha risposto che l'argento era per chi vendeva, ma dato che lei stava comprando, pagava in oro!

— Avete realmente detto questo? — chiese David, sbalordito.

Jocelyn arrossì violentemente. — Temo di sì. — D'un tratto assomigliò di più a una bambina sorpresa a compiere una birichinata che a un'orgogliosa signora col ghiaccio nelle vene.

Scioccata, Sally vide suo fratello scoppiare a ridere. — In realtà — ansimò nel tentativo di riprendersi — non ho mai visto donne tanto sciocche.

— Che cosa vuoi dire con questo? — chiese Sally in tono minaccioso.

— Siete le due donne più capaci, per non dire autoritarie, che abbia mai conosciuto. Ma riuscite a tirare fuori il peggio di voi stesse. — Scosse la testa, fingendosi divertito. — Chiunque abbia detto che le donne sono il sesso debole non vi conosceva. Tutto quello che può fare un povero maschio è mostrarsi subito d'accordo e sperare di uscirne incolume.

— Non credete a una parola di tutto questo — asserì

acidamente Sally, rivolgendosi alla cognata. — David è molto ragionevole di solito, per un uomo, ma quando ha qualcosa in mente, è meglio sventolare subito bandiera bianca perché farà esattamente quello che vuole.

— Me ne sono già accorta. — Jocelyn storse la bocca. — Credo che sia la prima volta che voi e io siamo d'accordo su qualcosa.

Sally sentì affiorarle alle labbra un sorriso. — Che pensiero allarmante.

David prese la mano di sua sorella. — Sally, ho l'impressione che a causa delle circostanze del nostro matrimonio tu abbia scambiato lady Jocelyn per una mia nemica, ma non è così. Se avesse voluto farmi del male, mi avrebbe lasciato cadere dalla ringhiera davanti alla mia camera la notte scorsa, rimanendo immediatamente vedova.

Sally ansimò mentre immaginava la caduta. — Avresti potuto ucciderti!

— Ero confuso, ed evidentemente non sapevo quel che facevo. Jocelyn mi ha salvato e messo a letto. — Indicò sua moglie, prendendo anche la sua mano. — Nei momenti peggiori della malattia, mi ha curato con le sue stesse mani anche se eravamo quasi degli estranei. Non avrebbe potuto comportarsi meglio nemmeno se fossimo stati sposati da vent'anni.

Incredula, Sally chiese: — Avete veramente aiutato a curare mio fratello, lady Jocelyn?

— Sì, benché mi sorprenda che lo ricordi — ammise Jocelyn. — Era quasi sempre fuori di sé.

La mente di Sally tornò al mattino del matrimonio, quando aveva categoricamente rifiutato ogni aiuto futuro da parte di lady Jocelyn. Date le circostanze, era difficile biasimare la donna per non aver pensato di accogliere David in casa propria. Era stata una maledetta sciocca. Con uno sforzo, si costrinse a incontrare lo sguardo di sua cognata. — Vi devo le mie scuse. Quel che ho detto è stato orribile.

— Sì — rispose Jocelyn — ma siete stata provocata. Non avrei dovuto esprimermi come ho fatto.

Cautamente, le due donne si guardarono l'un l'altra sopra la testa dell'uomo che stringeva ancora le loro mani. Jocelyn ruppe il silenzio. — Possedete il naturale talento di farmi perdere la pazienza e dire cose spaventose. Se zia Laura mi avesse sentita, mi avrebbe mandata a letto senza cena per un mese. Che ne dite di fingere che la settimana scorsa non sia mai esistita e ricominciare tutto daccapo? — Sorridendo, tese la mano. — Buongiorno. Che piacere che siate venuta a trovarci.

Sally non si era sbagliata. Lady Jocelyn era irresistibile quando si concedeva di sorridere.

Sorridendo, Sally le strinse la mano. — Buongiorno, lady Jocelyn. Il mio nome è Sally Lancaster. Credo siate sposata con mio fratello. Sono molto lieta di fare la vostra conoscenza.

Mentre le due donne si stringevano la mano, Sally ringraziò silenziosamente suo fratello per aver offerto loro la possibilità di ricominciare. Dal primo istante aveva capito che sarebbe stato molto meglio avere lady Jocelyn come amica che come nemica.

14

La cessazione delle ostilità fu celebrata con tè e pasticcini. Adesso che avevano deciso di non essere più avversarie, Sally riconosceva un certo calore sotto le maniere fredde di Jocelyn. Vergognandosi, ammetteva che alla base della sua opinione negativa c'erano i suoi stessi pregiudizi.

Dopo un'ora lady Jocelyn si scusò, dichiarando di avere degli impegni fuori di casa. Sally rimase con suo fratello ancora per un po', ma si alzò quando vide che si stava stancando. — Il dottor Kinlock ha detto quando sarebbe tornato a vederti, David? — chiese, prendendo la sua borsa a rete.

— Mi toglierà i punti fra qualche giorno, ma non tornerà a meno che non abbia una ricaduta, cosa che non ho intenzione di avere.

Dirigendosi verso il letto, David non vide la faccia delusa della sorella. — Oh. Che peccato. Non... non l'ho mai ringraziato veramente.

— Puoi star sicura che l'ho fatto io. — Suo fratello si sdraiò, trasalendo lievemente. — È un uomo interessante oltre che un bravo chirurgo. Mi dispiacerà non rivederlo, ma non è il genere d'uomo che perde tempo con le persone sane.

— Immagino di no. — Sally si illuminò per un pensiero improvviso. — Passerò dal suo ambulatorio per regolare il conto. Abita a pochi isolati dalla casa dei Launceston.

— Lady Jocelyn si è già fatta carico di quello che Kinlock ha definito un conto esorbitante.

— Questo non mi sembra giusto. Dovevamo pagare noi. — Sally si morse il labbro. — Anche se avrei dovuto usare il denaro che mi ha dato lady Jocelyn.

— Sono d'accordo con te, ma non intendo discuterne al momento. Puoi litigarci tu se vuoi. — I suoi occhi si chiusero.

Non l'avrebbe stancato con questioni banali. — Basta litigare. E poi, ho scoperto che protesto molto meno per la generosità di sua signoria adesso che ho fatto pace con lei. — Baciò in fronte suo fratello. — Ci vediamo domani pomeriggio.

Sally svoltò a sinistra in Hyde Park quando uscì da Cromarty House. I Launceston pensavano che durante l'estate i ragazzi dovessero fare lezione soltanto al mattino, così non aveva bisogno di tornare a casa. Era molto fortunata ad avere dei datori di lavoro simili. Tuttavia, adesso che poteva scegliere, era solo una questione di tempo prima che si licenziasse. Le era piaciuto molto fare la governante, ma era pronta a occuparsi di qualcos'altro. Anche se non sapeva ancora cosa.

Nonostante la bella giornata estiva, mentre camminava attraverso i verdi prati del parco, Sally rimuginava sull'acuta sensazione di rimpianto che aveva provato quando David aveva detto che Kinlock non sarebbe ritornato. Perché aveva reagito a quel modo? Miss Sarah Lancaster era una donna pratica, poco incline al romanticismo.

In realtà, continuava a pensare alla figura muscolosa del dottore, alle sue grandi mani che sapevano muoversi con tanta delicatezza, ma questa era soltanto ammirazione per la forza e l'abilità del chirurgo. E benché l'immagine dei suoi capelli prematuramente bianchi, in contrasto con le folte sopracciglia scure, continuasse a tormentarla, si ripeteva che questo accadeva solo perché il suo aspetto era eccezionale.

Sbuffò esasperata. Chi pensava di prendere in giro?

I suoi passi l'avevano condotta alla Serpentine, dove trovò una panchina libera e sedutasi, lasciò vagare lo sguardo sulle placide acque del piccolo lago. Non era sua abitudine nascondersi la verità, anche se spiacevole, per cui doveva affrontare il fatto che Ian Kinlock l'attraeva come uomo al di là della sua abilità professionale. Le piaceva il suo appassionato impegno verso il lavoro, le piaceva la sua lingua tagliente, e, dannazione, le piaceva il modo in cui si muoveva, il suo dinamismo.

Sospirò. Ian Kinlock viveva per il suo lavoro. Come aveva detto David, non provava interesse per le persone sane. E anche se ne avesse provato, l'insipida Sarah Lancaster non era certo il tipo di donna in grado di distrarlo dal grave impegno di sconfiggere la Morte.

Sally lisciò i guanti posati sul ginocchio e cercò di toglierne le grinze. Ian Kinlock poteva non trovare attraente un'insipida governante, ma ogni tanto aveva sicuramente bisogno di un'amica.

Da quello che aveva visto della sua vita, non faceva che prendersi cura degli altri. Era ora che qualcuno si prendesse cura di lui.

Alzandosi dalla panchina, cercò di ricordare dove potesse essere. Questo era uno dei giorni che trascorreva al Bart, e aveva visto com'era estenuante. Come avrebbe potuto alleviare la sua stanchezza?

Le venne un'idea improvvisa.

Quando Ian Kinlock ritornò nella sudicia stanzetta che era il suo studio al Bart, era così sfinito che riuscì a malapena ad aprire le porta. Dopo aver lasciato il maggiore Lancaster, aveva esaminato un gruppo di pazienti ricoverati all'ospedale e operato una donna che era tragicamente morta sotto i ferri. Un'altra non avrebbe superato la notte nonostante i suoi migliori sforzi. In momenti come quelli, si chiedeva perché non avesse scelto una professione che non richiedesse tanto coinvolgimento fisico ed emotivo.

Non appena entrò nella stanza, si diresse verso la sua scrivania e aprì il cassetto dov'era riposto il whisky, benché sapesse che l'alcol era un pessimo antidoto per ciò che lo tormentava. Non si rese conto di avere compagnia finché un'allegra voce femminile non disse: — Potrete bere di più se prima mangerete qualcosa.

Battendo le palpebre, si volse e scoprì che miss Lancaster era seduta sull'unica sedia della stanza. Posando il libro che stava leggendo, prese un cestino. — Pensavo che avreste avuto fame, così ho portato del cibo.

Stupito, lui tirò indietro la sedia della scrivania e sedette. — Alla fine di una giornata al Bart, generalmente non riesco a ricordare quando ho mangiato l'ultima volta.

Sally gli porse un pasticcio di carne ancora caldo. Carne e funghi. Delizioso. Ne addentò un altro pezzo, e sentì ritornargli le forze. Era di cibo che aveva bisogno, non di whisky. Nutrimento invece di oblio.

Mentre Sally prendeva una bottiglia di birra e gliene versava un boccale, lui disse: — Non mangiate anche voi?

— Speravo che me lo chiedeste.

Insieme esplorarono il capace cestino. Oltre al pasticcio di carne e alla birra, aveva portato pane, formaggio, cipolline sottaceto, e crostate di pesche ancora calde.

Dopo aver finito la sua fetta di crostata, Ian si riempì di nuovo il boccale. — Adesso che sono ridiventato quasi umano, mi domando che cosa stiate facendo qui.

Sally cominciò a raccogliere i resti del pasto. — Quando David ha detto che non sareste ritornato, mi sono resa conto che non vi avevo adeguatamente ringraziato per averlo salvato.

— Apprezzo i ringraziamenti che assumono una forma pratica. — Sorrise, più rilassato di quanto non fosse stato da settimane. — Quello che avete detto tempo fa era verissimo. Io sono stato soltanto lo strumento, sapete. Faccio del mio meglio, ma guarire non dipende solo dalla mia abilità.

— Non mi sarei mai aspettata una simile dichiarazione da un uomo di scienza.

— Posso essere un razionalista in superficie, ma sotto sotto sono un celta selvaggio e mistico. — Osservò la sua linda figuretta. — Una rispettabile signora inglese come voi non lo capirebbe.

Sally chiuse il cestino e si alzò in piedi. — Attento a chi date dell'inglese, giovanotto. Mia madre era gallese, e una vera celta come voi. — Si avvicinò alla scrivania con un pacchetto. — Ho avvolto il pane e il formaggio nella carta perché durino per qualche giorno. Non nuocerà ai vostri pazienti se ogni tanto mangerete.

Stava cercando un posto sull'ingombra scrivania dove posare il cibo, quando il suo sguardo fu attratto da una busta. Aggrottando la fronte lesse: *Al Nobiluomo Ian Kinlock*.

Prese la busta e la inclinò verso di lui. — Scusate, non ho potuto fare a meno di leggere. Siete sicuro di essere un selvaggio celta?

Il chirurgo arrossì. Sally non l'avrebbe mai creduto possibile.

— Mia madre insiste a indirizzarmi le lettere a quel modo — spiegò. — Mio padre è il *laird* di Kintyre. Mia madre scrive regolarmente affinché rinunci a questa sciocca professione medica e ritorni a casa per vivere come un vero Kinlock.

— Perché possiate abbattere animali indifesi e giocarvi la vostra fortuna? — osservò lei, ricordando quello che aveva detto la sera in cui avevano pranzato alla taverna.

— Sì, i miei fratelli sono bravissimi in questo genere di cose. In realtà, nessuno di loro si è giocato la fortuna, e sono dei bravi ragazzi, a loro modo. Due sono ufficiali nell'esercito come vostro fratello. Ma siamo molto diversi.

— Posso immaginarlo. — Era affascinata da questa fugace visione del burbero dottore. — Direi che la vita del gentiluomo potrebbe farvi morire di noia nel giro di quindici giorni.

— Esattamente. Mia madre non l'ha mai capito. — Sospirò. — È anche convinta che soccomberò al fascino di qualche donna poco raccomandabile. Poverina, è convinta che i suoi figli siano irresistibili. Non ha mai realmente accettato che io non sia un tipo convenzionale, anche se ho più capelli bianchi di mio padre.

— Sembra una cara persona.

— Lo è. Senza speranza, ma cara. — Infilò il pacchetto di cibo in un cassetto. — Che ne direste di uscire a cercare una carrozza? Sono troppo stanco per accompagnarvi a casa a piedi.

Non volendo essere di peso, Sally gli assicurò: — Non dovete preoccuparvi. È ancora chiaro fuori, e vivo a Londra da anni.

— Non sarò gran che come gentiluomo, ma non permetterò a una signora di tornare a casa a piedi col buio. — Sorrise. — E poi abitate a soli tre isolati da me.

— Sì, dottor Kinlock — disse modestamente, sebbene sentisse il polso accelerare al pensiero di trascorrere ancora un po' di tempo con lui.

— Chiamatemi Ian. Non lo fa quasi più nessuno — aggiunse, mentre la faceva uscire. — A volte sono stanco di sentirmi chiamare dottore o chirurgo Kinlock.

— Come io sono stanca di essere miss Lancaster, modello di virtù e governante altamente qualificata. — Gli lanciò un'occhiata. — A proposito, che aspetto ha una Sally?

Lui ridacchiò mentre uscivano nella mite serata estiva. — Guardatevi allo specchio, ragazza, e lo scoprirete.

Fermò una carrozza e la fece salire. Mentre Sally sedeva sul logoro sedile, si sentì soddisfatta della sua spedizione. Il chirurgo non aveva un atteggiamentio da inna-

130

morato e probabilmente non lo sarebbe mai stato, ma sembrava disposto a fare amicizia.

Mentre attraversavano Londra al tramonto, lei studiò discretamente il viso solcato dalle rughe sotto i folti capelli bianchi. Poteva darsi che fosse disposto ad accettare la sua amicizia... ma a lei sarebbe bastato?

15

L'avvocato di Jocelyn giunse il giorno dopo a Cromarty House. Gli era grata che si fosse astenuto dal dire: "Ve l'avevo detto" a proposito del guaio causato dal suo improvviso matrimonio, sebbene la sua espressione fosse torva. Ma l'uomo si rasserenò quando David espose la sua opinione sull'annullamento. E quando scoprì che il maggiore aveva studiato legge, la sua espressione divenne perfino conciliante.

— Dovrò discutere la situazione con un procuratore, vale a dire, un legale autorizzato a esercitare anche nei tribunali ecclesiastici — spiegò Crandall, pensieroso. — Dovreste coabitare per un po' all'inizio per... uhm, verificare che il problema è permanente. Tuttavia, una volta avviato il procedimento, in cinque o sei mesi dovreste ottenere l'annullamento, dato che l'istanza non potrà essere contestata.

— Molto bene, signor Crandall.

Rabbuiandosi di nuovo, l'avvocato aggiunse: — Capirete comunque che mentre la vostra posizione è legalmente sicura, un annullamento vi renderà vulnerabile a una eventuale causa intentata per dimostrare che non siete mai stata realmente sposata, e non avete perciò ottemperato ai termini del testamento di vostro padre.

— Sono consapevole dei potenziali problemi.

— Anche se avrete probabilità di vincere una simile causa, i costi legali sarebbero considerevoli, e potrebbe derivarvi una cattiva notorietà. — La guardò al di sopra degli occhiali. — Non prendereste in considerazione di rimanere sposata? Sarebbe di gran lunga la soluzione più semplice.

Spazientita, Jocelyn ribatté bruscamente: — Le soluzioni semplici sono raramente le migliori, signor Crandall, soprattutto riguardo a qualcosa di importante come il matrimonio.

Con un sospiro, l'avvocato se ne andò. Dopo che la porta si richiuse, Jocelyn domandò: — Pensate che sia diventato avvocato perché è triste di natura, o che essere avvocato l'abbia reso triste?

Il maggiore abbozzò un sorriso. — Un po' tutte e due le cose, forse. La professione legale rende seri, perché si ha sempre a che fare coi problemi della vita.

— Allora sono lieta che abbiate scelto l'esercito. Rischiare la morte sembra incidere meno sul carattere di una persona che redigere contratti.

Il colpo alla porta annunciò l'arrivo di Richard Dalton. Dopo averlo salutato, Jocelyn si scusò per lasciare i due uomini insieme.

Mentre Richard si metteva a sedere, David si alzò e cominciò a muoversi irrequieto per la stanza. — Non farci caso, ma dopo aver incontrato l'avvocato di lady Jocelyn, sento il bisogno di un po' di attività. — Incespicò e dovette aggrapparsi alla colonna del letto per evitare di cadere. — Dirò a Morgan di procurarmi un bastone per camminare finché non sarò in grado di farlo normalmente.

— Buona idea. — Richard gli offrì una delle sue grucce. — Nel frattempo, prendi questa. Jocelyn sarebbe molto dispiaciuta se ti facessi male mentre io siedo neghittosamente qui a guardare.

La gruccia lo aiutò considerevolmente a ritrovare l'equilibrio. E dovendosi concentrare meno sul rimanere eretto, David notò che il suo amico appariva teso. — C'è qualcosa che non va?

Richard fece una smorfia. — Ho deciso di recarmi dal tuo miracoloso chirurgo per vedere se può fare qualcosa di più per la mia gamba. Kinlock sostiene che forse potrebbe aiutarmi, ma ciò che ha in mente è una specie di esperimento.

— Anche con Kinlock, non sono sicuro che mi sottoporrei a una simile prova — osservò David, accigliato. — Qual è stata la sua diagnosi?

— Le ossa della gamba sembrano essersi saldate male dopo la battaglia. Niente di sorprendente, immagino, visto come erano sfiniti e oberati di lavoro i chirughi. — Richard osservò senza entusiasmo la sua gamba destra rovinata. — La gamba è così storta che resterò storpio per il resto della mia vita. Se sarò molto, molto fortunato forse un giorno riuscirò a camminare con un bastone invece che con le grucce. E... mi fa molto male.

David trasalì. Non avevano mai discusso della situazione di Richard, e aveva pensato che fosse solo una questione di tempo prima che l'amico si ristabilisse. — Che cosa suggerisce Kinlock?

— Spezzare le ossa dove si sono saldate male e riaggiustarle. È un intervento radicale, ma ritiene che ci siano buone probabilità che la gamba si raddrizzi a sufficienza da permettermi di camminare, cavalcare ed essere ragionevolmente attivo. Anche se non promette di eliminare tutto il dolore, ci sarà probabilmente un netto miglioramento anche in quel settore.

David imprecò sottovoce. Il suggerimento di Kinlock aveva senso, ma un intervento presentava sempre dei rischi, e anche se fosse riuscito, Richard avrebbe dovuto sopportare lunghi mesi di difficile convalescenza. — Hai intenzione di seguire i suoi consigli? — chiese.

— Sì. Dio sa se non aspetto l'evento con ansia, e Kinlock è il primo chirurgo che ha espresso la speranza che possa liberarmi da queste dannate stampelle — rispose Richard con veemenza. — Un'altra operazione, forse due, e qualche mese d'ospedale sono un prezzo modesto da pagare per la possibilità di vivere una vita quasi normale.

David provava vergogna per la sua mancanza di perspicacia. In quelle ultime settimane, Richard era sempre stato a portata di mano, e lui non aveva mai realmente pensato alle preoccupazioni dell'amico sul suo futuro.

— Data la mia esperienza con Kinlock — disse rassicurante — la tua gamba sarà perfetta quando l'avrà riaggiustata.

— Non sarà necessario che sia perfetta. Mi basterebbe che riprendesse al novanta per cento o giù di lì. — Abbandonando l'argomento, Richard continuò: — E tu come stai? Hai l'aria un po' abbattuta per essere qualcuno che sta vivendo una favola completa del miracolo alla bella principessa.

David si avvicinò alla finestra, appoggiandosi pesantemente alla gruccia. — Le favole sono a lieto fine. Il mondo reale è molto più complicato.

— Vale a dire?

Avendo bisogno di sfogarsi con qualcuno in grado di capire, rispose: — Ho scoperto che è molto frustrante essere sposato con una principessa delle favole che mi vede come un fratello, e che è ansiosa di liberarsi di me il più in fretta possibile.

— Mi sono chiesto se non avresti potuto innamorarti di lei — disse tranquillamente Richard. — Jocelyn è una donna deliziosa, gentile e intelligente oltre che bella.

David gli lanciò un'occhiata acuta. — Sei innamorato anche tu di lei?

Richard scosse la testa. — No, ma so riconoscere i pregi quando li vedo.

Davanti all'espressione scettica di David, Richard aggiunse con aria di scusa: — Mi rendo conto che non innamorarasi di lei è una grave carenza da parte mia, ma è così.

David scoppiò a ridere. — Da quel che ho sentito sul suo inverno in Spagna, sei stato uno dei pochi ufficiali che non le ha proposto di sposarla.

— Probabilmente è vero. — L'espressione di Richard si fece pensierosa. — Ecco perché forse siamo diventati amici. Sembrava che non prendesse troppo sul serio gli uomini che si infatuavano di lei. In realtà ho trascorso con Jocelyn più tempo di qualsiasi suo ammiratore. Forse è stata corteggiata così spesso che la cosa l'annoia.

— Questo non è di buon auspicio per me — osservò David, cercando di mantenere un tono di voce disinvolto. — Non appena l'ho vista, mi sono sentito pronto a buttarmi ai suoi piedi, esattamente come tutti i suoi altri volubili corteggiatori.

— Tu non sei volubile. Se i tuoi sentimenti sono così forti, non si tratta di semplice infatuazione. — Richard esitò. — Ricordi il brindisi che ho fatto al vostro matrimonio? Quando ho detto che sembravate fatti l'uno per l'altra, non era semplice retorica. Credo che sareste perfetti.

David lo fissò. — Mio Dio, hai una mente tortuosa! Non puoi aver previsto come sarebbe andata la faccenda.

— No, naturalmente. Sembrava improbabile che tu sopravvivessi per più di una settimana. — Richard si strinse nelle spalle. — Ma mi è sembrato giusto farvi conoscere. Un po' come uno di quegli istinti che sul campo di battaglia ti dice quando devi abbassare la testa.

— Avrei dovuto abbassarla prima questa volta. — David si passò le dita della mano libera tra i capelli. — Lady Jocelyn non ha mai negoziato per un marito vivo, e sarebbe disonorevole cercare di trattenerla contro la sua volontà. Il suo legale sta già valutando il procedimento da seguire per annullare il matrimonio.

— Un annullamento richiederà certamente un po' di tempo.

— Diversi mesi almeno.

— Questo ti dà la possibilità di farle cambiare idea.

— Maledizione, Richard, guarda la disparità delle nostre condizioni! Lei è ricca, io certamente non lo sono. Lei è figlia e nipote di un conte, io non ho parenti a parte Sally che sia disposto a riconoscere.

— Hai intenzione di rinunciare senza batterti a causa dell'orgoglio? — chiese Richard con indisponente calma. — Puoi non appartenere al suo stesso rango, ma sei un gentiluomo e hai una brillante carriera militare alle spalle. Saresti un marito perfettamente accettabile.

Pensando alla vera, insormontabile barriera, David ribatté: — È innamorata di un altro.

Ciò fece esitare Richard, ma solo brevemente. — Lui non dev'esserne innamorato, o non avrebbe proposto a te di sposarla. A meno che non sia già sposato, ma Jocelyn ha troppo buonsenso.

David scosse la testa. — Da quello che mi ha raccontato, la relazione era promettente, ma ancora agli inizi. — La sua mano strinse forte la gruccia. — Ho saputo che il maledetto è un uomo bello, ricco, nobile, con un carattere invidiabile e qualificato in tutti i modi a diventare un marito ideale per Jocelyn.

— Forse, ma è possibile che non riesca a ottenere quello che vuole — ribatté Richard. — Mentre tu sei disponibile, interessato, presentabile, e non privo di una certa capacità di affascinare l'altro sesso. Questi sono considerevoli vantaggi. Perché non li usi?

— Immagino di essere rimasto in attesa di qualcuno che mi dicesse che è giusto che approfitti della mia posizione per cercare di conquistare il suo cuore — rispose lentamente David. — Ma mi sembra lo stesso sbagliato. Potrebbe trovare di meglio.

— Materialmente, forse, ma credo che tu saresti un marito migliore per lei di un uomo il cui principale interesse nella vita è stato il taglio della sua giacca. — Richard si accarezzò distrattamente la gamba che gli doleva. — Se ti preoccupa il fatto di essere considerato un cacciatore di dote, nessuno dei tuoi conoscenti crederebbe mai a una simile calunnia, e l'opinione di chi altri conta?

— Fai apparire la situazione molto semplice.

— È semplice. Ma è improbabile che lady Jocelyn ti consideri un serio candidato alla sua mano se dimostri di voler porre fine al matrimonio esattamente come lei. Concedile la possibilità di decidere da sé. Non dare per scontato di sapere quello che pensa, o che sia impossibile che possa giungere a provare quello che provi tu per lei.

L'eccitazione accelerò il polso di David. Richard aveva assolutamente ragione. — Grazie per aver detto quello che volevo sentire. Credo sapessi che l'avresti detto, o non avrei mai sollevato l'argomento.

Richard rise. — Lieto di averti fatto una cortesia. Vale la pena di lottare per lady Jocelyn.

— È vero — ammise sommessamente David. Avrebbe dovuto comportarsi cautamente nel corteggiare Jocelyn, senza abusare della situazione. Avrebbe dovuto essere paziente, permetterle di conoscerlo. Vivere sotto lo stesso tetto gli avrebbe offerto innumerevoli opportunità.

E sebbene il suo rivale disponesse di un patrimonio e un rango più elevati, David aveva il vantaggio di essere un abile combattente e determinato a vincere.

16

Jocelyn si svegliò all'alba dopo una notte di sogni irrequieti. L'unico che ricordava con piacere era il suo ultimo valzer col duca di Candover. Le eccitanti possibilità di quell'incontro le ronzarono nella mente finché non rammentò l'imbarazzante situazione in cui si trovava ora.

Quando Candover fosse ritornato in città a settembre, lei sarebbe stata ancora legalmente sposata con David Lancaster invece di essere un'apprezzabile vedova, il che significava che non poteva iniziare una relazione col duca. Anche se il suo matrimnio fosse stato in fase di annullamento, una relazione avrebbe lo stesso costituito adulterio. Impensabile.

Con un sospiro si alzò dal letto, attenta a non disturbare Iside, e andò alla finestra, che si affacciava sul giardino dietro la casa. Tutti i suoi sogni dovevano essere rinviati. E se Candover avesse trovato un'altra donna mentre Jocelyn era in attesa della sua libertà? Avrebbe potuto perderlo per sempre.

Fu pervasa da una curiosa calma. Se l'avesse perso, addio. Poteva affrontare una relazione, ma non l'adulterio, neanche con l'uomo che aveva cercato per anni.

Un vago movimento nel giardino colse la sua attenzione. Che fosse il maggiore? Cielo, sì. Vestito in abiti borghesi, stava barcollando lungo il sentiero che si snodava attorno al giardino, appoggiandosi pesantemente a un bastone.

Camminare da solo avrebbe potuto portare a una caduta sul terreno bagnato. Se non fosse riuscito a rialzarsi, avrebbe corso il rischio di giacere lì per ore prima che qualcuno lo trovasse. Buscarsi magari un'infreddatura e morire di polmonite.

Riconobbe sarcasticamente che si stava lasciando sopraffare dai suoi istinti protettivi. Il maggiore era sopravvissuto ad anni di guerra in un paese straniero, e non gli sarebbe probabilmente accaduto niente di grave in un giardino inglese in piena estate.

Tuttavia, non sarebbe stata una cattiva idea controllare. Si vestì in fretta, scegliendo un semplice abito da mattina che avrebbe potuto indossare senza l'aiuto di Marie. Dopo essersi legata i capelli con un nastro, scese la stretta scala di servizio.

Appetitosi profumini provenienti dalla cucina le stuzzicarono le narici, e compì una breve sosta. Sotto lo sguardo stupito del cuoco e della cameriera, prese due focacce all'uva passa appena sfornate, le avvolse in un tovagliolo, e se ne andò con un disinvolto cenno di saluto.

Quando raggiunse il maggiore, aveva già fatto un giro del giardino e stava per iniziarne un altro. Le rivolse un sorriso cordiale. — Vi alzate presto, lady Jocelyn.

Lei ricambiò il sorriso, la tensione della notte insonne che si dissipava a poco a poco. — E voi no?

Si mise al passo con lui. Il giardino era abbastanza grande da permettere una buona passegiata, e percorreva spesso anche lei quel sentiero. La mattina presto poi era delizioso, con la rugiada che scintillava come cristalli su fiori e foglie.

— Mi piace quest'ora del giorno. È tranquillo. — Sorrise. — Sono anche convinto che si debba cercare di essere il più attivi possibile durante la convalescenza, ed è più facile camminare quando non c'è in giro nessuno a fermarvi.

— Quando ho guardato fuori e vi ho visto, ho avuto

l'impressione che foste sul punto di crollare tra i cespugli di rose — ammise. — Il giardiniere sarebbe rimasto sconvolto a trovarvi a quel modo, soprattutto se aveste danneggiato i suoi fiori.

— Così naturalmente siete venuta a vedere se i cespugli e io eravamo ancora intatti. — Un certo compiacimento trapelava dalla sua voce calda. — Siete molto sollecita.

Imbarazzata, lei posò lo sguardo sul sentiero davanti a sé. — Non c'è niente di insolito a occuparsi dei propri ospiti.

— Stavo pensando al giardiniere, in realtà. Sono sicuro che è difficile trovarne di bravi. — Il suo tono era solenne, ma i suoi occhi canzonatori.

Jocelyn rise. — Lewis lavora qui da almeno trent'anni. Sarebbe un vergogna mandarlo via alla sua età.

— Svolge un ottimo lavoro. — David abbracciò il giardino con un gesto. — È difficile credere che siamo nel cuore di Londra. Il giardino è così ben tenuto che sembra molto più grande di quello che è.

— Il bersò laggiù in fondo è uno dei miei posti preferiti. Perfetto per uno spuntino o una tranquilla lettura in una giornata estiva. — Gli porse una focaccia all'uva passa. — Visto che non sembra che vogliate rallentare il passo per fare colazione, prendete almeno una di queste.

Addentò la focaccia e un'espressione di beatitudine gli apparve sul viso. — Nel caso che mi sia dimenticato di menzionarlo prima, il vostro cuoco è un portento.

— Sono fortunata in fatto di servitù — ammise. — Da quando ho perso Charlton, mi sono concentrata su Cromarty House per renderla il più piacevole possibile.

Lui le lanciò un'occhiata. — Basandomi su quanto ha detto Crandall, godrò della maestria del vostro cuoco ancora per un po' di tempo. Avevo deciso di cercare quanto prima delle stanze, ma non sarà necessario per il momento se voi e io dovremo continuare a dividere lo stesso tetto. Sono spiacente per l'incomodo.

— Non c'è bisogno che vi scusiate. — Jocelyn addentò un pezzo di focaccia piena di uva passa. — C'è molto spazio. In realtà, mi fa piacere avere compagnia. — Soprattutto perché David era il più amabile dei compagni. Guardò il suo maschio profilo. Era meglio di un fratello, e non era detto che un fratello potesse piacerle quanto lui.

— Non avete mai avuto qualcuno che vivesse con voi? — chiese. — È insolito per una giovane e bella donna vivere sola a Londra.

— Zia Laura Kirkpatrick è stata con me finché suo marito non è tornato dal Continente, ma la mia condotta l'ha esasperata e ha deciso di recarsi nella loro proprietà nel Kent — spiegò amaramente Jocelyn. — Alla fine ritornerà in città, ma non so quando.

— Presto, spero. Vorrei rivederla.

— La rivedrete. Cromarty House è sempre stata la casa per mia zia e la sua famiglia quando sono a Londra. Dalla morte di mio padre, ha vissuto con me a meno che non seguisse il reggimento. Ho avuto altre compagne, quando zia Laura era con zio Andrew, ma è di gran lunga la mia preferita.

— Le assomigliate molto.

— Lo spero. Dato che i suoi figli sono maschi, mi ha trattato come una figlia.

— Vostra madre è morta quand'eravate piccola?

Jocelyn si tese, come ogni volta quando veniva nominata sua madre. Evitando di dare una risposta diretta, disse: — La ricordo appena.

— Mi dispiace — asserì lui tranquillamente. — È una fortuna che io abbia avuto mio padre per gli anni sufficienti a conoscerlo bene. Era un uomo colto e amava insegnare a me e a Sally. Alcuni dei più bei ricordi della mia infanzia sono legati alla biblioteca dove ci insegnava geografia dal suo grande mappamondo o alle passeggiate che facevamo attraverso la campagna intorno a casa nostra.

Un improvviso ricordo si affacciò in Jocelyn: sua madre che intrecciava una corona di fiori primaverili e la posava divertita sul capo della bimba con una risata e un bacio. Deglutì, respingendo le lacrime. — Vostro padre sembra essere stato un'anima gentile. Contrariamente ai vostri fratelli.

— La differenza era tale da pensare a uno scambio di bambini — ammise lui. — Il primo matrimonio di mio padre fu combinato dalle due famiglie. Mia madre fu una sua scelta. La moglie del cuore.

Continuarono in piacevole silenzio mentre finivano le loro focacce. Lei teneva d'occhio il maggiore, ma se la stava cavando bene. Data la statura e le ampie spalle, era un uomo che non si poteva fare a meno di notare.

— Ho riflettuto su quello che Crandall ha chiesto ieri — osservò David.

— Anch'io. Ho notato che non ha chiesto se le ragioni per l'annullamento erano valide. Si è limitato a discutere della migliore strategia per ottenere una decisione favorevole.

Il suo compagno si strinse nelle spalle. — Il suo lavoro è di rappresentare i vostri interessi. Probabilmente è più facile non sapere tutta la verità in questo caso.

Provò un senso di rimorso al pensiero che per causa sua David dovesse camminare su una corda molto sottile tra verità e menzogna.

— C'è qualcos'altro che ha detto Crandall e su cui ho riflettuto, Jocelyn — asserì David con voce grave.

Quando non aggiunse altro, lei mormorò: — Sì?

Trasse un profondo sospiro. — Non sono un gran partito, ma... siamo legalmente marito e moglie. Avete preso in considerazione la possibilità di rimanere sposata come ha suggerito lui? — S'interruppe e si girò a guardarla. — Non so che cosa vi aspettiate da un marito, ma se è essere amata... be', credo che sarebbe molto facile innamorarsi di voi.

Lei si fermò di colpo. — No — sussurrò. Erano diventati ottimi amici. Si fidava di lui ed era a suo agio in sua presenza. Come poteva suggerire qualcosa che avrebbe cambiato tutto, e non in meglio?

Il silenzio tra loro pulsava di tensione. Jocelyn avrebbe voluto distogliere lo sguardo, ma non poteva. Era un uomo forte, dotato di umorismo, intelligenza, e onore. Come sarebbe stato essere amata da lui?

Una soffocante angoscia insorse in lei al pensiero. Non voleva il suo amore. L'amicizia era più sicura, e molto più durevole. — No — ripeté. — Vi... vi voglio molto bene, ma non come a un marito.

Lui si immobilizzò, e lei temette che fosse arrabbiato. Invece, dopo un'interminabile esitazione, sorrise senza apparente contrarietà. — Sospettavo che avreste reagito così, ma sarebbe stato sciocco non considerare almeno la possibilità. — Le offrì il braccio. — Che ne dite di andare a carpire qualche altra focaccia al vostro cuoco?

Sollevata, Jocelyn prese il braccio e si diressero in cucina. Non aveva capito come apprezzasse la sua amicizia fino allo spaventoso momento in cui pensò di essersela giocata.

Jocelyn aveva giustamente detto che il belvedere era un posto delizioso per leggere in un caldo pomeriggio estivo, ma David non stava sfogliando il suo "Morning Chronicle". Stava invece osservando le rose e ricordando come Jocelyn era apparsa quella mattina quando avevano passeggiato insieme. Vestita semplicemente e con ciocche di capelli illuminate dal sole, era stata deliziosamente felice e rilassata.

Sapendo che era ora di verificare i suoi sentimenti, aveva accennato alla possibilità di un vero matrimonio, e l'espressione che aveva assunto era stata quella di una giovane donna vulnerabile e tormentata. Da allora aveva cercato di capire la sua reazione. Non era rimasta offesa. Sorpresa, sì, scioccata perfino, ma c'era stato qualcos'altro.

Paura? Si sbagliava certamente su questo. Ma qualunque cosa avesse rabbuiato i suoi occhi, non era l'espressione di una donna che era innamorata di un uomo e doveva dire con rimpianto a un altro corteggiatore che non aveva speranze. Le sue obiezioni avevano origini più profonde e più misteriose.

Aveva dovuto respingere l'impulso di prenderla tra le

braccia e dirle che sarebbe sempre stata al sicuro con lui. Un simile gesto sarebbe stato estremamente sbagliato, così si era mostrato di buon umore ed era stato ricompensato da un sorriso.

Conquistarla sarebbe stato come indurre una farfalla a posarsi sulla sua mano. Ci sarebbero volute pazienza, gentilezza, e forse una preghiera o due.

Ma sarebbe stato sufficiente? Poteva solo sperare, e pregare.

Lady Laura Kirkpatrick si stiracchiò voluttuosamente, poi sedette al tavolo accanto alla finestra della sua camera da letto, la vestaglia di seta che le ricadeva attorno. Il vassoio che aveva ordinato era posato sul tavolo, la posta del mattino ammucchiata ordinatamente accanto alla caffettiera fumante. Sulla prima lettera notò l'elegante e nervosa grafia di Jocelyn.

Strappò il sigillo, sorridendo mentre udiva rumore di spruzzi d'acqua nella stanza accanto. Kennington si trovava poco lontano dalla strada principale di Dover per Londra, e il colonnello Andrew Kirkpatrick era arrivato molto tardi la sera prima. Nessuno dei due si era aspettato di trovare l'altro a casa, il che aveva reso l'incontro particolarmente felice. Per quanto sporco e con la barba lunga dopo il viaggio, Andrew non aveva perso tempo a raggiungere sua moglie a letto.

Raggiante come una romantica scolaretta, anche se meno innocente, Laura scorse il primo foglio della lettera di sua nipote, profumata di gelsomino. Mentre emetteva un'esclamazione di piacere, suo marito entrò nella stanza, asciugandosi il viso appena sbarbato. Aveva una figura forte e imponente nella vestaglia di velluto e si muoveva col vigore di un uomo molto più giovane dei suoi cinquant'anni. — Buone notizie, cara?

— Buonissime, Drew. Hai ricevuto la lettera che ti ho scritto quando Jocelyn ha sposato David Lancaster?

Suo marito lasciò cadere la salvietta. — Mio Dio, no! Quando è avvenuto? L'ultima volta che ne ho sentito parlare, Lancaster era mortalmente ferito ed era stato mandato a morire a Londra.

Di fronte al pane fresco servito con burro e miele, Laura spiegò come sua nipote avesse *creativamente* ottemperato alla necessità di sposarsi. — David è stato operato, e Jocelyn scrive che si sta riprendendo bene. Ne sono veramente lieta. Nutrivo molta simpatia per lui.

— Anch'io. — Il colonnello sospirò. — Sono caduti in tanti a Waterloo. Ma gli ufficiali inglesi sono dei duri. Forse avevi sentito che Michael Kenyon stava morendo? Ebbene, come Lancaster si è completamente ristabilito contro ogni aspettativa, grazie a Catherine Melbourne, che l'ha curato a Bruxelles dopo la battaglia.

— Magnifico! — La menzione della sua amica Catherine ricordò a Laura le lunghe ore in cui avevano lavorato fianco a fianco negli ospedali improvvisati della penisola iberica.

Mentre lei e Drew facevano colazione, si scambiarono notizie su reciproci amici, rattristandosi o rallegrandosi a seconda dei casi.

Poi Drew chiese: — Visto che quella volpe di tua nipote non resterà vedova, quali sono le sue intenzioni nei confronti di Lancaster?

Laura guardò di nuovo la lettera. — Spera che ci sia un modo per porre fine al matrimonio. Che peccato! Credo che David sarebbe un ottimo marito per lei, ma a volte mi sono chiesta se non tema troppo il matrimonio per impegnarsi.

— Ho sospettato che questa sia esattamente la ragione per cui tuo fratello ha scritto il suo testamento a quel modo — disse scaltramente Drew. — Per costringerla a sposarsi perché temeva che il grande scandalo che ha colpito la famiglia la trasformasse in una zitella a vita.

Laura batté le palpebre. — Drew, che idea brillante! Sono sicura che hai ragione. Questo spiegherebbe tutto. Un po' tortuoso da parte di Edward!

— Quando si è morti, non si ha più modo di chiarire le cose — rispose suo marito.

— Immagino che dovrei tornare a Londra per farle da

chaperon — disse lei con rimpianto. Avrebbe preferito rimanere a Kennington. Suo marito aveva alcune settimane libere prima di riprendere servizio, e una seconda luna di miele in campagna sarebbe stata deliziosa.

— Perché diamine una coppia appena sposata ha bisogno di uno chaperon? — Andrew sorrise. — Se non sarai presente, la loro conoscenza potrebbe progredire al punto da decidere di restare sposati.

Aggrottò la fronte. — Forse. Ma temo che il modo scandaloso con cui Jocelyn si è servita di David possa aver creato in lui una sorta di disgusto.

Le folte sopracciglia di suo marito si inarcarono — Pensi che tua nipote sia scandalosa? È questa la stessa lady Laura Kendal che mi ha implorato di condurla a Gretna Green quando suo padre si è opposto al mio corteggiamento?

— Per carità, non dirlo mai a Jocelyn! Ho trascorso anni presentandomi come il perbenismo in persona, e non mi perdonerebbe se sapesse come sono stata impetuosa. — I suoi occhi luccicarono. — Se mio padre non avesse ceduto, saremmo andati in Scozia anche a costo di rapirti.

I loro sguardi si incontrarono e si sostennero per un momento di profonda intimità. Per più di vent'anni di vita militare, il loro matrimonio era sopravvissuto e fiorito. Insieme avevano danzato in fastosi palazzi portoghesi come avevano pranzato con ossuti pollastrelli spagnoli in capanne dal pavimento di fango. Sola, aveva a volte aspettato terrorizzata di sapere se suo marito era ancora vivo.

Era stato tutto molto eccitante, ma era pronta per una nuova fase della vita. Con la pace, ci sarebbe stato tempo per pigre colazioni e lunghe cavalcate attraverso le colline del Kent. E quando i ragazzi si sarebbero sposati e gli avrebbero dato dei nipotini si aspettava di viziarli vergognosamente. Andrew, dal canto suo, li avrebbe viziati ancora di più.

Ritornando alla questione in oggetto, osservò: — Sarebbe bello se Jocelyn e David si innamorassero. Lei ha bisogno di un uomo che non cerchi di cambiarla, ma che non le permetta nemmeno di sopraffarlo.

— Credimi — disse il colonnello mentre si alzava e andava a mettersi dietro la sua sedia — quel David Lancaster è già mezzo innamorato di lei.

Le cinse la vita con le braccia e cominciò a mordicchiarle delicatamente il lobo dell'orecchio. — Le donne Kendal esercitano un fascino irresistibile sui militari. Occorreranno altri vent'anni a Jocelyn per diventare bella come sua zia, ma è già abbastanza graziosa da conquistare il giovane Lancaster. Spero solo che non gli spezzi il cuore. Non è il tipo da prendere le cose alla leggera.

La sua mano scivolò sensualmente lungo la seta della vestaglia, arrestandosi su un seno. — Che ne diresti di smettere di parlare della tua noiosa nipote?

Laura rise e girò il viso verso quello del marito. — Noiosa? — disse scherzando. — Hai sempre voluto molto bene a Jocelyn.

— La considero assolutamente sgradita in questo momento. — Avvicinò la bocca alle sue labbra, mormorando: — Ricordami a che punto ci siamo interrotti ieri notte.

Laura decise che Andrew aveva perfettamente ragione: Jocelyn non aveva bisogno di uno chaperon. Lei e il maggiore Lancaster potevano risolvere la situazione a modo loro.

Sua zia aveva cose più piacevoli da fare.

17

Avendo visto lo studio di Ian Kinlock all'ospedale San Bartolomeo, Sally non rimase sorpresa di arrivare al suo ambulatorio in Harley Street e trovare la sala d'attesa disorganizzata. Non si era aspettata però un completo caos.

Si fermò sulla soglia, sgomenta. Le panche lungo le pareti erano gremite di pazienti in attesa. Bambini camminavano a quattro zampe sul pavimento, un paio di ragazzi stavano sdraiati sulla vecchia scrivania, e due uomini litigavano a voce alta su chi avrebbe dovuto vedere il chirurgo per primo.

Deglutendo per l'acre odore di chiuso e di sudore, chiese al paziente più vicino, una donna vistosamente incinta con un bambino al fianco: — Questo è l'ambulatorio del dottor Kinlock?

La donna annuì come se fosse troppo stanca per parlare.

Lo sguardo di Sally passò in rassegna la sala d'aspetto. — Il suo ambulatorio è sempre così?

— Nei giorni che visita gratuitamente, sì. Gli altri giorni è più tranquillo.

Sally aveva portato un cestino da picnic nella speranza di un altro spuntino con Ian, ma chiaramente non sarebbe stato libero molto presto. Si stava chiedendo se andarsene quando le voci dei due uomini che litigavano si tramutarono in grida. Stavano già esibendo i pugni, e una zuffa sembrava imminente.

Sally strinse i denti e mosse un passo avanti. — Scusate — disse in tono raggelante — se insistete a comportarvi come barbari, andate fuori.

Entrambi gli uomini si girarono, sorpresi. Il più alto e corpulento disse con voce ostile: — Sostiene che sua moglie deve vedere il chirurgo per prima, ma io ho più bisogno. Capite? — Mostrò a Sally una mano insanguinata e rozzamente bendata.

— Può aspettare il suo turno come tutti noi — ribatté l'altro uomo. — Mia moglie era qui prima.

Altre voci si levarono, esprimendo ciascuna la propria opinione al riguardo. Reprimendo un sospiro, Sally si diresse alla scrivania e depositò il cestino dietro a essa. — Via — ordinò ai ragazzi distesi sopra.

Uno diede di gomito all'altro, ridacchiando. Lei lo fissò con un'occhiata gelida. — Devo ripeterlo?

I ragazzi si scambiarono occhiate allarmate, poi scesero dalla scrivania. Ancora in piedi, Sally annunciò rivolta alla stanza:

— Quale collega del dottor Kinlock, deciderò io quan-

147

do devono vederlo i pazienti. Qualcuno qui ha una vera emergenza? Una ferita o una malattia che potrebbe causare la morte se il trattamento venisse ritardato?

Il contadino cominciò ad alzare la mano, ma la lasciò ricadere quando lo sguardo penetrante di Sally lo sfiorò. Gli astanti strascicarono i piedi e borbottarono, ma nessuno denunciò un'emergenza.

— Molto bene. — Il suo sguardo passò in rassegna la stanza. — Chi è arrivato qui prima?

Diverse persone cercarono di parlare tutte insieme.

— Silenzio! — Nonostante la sua bassa statura, Sally aveva imparato a farsi ubbidire con la semplice forza della sua personalità nei primi anni di insegnamento. Ci fu subito calma.

— Quest'ambulatorio andrà molto meglio se collaboreranno tutti — dichiarò Sally con voce dura. — Il dottor Kinlock sta offrendo generosamente il suo tempo e la sua abilità. Non avete il diritto di mettere a dura prova anche la sua pazienza. Avete capito?

Alcuni annuirono.

— Prenderò nota dell'ordine in cui siete arrivati — continuò Sally. — Chi sta aspettando da più tempo?

Dopo una pausa, una fragile donna anziana alzò timidamente la mano. Trovando un foglio di carta sulla scrivania, Sally annotò il nome della donna.

Stava finendo la lista dei pazienti quando la porta dello studio interno si aprì. Uscì una donna, tenendo per mano un bambino con il braccio al collo. Dietro a loro c'era Ian, la faccia stanca. — Chi c'è dopo? — chiese burbero.

— Io, signore — rispose l'anziana donna in un bisbiglio.

Mentre si alzava per entrare nello studio, Ian passò in rassegna la stanza. La sua mascella si contrasse. Non doveva essere abituato a tanta disciplina.

Poi vide Sally, e capì. — Miss Lancaster, sono lieto che abbiate potuto aiutarmi oggi. — Le sue parole erano formali, ma i suoi occhi brillavano divertiti e riconoscenti.

Avrebbe attraversato il Galles scalza per ottenere la

sua approvazione. — Mi dispiace di non essere arrivata prima, dottore. Ma è tutto sotto controllo adesso.

— Lo vedo. — Con occhi scintillanti, prese per il braccio l'anziana donna e la fece gentilmente entrare nello studio.

Pensando che potesse essere utile, Sally incominciò a interrogare i pazienti su cosa li avesse condotti all'ambulatorio. Mentre la folla si assottigliava velocemente, Sally esplorò la scrivania e scoprì un registro in un cassetto in basso, insieme a ritagli di giornale con nomi e somme annotate qua e là. Non rimase sorpresa di vedere che i conti di Ian erano in disordine.

Stava cercando di capirci qualcosa quando l'ultimo paziente uscì dall'ambulatorio. Ian apparve nel vano della porta e si appoggiò all'intelaiatura, le braccia conserte.

— Ho finito presto oggi. Come diavolo avete fatto a sfoltire la folla?

— Non tutti avevano realmente bisogno di un dottore. Alcuni avevano solo bisogno di essere ascoltati. — Si appoggiò alla sedia, stiracchiando i muscoli. — Come avete fatto a sopravvivere senza un assistente?

— Ne avevo uno, ma se n'è andato. Non ho avuto il tempo di trovarne un altro. — Appariva fiducioso. — Credete che il posto vi interessi? No, non credo.

Sally si chiese che cosa avrebbe risposto se l'offerta fosse stata seria. Tutto sommato, aveva trascorso un pomeriggio molto soddisfacente.

Ricordando a se stessa che non aveva bisogno di lavorare, rispose: — Posso darvi una mano finché non troverete un nuovo assistente. Potrò anzi consigliarvi nell'assunzione.

— Siete un vero angelo — proruppe calorosamente lui. — Non dovrei interrogare la fortuna, ma che cosa vi ha condotta qui oggi?

Sally indicò il paniere. — Avevo portato una cena fredda, ma l'ho data via. Una donna con quattro figli ne aveva più bisogno di voi e di me.

— Un vero angelo, generosa oltre che efficiente — osservò in tono sommesso. Alzò una mano e le sfiorò la guancia, le forti dita leggere come un velo.

Lei trattenne il fiato, chiedendosi come quel tocco potesse ripercuotersi in ogni fibra del suo essere. Per un momento si limitarono a fissarsi, entrambi profondamenti consapevoli.

Forse il suo cuore era troppo visibile nei suoi occhi, perché lui si schiarì la gola e lasciò ricadere la mano.

— Permettetemi di offrirvi la cena. È il minimo che possa fare.

— Mi aspetto un buon pasto — acconsentì lei, orgogliosa di avere la voce ferma nonostante quel momento di snervante intimità.

Quando si alzò in piedi, c'era una cosa di cui era certa: per un istante, almeno, Ian Kinlock l'aveva vista veramente, e quello che aveva visto gli era piaciuto.

18

A colazione Jocelyn osservava suo marito. A tre settimane dall'operazione, David stava rifiorendo e non aveva quasi più bisogno del bastone. Un altro mese e sarebbe ritornato quello di prima.

Sorrise mentre faceva scivolare furtivamente un pezzetto di prosciutto a Iside, che se ne stava accanto alla sedia in palese aspettativa. Dopo aver inghiottito il bocconcino, il gatto si sfregò spudoratamente contro la sua gamba. — Amore interessato, maggiore — osservò lei divertita. — Amerebbe anche Bonaparte se ne valesse la pena.

— Ho sentito che l'imperatore non sopporta i gatti. — David diede a Iside un altro pezzetto di prosciutto. — Chiara prova del suo brutto carattere.

Jocelyn rise. — Zia Elvira detesta i gatti.

Si scambiarono un'occhiata divertita. Gli ultimi giorni erano stati tranquilli come se i due, novelli Robinson Crusoe, si fossero arenati su un'isola deserta. Con zia Laura nel Kent insieme a suo marito e la maggior parte del bel mondo fuggita dalla città, c'erano state poche visite, fatta eccezione per Sally e una o due commilitoni di David. David era il migliore dei compagni, e Jocelyn apprezzava le loro lunghe, pigre giornate fatte di passeggiate in giardino, spuntini nel bersò, e vivaci discussioni su libri e articoli di giornali.

Mentre osservava David grattare la testa a Iside, si chiese, per la prima volta, se lui trovasse la loro vita un po' noiosa. Il suo soggiorno a Londra era stato limitato all'ospedale e a Cromaty House. — Vi piacerebbe andare a fare un giro in carrozza oggi?

— Volentieri.

Lieta di averlo suggerito, disse scherzosa: — Condurrò io il mio *phaeton* e ci resterei male se vi vedessi aggrapparvi al sedile e borbottare contro le scervellate conducenti donne.

— Chiunque abbia affrontato la Guardia Imperiale di Napoleone non fa più caso ai rischi — ribatté con occhi divertiti.

Lei sorrise, apprezzando la sua battuta. Avrebbe dovuto adottare un fratello anni addietro.

Era una soleggiata giornata d'agosto, e un fresco venticello soffiava via i profumi meno gradevoli della città mentre conduceva la carrozza attraverso il parco, spingendosi a sud in direzione del fiume. Erano nel villaggio di Chelsea quando si fermarono infine davanti a uno stallaggio. Riconobbe al maggiore il merito di non essere curioso sulla loro destinazione. Era così *riposante*.

— Voglio mostrarvi il mio posto preferito nell'area di Londra — spiegò mentre uno stalliere usciva dalla scuderia per prendere i cavalli.

David scese dalla carrozza e girò dalla sua parte per aiutarla. Lei prese la sua mano e stava scendendo quando un soffio di vento le avvolse la gonna intorno alle caviglie. Perdendo l'equilibrio, incespicò e gli cadde addosso.

David l'afferrò prima che potesse anche solo emettere un gemito e la posò a terra. Per un istante rimasero abbracciati, il naso di lei contro la sua giacca blu, che profumava leggermente di lavanda.

Era acutamente consapevole della forza e del calore del suo corpo, del battito del suo cuore contro la sua guancia. La sua mente tornò alla notte in cui l'aveva baciata sulla balconata.

— State controllando come mi sono ripreso? — chiese lui, la voce leggermente divertita nel suo orecchio.

Jocelyn arrossì e indietreggiò, imbarazzata. — Se è così, avete superato l'esame, maggiore. Qualche giorno fa, saremmo finiti entrambi a terra se avessi incespicato come ora.

— È stato bello potervi soccorrere questa volta. — Si chinò per recuperare il bastone, che era caduto quando l'aveva sorretta. — Naturalmente sarebbe stato di maggiore effetto se vi avessi salvata dai banditi, ma, in mancanza d'altro mi accontento di avervi evitato un capitombolo.

Lei soppresse la sua reazione all'incidente. — Dobbiamo camminare lungo quella strada, accanto al muro di mattoni gialli.

— È una proprietà privata questa? — chiese lui mentre si avviavano.

— Vedrete. — Qualche minuto di cammino li condusse all'ingresso della proprietà. Su un lato spiccava una targa in ottone con scritto: HORTUS BOTANICUS SOCIETATIS PHARMACEUTICAE LONDRA 1686.

— Questo è l'Orto medicinale di Chelsea — spiegò mentre suonava il campanello. — Erbe e arbusti sono stati portati qui da tutto il mondo perché possano essere studiati per scoprire nuovi medicamenti.

Il custode arrivò quasi subito, salutando Jocelyn con familiarità. Una volta dentro, lei precedette David verso il fiume, che delimitava un lato della proprietà. — L'Orto medicinale non è aperto al pubblico, ma un vecchio amico di mio padre è membro della Royal Society. Ci ha condotti qui una volta. Ho apprezzato talmente la visita che mi ha dato il permesso di venire quando voglio.

Il giardino si estendeva per quasi cinque acri e l'insolita flora lo faceva apparire estremamente esotico. Insieme esplorarono i sentieri serpeggianti, ammirando rarità come i cedri del Libano che fiancheggiavano il cancello sul Tamigi e il giardino alla giapponese. Alla fine sedettero su una panchina all'ombra di una statua di sir Hans Sloane, uno dei primi benefattori.

Nuovamente rilassata, Jocelyn inalò con piacere gli intensi profumi. — Non è fantastico? Molte piante non si trovano da nessun altra parte in Inghilterra.

— Non sapevo che esistesse questo posto — osservò David. — Non faccio follie per l'oppio al momento, ma la droga è stata una benedizione per innumerevoli persone. Chissà quali altre meraviglie potrebbero venire da qui per aiutare l'umanità?

Le piaceva che capisse l'importanza, la poesia di quel tranquillo giardino. Avevano due menti affini.

David allungò una mano e colse un fiore da un cespuglio accanto alla panchina, poi si volse e glielo infilò delicatamente dietro l'orecchio. — I vostri occhi assumono questa sfumatura dorata quando indossate il giallo.

Jocelyn lo fissò, i battiti del cuore stranamente accelerati. Non riuscì di nuovo a immaginare perché stesse reagendo così violentemente a un gesto casuale.

Che cosa diavolo stava succedendo? Questo era il suo amico, il suo fratello elettivo, non uno dei suoi noiosi corteggiatori, e decisamente non l'uomo che voleva sposare. Sobbalzò nervosamente. — È ora che torniamo, o ci imbatteremo nel traffico pomeridiano, e i miei cavalli lo detestano.

Insieme lasciarono il giardino. Ieri gli avrebbe preso casualmente il braccio, ma non oggi, quando anche solo sfiorarsi poteva rappresentare un rischio.

Mentre lo stalliere riportava la carrozza, chiese: — Vi piacerebbe condurla voi?

— Il mio desiderio era così evidente? — chiese lui. — Mi piacerebbe stringere le redini, se siete sicura che non gli rovini il morso.

Ridacchiò. — Resterei sorpresa se vi rivelaste un cattivo conducente. E se mi sbagliassi, mi riapproprierei semplicemente delle briglie.

Come si aspettava, era un eccellente cocchiere. Si scoprì a osservargli le mani. Erano grandi e forti, incallite da un onesto lavoro, non le pallide mani di un dandy.

Una piccola cicatrice partiva dal polso sinistro giungendo fino all'indice. Si domandò che cosa l'avesse provocata. Una baionetta, forse, in una scaramuccia con un soldato francese? Quella mano era stata calda e forte quando aveva stretto la sua durante la cerimonia nuziale.

"Finché morte non ci separi…"

Guardò avanti. Le batteva forte il cuore come se avesse corso, e non si calmò finché non fissò lo sguardo sulla lucida groppa dei suoi cavalli. Candover li aveva scelti per lei, perché alle donne non era concesso partecipare alle aste di Tattersall. Le piaceva il fatto che il duca ascoltasse le sue opinioni sui cavalli con rispetto.

David, invece, l'ascoltava sempre con rispetto.

Cercò di ripensare a Candover, e alla luce che a volte brillava nei suoi occhi grigi. "A settembre…"

Eppure non riusciva a ricordare esattamente com'era la sua faccia. Bella, sì, ma i lineamenti non le erano chiari, mentre riusciva a immaginare perfettamente la faccia di David. Naturale, gli stava costantemente attorno da diverse settimane, per cui questo non significava niente. *Niente*.

Guardò di nuovo David, lieta che l'attenzione del maggiore fosse concentrata sulla strada. Aveva un profilo marcato. Nonostante le settimane trascorse a letto, la sua faccia possedeva l'abbronzatura permanente di un uomo che aveva vissuto all'aria aperta per buona parte della sua vita. Un viso maschio, straordinariamente affascinante, in realtà.

Maledizione, le stava ricapitando. In assenza di Candover, i suoi pensieri stavano cominciando a concentrarsi su David. Doveva assolutamente rivedere il duca, ricordare a se stessa com'era speciale.

Ma sarebbe trascorso almeno un altro mese prima che tornasse a Londra – e quando l'avesse fatto, lei si sarebbe trovata nell'imbarazzante posizione di dover spiegare che non poteva avere una relazione con lui, ma che sarebbe stata disposta ad averla in seguito, una volta libera.

Forse fu una semplice coincidenza ma Jocelyn, tornando a casa, trovò un regalo del duca di Candover. Era un piccolo libro, scritto a mano che conteneva diverse poesie di Samuel Taylor Coleridge.

Le si strinse la gola, sfogliando il volumetto. Un dono scelto con cura, sensibile ai suoi interessi, raro e speciale, ma perfettamente adatto a essere offerto da un gentiluomo a una signora.

Coincidenza? No, il dono era un segno. Aveva avuto bisogno che le venisse ricordato per chi batteva il suo cuore. David poteva essere suo marito, ma Candover era il suo futuro. La prova adesso era nelle sue mani.

19

Fu grazie all'amicizia che era nata tra le due donne che Sally decise di sottoporre il suo problema a Jocelyn. Era tardo pomeriggio quando arrivò, e sua signoria aveva appena ordinato il tè nel soggiorno.

Jocelyn alzò lo sguardo con un sorriso quando entrò Sally. — Che magnifico tempismo. Spero che vi uniate a me per il tè. Ma temo che David non ci sia. È andato a trovare Richard Dalton, che ha fatto un'altra operazione e resterà completamente immobilizzato per le prossime settimane.

— Lo so. Ian Kinlock mi ha detto che ha spezzato e riaggiustato la gamba lesa di Richard, e la prognosi è buona. — Sally abbassò lo sguardo sulle sue mani e scoprì che stava torcendo nervosamente i guanti. — In realtà, sapevo che David sarebbe stato fuori. Era con voi che desideravo parlare.

Dopo una vivace discussione su com'era stato grigio il tempo per diversi giorni, così deprimente per agosto, Jocelyn chiese infine: — C'è qualcosa che posso fare per voi? Sarei lieta di provarci.

Sally disse d'un fiato. — Non credo che possiate aiutarmi, ma non so a chi altri rivolgermi.

Jocelyn la incoraggiò. Incapace di incontrare il suo sguardo, Sally fissò il dipinto di un paesaggio. — Come fa una donna a fare innamorare di sé un uomo? Sono sicura che voi dovete avere molta esperienza in questo campo, e qualche consiglio sarebbe ben accetto. Per quanto possa valere per una come me — aggiunse amaramente.

Jocelyn posò la delicata tazzina in porcellana di Sevres con un tintinnio. — Ca... capisco. Non è facile rispondere a questa domanda.

Perlomeno non stava ridendo. Sally gliene fu grata.

— Dubito che ci sia un metodo per ispirare amore. — Jocelyn corrugò la fronte. — In verità, non so come tanti uomini si siano innamorati di me. Dicono che tutte le ereditiere sono belle, così credo che la mia fortuna abbia ispirato gran parte dell'ammirazione che ho ricevuto.

— Sciocchezze. Avrete indubbiamente attirato alcuni cacciatori di dote, ma la maggior parte dei vostri ammiratori è realmente innamorata di voi. Guardate David, e Richard Dalton.

— Sally, vi sentite poco bene? — esclamò Jocelyn. — David e Richard mi piacciono enormemente, e spero che anch'io piaccia a loro, ma nessuno è innamorato di nessuno.

Sally ci ripensò. — Forse Richard non lo è, anche se potrebbe esserlo con un po' di incoraggiamento. Ma David è certamente molto attratto da voi.

Con sua sorpresa, Jocelyn apparve sinceramente angosciata. — David e io siamo amici, Sally. Non c'è niente di romantico tra noi.

Non volendo sconvolgere maggiormente la cognata, Sally si strinse nelle spalle. — Non importa. Se non sapete come si fa, non vale la pena di chiedere il vostro consiglio. Mi dispiace di avervi disturbata.

— Non mi avete disturbata. Sono onorata che mi abbiate detto quel che avete nella mente. Anche se non posso aiutarvi, a volte parlare con un amico ci permette di guardarci dentro.

— Se riderete di me, non vi perdonerò mai!

— Naturale che non riderò — promise Jocelyn. — Immagino tuttavia che siate interessata a un uomo che non sta rispondendo come voi vorreste?

Sally si tormentò nervosamente le dita. — Sembra che... che mi sia innamorata perdutamente di Ian Kinlock. Abitiamo vicini e pranziamo spesso insieme. A volte ci troviamo al Bart, e sovente gli ho dato una mano nell'ambulatorio, ricevendo pazienti e organizzandogli le visite.

— Non mi ero resa conto che lo vedeste così tanto. Evidentemente gradisce la vostra compagnia — osservò incoraggiante Jocelyn.

— Sembra sempre felice di vedermi, e si direbbe che apprezzi le nostre conversazioni, ma la cosa finisce lì. Non sono sicura che abbia però notato che sono una donna. E se l'ha notato... be', sembra essere indifferente.

Jocelyn aggrottò la fronte, comprendendo il problema. Ian Kinlock avrebbe mai alzato lo sguardo a sufficienza dal lavoro per accorgersi di una donna e dei suoi sentimenti? — Un chirurgo consacrato alla sua professione come Kinlock potrebbe non essere un buon marito.

Sally abbozzò un sorrisetto. — Sono perfettamente consapevole dei suoi difetti. Una moglie sarebbe sempre seconda per lui. Questo posso accettarlo. Ammiro il suo impegno e il suo altruismo. Il suo genere di dedizione è unico nella mia esperienza.

— Spero che non sia solo il suo carattere che ammiriate. È un uomo molto attraente.

— Credetemi, l'ho notato — asserì Sally con sarcastico umorismo. — Se non l'avessi fatto, la mia ammirazione sarebbe molto più distaccata. Invece, io... io penso sempre a lui. Come posso persuaderlo a non trattarmi soltanto come una sorella minore? Posso accettare di non essere al centro dei suoi pensieri, ma voglio almeno apparire sulla lista di ciò che è importante per lui!

Jocelyn studiò la sua ospite. Come al solito, Sally indossava un abito informe e accollato, senza neanche un nastro per ridurne la severità. Il vestito che indossava era blu, un colore che non le donava. I folti capelli erano dello stesso caldo castano di quelli di David, ma erano raccolti in una crocchia da cui non sfuggiva neanche un ricciolo. Sebbene i suoi lineamenti fossero regolari e avesse magnifici occhi verdi come suo fratello, nessuno l'avrebbe mai scambiata per altri che non fosse una governante.

— Se non volete essere trattata come una sorella minore, non vestitevi come se lo foste.

— Scusate? — fece Sally, offesa.

— Non dico che abbiate l'aspetto di un ragazzo. Credo anzi che possiate avere una bella figura se indossaste un abito un po' più femminile. Ma sembra che siate determinata ad apparire il più rispettabile e invisibile possibile.

— Immagino pensiate che dovrei coprirmi di nastri e pizzi? — ribatté acida Sally. — Sarei assolutamente ridicola. E poi, tutti quei fronzoli sono così… così superficiali. Una relazione tra un uomo e una donna dovrebbe basarsi sul rispetto e sull'affetto reciproco, non su futili apparenze.

— Questo è molto vero e ammirevole — ammise Jocelyn. — Ma sebbene affetto e rispetto siano le basi essenziali per una buona relazione, rimane il fatto che gran parte della vita è vissuta superficialmente. Per ogni ora che si discute di etica e filosofia, ce ne sono molte altre che si trascorrono in sala da pranzo o tra le banalità della vita quotidiana, e non si può negare che un aspetto gradevole accresca il piacere della compagnia.

— Forse avete ragione — ammise riluttante Sally. — Ma sarei estremamente ridicola agghindata con qualcosa di simile a ciò che indossate voi.

Jocelyn abbassò lo sguardo sul suo abito color pavone con delicate applicazioni di pizzo attorno all'orlo

— Questo può non essere adatto a voi, ma ci sono altri modelli.

Sally tirò su col naso, poco convinta.

— Vestite così semplicemente a causa dei vostri principi, o perché avete paura di non poter competere con le altre donne? — chiese all'improvviso Jocelyn.

Si aspettava quasi un'esplosione da parte di sua cognata, ma Sally rifletté seriamente sulla domanda. — Un po' per tutte e due le cose. Ho lavorato in posti dove era meglio essere invisibili a causa di uomini che avrebbero potuto rendermi la vita difficile se avessero scoperto che ero graziosa.

— Non ci avevo pensato — ammise Jocelyn, un po' scioccata dall'atteggiamento realistico di Sally riguardo a situazioni che dovevano essere state sconvolgenti.

Sally grattò distrattamente il collo di Iside quando il gatto urtò contro la sua gamba. — Ancor prima di fare la governante, scoprii che era più saggio vestirsi in modo severo. David si arruolò nell'esercito quando avevo diciannove anni, affidandomi la conduzione della casa. Mia madre era una signora deliziosa, ma non molto pratica. Poichè io ero piccina, facevo del mio meglio per apparire più vecchia quando trattavo con i negozianti. Dopo la sua morte, fui costretta a trovarmi un lavoro. Il mio primo impiego fu quello di maestra di scuola, e avrei potuto non ottenerlo se non avessi assunto un'aria compassata e più adulta di quello che ero. Rendermi invisibile mi è servito molto, finora.

Jocelyn annuì, comprendendo meglio perché Sally era così rigorosa, così protettiva nei confronti del fratello. Non c'era da meravigliarsi che David mostrasse tolleranza per la sua lingua a volte tagliente. Alzandosi, disse: — È venuto il momento di cambiare stile. Salite e vediamo che cosa possiamo trovare nel mio guardaroba.

Sally la guardò con sorpresa e un po' di rabbia. — Non sono venuta a chiedervi vestiti.

— No, naturalmente. — Jocelyn fece uscire sua cognata dalla sala. — Ma ho sempre adorato giocare con le bambole e da molti anni non ho più avuto l'opportunità di farlo.

Sally scoppiò a ridere. Mentre entravano nella spaziosa suite, Jocelyn continuò: — La mia cameriera Marie è molto selettiva in fatto di abiti scartati. Spesso veste bene come me, e non le costa quasi nulla.

Sally storse la bocca. — State dicendo che se ci metto un po' di buona volontà, potrei diventare elegante come la cameriera di una signora?

— Oh, non così elegante. Marie possiede l'inimitabile senso francese dello stile. La invidio. — Jocelyn si tuffò nel grande guardaroba che occupava una parete dello spogliatoio. — Vi sentirete meglio circa la mia frivolezza se vi dirò che quello che spendo in abiti lo devolvo anche in contributi per un orfanatrofio?

Sally apparve stupita. Evidentemente non aveva mai pensato che Jocelyn potesse avere interessi di carattere filantropico. Compiacendosi di aver sconvolto i preconcetti della cognata, Jocelyn suonò alla cameriera.

Marie apparve subito. Era piccola, non più alta di Sally, ma con una figura più armoniosa. Indossando un abito di Jocelyn che aveva un po' modificato, era decisamente elegante.

— Marie, cercheremo di scoprire quale stile è più adatto a miss Lancaster — spiegò Jocelyn. — I capelli prima. Mentre te ne occupi, pensa a quale dei miei abiti potrebbe starle bene.

Marie le sciolse i capelli e glieli spazzolò. — Splendidi — osservò pensierosa la cameriera. — Ma c'è bisogno di una linea meno severa, no?

Lavorando insieme, le due donne elaborarono una morbida crocchia, leggermente ondulata all'altezza delle orecchie. Con trepidazione, Sally permise perfino che Marie effettuasse qualche piccolo taglio qua e là. Il risultato fu una frangia di delicati riccioli attorno al viso che fece apparire Sally non solo più giovane ma anche più carina.

Cominciando a entrare nello spirito del gioco, Sally non obiettò quando Jocelyn e Marie presero a frugare nell'armadio. Jocelyn tirò fuori un semplice abito di mussola di un intenso color pesca. — Ne ho abbastanza di questo. Provatelo, Sally.

Marie aprì la bocca, per ricordarle probabilmente che l'abito non era mai stato indossato, ma Jocelyn la zittì con un'occhiata.

Sally indossò di buon grado l'abito. Marie le appuntò l'orlo e il dietro, poi disse: — Lo specchio, *mademoiselle*.

Sally si girò a guardarsi nel grande specchio della toilette, e rimase senza fiato. — Sono davvero io?

— Certamente. Avete fatto di tutto per nascondere la vostra luminosità — rispose Jocelyn, osservando soddisfatta i risultati. La figura di sua cognata possedeva una snella eleganza che i normali capi di vestiario avevano completamente celato, e i caldi toni pesca dell'abito mettevano in risalto la sua bella carnagione. Anche se non sarebbe mai stata una bellezza classica, era adesso una giovane donna che avrebbe attirato ovunque occhiate di ammirazione. Anche Ian Kinlock l'avrebbe sicuramente notato.

Si girò di nuovo verso l'armadio, le labbra pensierosamente increspate. — Cos'altro vi starebbe bene?

Mentre Iside si raggomitolava sull'abito blu appena scartato, altri quattro vestiti finirono sul mucchio. Quando la selezione fu completa, Sally guardò disorientata la sfarzosa serie di indumenti. — Non posso accettare tanto, Jocelyn.

— Pensate agli orfani. Ne beneficeranno anche loro quando li sostituirò.

Sally rise. — Se la mettete così...

Le due donne bevvero altro tè mentre Marie effettuava le modifiche all'abito pesca. Dato che Sally non avrebbe visto Ian Kinlock che più tardi, spazzolò via i peli del gatto dal suo vestito blu e lo indossò di nuovo. Studiandosi allo specchio, osservò: — Straordinaria la differenza che può fare una pettinatura. Anche col mio abito da governante, sono molto più carina di prima.

— Un'altra cosa. — Jocelyn aprì un cassetto e tirò fuori uno scialle di cashmere con motivi ruggine e oro che avrebbe potuto indossare praticamente con tutto. Provò un vago rammarico all'idea di separarsene, ma era perfetto per Sally. — Prendete anche questo.

— Oh, Jocelyn. — Sally emise un'esclamazione toccando il fantastico tessuto. — Questa è la cosa più bella che abbia mai posseduto. Grazie di nuovo. La vostra generosità mi confonde.

Jocelyn scosse la testa. — La vera generosità è quella di una donna che divide la cena della sua famiglia con uno sconosciuto che ha fame. A me non è mai mancato niente, così non merito elogi per separarmi da ciò di cui non ho bisogno.

— La famiglia più ricca per cui ho lavorato era anche la più gretta quando si trattava di aiutare i meno fortunati. — Sally le lanciò un'occhiata penetrante. — Perché non accettate mai un complimento, Jocelyn?

La domanda inaspettata la turbò. Peggiore fu l'immediata, irritante risposta che si diede. "Perché non li merito." Lo sapeva da... da...

Cambiando argomento, chiese: — Chi è Jeanette?

— Come avete fatto a sapere di lei? — Sally si drappeggiò lo scialle attorno alle spalle, guardandosi nello specchio per vedere come le stava.

— L'ha nominata David quando non era in sé — rispose Jocelyn, volutamente indifferente. — In seguito gli ho chiesto chi era, domandomi se dovessi inviarle un biglietto per informarla della sua guarigione, ma lui ha evitato di rispondere. È il genere di donna di cui gli uomini non parlano?

— No, che io sappia. Francamente, con tutto quel che è successo in questi ultimi mesi avevo quasi dimenticato la sua esistenza. — Sally rimise a posto una ciocca di capelli. — Dalle lettere a David, Jeanette sembra appartenere a una famiglia monarchica francese, ed è molto graziosa. Credo volesse chiederle di sposarlo, ma poi fu mandato a Bruxelles. Non me ne ha più parlato da quando è ritornato in Inghilterra.

— Capisco. Avrà sicuramente pensato che era meglio scriverle personalmente. — Jocelyn piegò con cura l'abito pesca. Dunque David aveva piani di carattere matrimoniale. Non c'era da stupirsi che avesse suggerito l'annullamento come mezzo più rapido per porre fine a un matrimonio indesiderato.

Grazie a Dio e ai tribunali ecclesiastici, in primavera sarebbero stati entrambi liberi di seguire i loro cuori. Era contenta che nutrisse dei sentimenti per un'altra. Ecco perché forse era così facile per loro essere amici. Sperava solo che Jeanette fosse un tipo adatto a lui.

Ma perché, pensò amaramente, un uomo sembrava più attraente quando diventava meno disponibile?

Prima di andarsene per affrontare il mondo, Sally studiò la sua immagine un'ultima volta. Le sue guance erano rosee per l'eccitazione sopra lo scialle dai colori vivaci. — Vado bene?

— Perfetta. Siete deliziosa, ma pur sempre voi — dichiarò Jocelyn. — Ricordate, le belle piume sono solo parte di quel che occorre. L'importante è *sentire* di essere attraenti. Dovete convincervi che ciò che conta è solo che Kinlock vi trovi irresistibile.

Sally rise. — Allora c'è un segreto per fare innamorare gli uomini, e me l'avete appena svelato.

— Forse è così — ammise Jocelyn, sorpresa.

Sally l'abbracciò forte. — Grazie di tutto. Auguratemi buona fortuna, e non una parola a David a meno che non abbia successo!

20

Sally avrebbe dovuto incontrare Ian nel suo ambulatorio quella sera, ma non rimase sorpresa quando non ottenne risposta alla sua scampanellata. Probabilmente era stato chiamato al capezzale di un paziente. Entrò con la chiave che le aveva dato, le mani malferme. Contava su di lei perché si occupasse dei conti, ma non c'era nessuna garanzia che si accorgesse del suo nuovo aspetto. Se questo non avesse funzionato, non aveva idea di che cosa occorresse.

La sala d'aspetto appariva molto migliorata rispetto alla sua prima visita lì. Sally si era accordata con una della pazienti perché venisse a pulire regolarmente. E la donna, con diversi figli e poco denaro, era stata lieta di barattare il lavoro con cure e medicine per i suoi piccoli quando ne avessero avuto bisogno.

Sulla scrivania c'era un biglietto scritto in tutta fretta dal chirurgo: SONO STATO CHIAMATO PER UN'EMERGENZA. NON SO QUANTO MI TRATTERRÒ, MA CAPIRÒ SE NON VI SENTIRETE DI ASPETTARE. SCUSATE! IAN.

Sorrise, intenerita. Le parole lo rispecchiavano perfettamente. Disposta ad aspettare, sedette alla scrivania e tirò fuori il registro. Benchè ammirasse la disponibilità di Ian a occuparsi gratuitamente dei pazienti poveri, non vedeva la ragione perché quelli ricchi non dovessero pagare i loro conti.

Era una benedizione che Ian disponesse di una piccola rendita familiare, ma aveva assolutamente bisogno di un amministratore, decise. Il trucco consisteva nel convincerlo che lei era la più adatta per quell'incarico.

Una rapida occhiata intorno alla stanza le disse che era tutto in ordine, fuorché per un tozzo di pane posato accanto alla brocca di ceramica dove Ian teneva la sua disgustosa mistura russa. Alzò il coperchio e sbirciò dentro. Ma per quanto orribile fosse l'intruglio, aveva aiutato David e tantissimi altri.

Fece a pezzi il pane e lo aggiunse al barattolo. A insaputa di Ian, aveva anche portato a casa un campione. Il principio era come quello del lievito.

Che il lievito fosse l'ingrediente che rendeva la mistura di Ian così potente? Forse, anche se l'odore era diverso dal lievito a cui era abituata. Ma poteva dipendere dal fatto che questo era russo.

Stava aggiungendo acqua nella brocca, quando udì la porta aprirsi. — Ian? — chiamò. — Sono qui.

Lui entrò, un sorriso sul volto mentre vedeva quel che stava facendo. — C'è un'altra donna in Inghilterra che presterebbe tanta attenzione a un intruglio di pane ammuffito?

Lei si volse perché potesse vedere l'abito color pesca in tutto il suo splendore. Il suo sorriso svanì, e la fissò come se fosse strisciata fuori da sotto un masso.

Raggelata dalla sua reazione, Sally balbettò: — Che cosa c'è?

— Niente. — Un muscolo sulla sua guancia sussultò. — A parte il fatto che trovo molto sconveniente per una giovane donna venire qui sola. Non so perché ci abbia impiegato tanto a capirlo. Dopotutto, sono stato allevato come un gentiluomo, anche se ho imboccato strade diverse.

— Da quando andare a fare visita a un dottore è un comportamento scandaloso? — chiese Sally, cercando di nascondere l'ansia sotto un tono disinvolto.

— Ma voi non siete qui come paziente. Voi siete una giovane, bella donna. Questo potrebbe rovinare la vostra reputazione. Potreste perfino perdere il posto.

— I Launceston sono molto liberali e ritengono che i dipendenti abbiano diritto a una certa privacy. Confidano in me perché non faccia nulla che possa danneggiare i loro figli — ribatté caparbiamente. — E poi mi licenzierò presto. Con la rendita di lady Jocelyn, non ho più bisogno di continuare a fare la governante.

Lui posò la borsa sul tavolo, senza guardarla. — Una ragione in più per preoccuparvi della vostra reputazione. Non avrei mai dovuto permettervi di venire qui.

Con mano tremante, Sally posò il coperchio sul barattolo del pane. — State dicendo che non volete più vedermi? Credevo... credevo che fossimo amici. — Nonostante i suoi migliori sforzi, non riuscì a nascondere un tremito nella voce. Ian non le aveva mai detto che era attraente prima, come non gli era mai passato per la mente che ci fosse qualcosa di sconveniente nella sua presenza. Buon Dio, non avrebbe mai cambiato il suo stile se avesse saputo che avrebbe potuto allontanarlo.

La sua voce si addolcì. — Siamo stati amici, e mi mancherete moltissimo. Ma il mio studio, il Bart e la taverna non sono luoghi per voi. Quante volte vi ho fatto aspettare? Tre volte su quattro?

La domanda era retorica; entrambi conoscevano la risposta. Il lavoro di medico era imprevedibile. — Non sono sicuro di che cosa sia peggio, se farvi aspettare in una taverna o incontrarvi qui in privato — continuò. — Nessuna delle due cose è giusta per una signora.

I suoi occhi azzurri erano inquieti, e Sally aveva l'orribile sensazione che il suo attacco di nobiltà l'avrebbe allontanato da lei per sempre. Disperata, farfugliò: — C'è un metodo consacrato dal tempo che permette a un uomo e una donna di stare insieme con totale rispetto delle convenienze: si chiama matrimonio.

Si raggelò, sgomenta per quello che aveva detto.

Ian la fissò. — Sally, mi avete per caso proposto di sposarvi?

Lei annuì muta, la faccia rossa per l'imbarazzo.

Incapace di guardarla, si avvicinò alla finestra e fissò Harley Street, dove l'imminente crepuscolo gettava lunghe ombre. Avrebbe dovuto sapere che sarebbe accaduto qualcosa di simile, con un cuore così aperto e pronto a dare amore. L'aveva sempre saputo, e si era rifiutato di pensare alle conseguenze. La compagnia di Sally aveva significato così tanto che aveva negato, perfino a se stesso, come fosse diventata molto di più.

— Ho avuto una moglie una volta — dichiarò bruscamente, il dolore che gli serrava il petto. Erano anni che non parlava del suo matrimonio, ma il tempo non aveva reso la cosa più facile.

Dietro di lui, Sally disse tranquillamente: — Parlatemi di lei.

— Elise e io giocavamo insieme da bambini. Era una creatura deliziosa, delicata come una fata. — Stava diventando abbastanza buio fuori per vedere riflesso nel vetro della finestra il suo viso tormentato. Era stato poco più di un ragazzo quando si era sposato. Un secolo fa.

— Ho sempre saputo che avrei dovuto studiare medicina. Era una vocazione forte come quella di un prete. Leggevo libri, mi occupavo di animali feriti, accompagnavo i medici locali nei loro giri di visite. Ma la medicina non è l'occupazione di un gentiluomo. Elise era una

166

signora, e meritava di meglio. Ci sposammo dopo aver concluso gli studi a Cambridge, e andammo a vivere a Edimburgo, dove occupavo una carica governativa. — Trasse un profondo, tremulo sospiro. — Quattro mesi dopo il matrimonio, Elise rotolò giù dalle scale della nostra piccola casa. Sembrava che non si fosse fatta niente sulle prime, ma nel pomeriggio ebbe un collasso. Un'emorragia cerebrale. Morì dodici ore dopo.

— Mi dispiace — disse Sally, la voce compassionevole. — Che cosa spaventosa per voi e il resto della sua famiglia.

La sentì vicina dietro di lui, presagì la comprensione che avrebbe visto nei suoi occhi, e non fu certo di poterlo sopportare. Era così buona, così vera, e credeva che lo fosse anche lui. — Non so se un chirurgo al mondo avrebbe potuto salvare Elise. Io non fui in grado di fare niente. — Dominandosi, si girò a guardare Sally. — Ma so che se non l'avessi sposata, se mi fossi fidato dei miei istinti più profondi e avessi studiato medicina invece di prendere moglie, Elise non sarebbe morta. Avrebbe scelto una strada diversa. Si sarebbe sposata con un uomo migliore, avrebbe avuto dei bei bambini e sarebbe stata felice. Era... era nata per essere felice.

Sally scosse la testa, dissentendo. — Siete troppo duro con voi stesso, Ian. Non potete sapere quale sarebbe stato il destino di Elise se non l'aveste sposata. Amandovi, può avere scelto quattro mesi come vostra moglie invece di una vita senza di voi.

— Posso non sapere del suo destino — ammise, la voce piena di amarezza. — Ma so che ho fatto male a scegliere l'amore invece della mia vocazione. Dopo la sua morte, ho studiato medicina e chirurgia quasi per vendetta. Ho navigato in tutto il mondo, sono diventato chirurgo nell'esercito, ho appreso e fatto pratica dovunque. A volte penso che i medici non combinino gran che, ma altre so di aver fatto qualcosa di determinante. E su questo che si basa la mia vita. Non matrimonio, denaro, ambizione come per la maggior parte degli uomini.

— E si basa anche sulla solitudine? — La sua voce era molto dolce.

Avrebbe voluto seppellirsi tra i morbidi capelli di lei, trovare conforto nel calore del suo spirito. Invece doveva rivelare com'era stato poco nobile, come a volte avesse messo a tacere la sua tormentata coscienza presbiteriana. — Naturalmente sono stato solo. A volte ci sono state donne che hanno voluto esprimermi gratitudine per quello che avevo fatto per loro, e per i loro cari. Per lo più ho rifiutato. Come ho detto, sono stato allevato come un gentiluomo. Ma altre volte… sono soltanto un uomo, con le debolezze di un uomo.

L' espressione di Sally mostrava che capiva quello che stava dicendo, ma non si girò, disgustato. — E con le forze di un uomo. Non dimenticatelo, Ian.

Spinto a essere franco, disse bruscamente: — Siete grata che abbia aiutato vostro fratello. Non commettete l'errore di confondere la gratitudine con l'amore.

Sorprendentemente, lei sorrise. — Riconoscetemi un po' di buonsenso, Ian. Certo che vi sono grata per quello che avete fatto. Vi avrei dato volentieri ogni centesimo che possedevo per salvare David. — Allungò una mano e la posò sul suo braccio. — Ma la gratitudine non mi avrebbe indotta ad amarvi come vi amo. L'amore è ispirato da quello che siete: buono, cattivo, perfino sciocco, esattamente come ora.

Lui balzò indietro, cercando di mantenere un'indifferenza professionale riguardo alle reazioni del suo corpo, ma la sua voce era aspra quando rispose: — Sarei un pessimo marito, Sally. Sono troppo assorbito da ciò che faccio e dimentico il tempo. Non ho alcun senso del denaro e non guadagnerò mai più di quel che mi serve per vivere. Mi irrito e urlo facilmente con chiunque, e penso al mio lavoro sedici ore al giorno.

— Sono perfettamente consapevole di com'è importante per voi il vostro lavoro e non interferirei mai con esso — asserì lei vivacemente. — Guardatemi, Ian. Sono dura e pratica, non una fragile pianticella che ha bisogno di speciali attenzioni. Lavorate finché volete, e io lavorerò accanto a voi per permettervi di trascorrere più tempo a fare ciò che fate meglio.

Impossibile controbattere. Da quando aveva iniziato a organizzargli la vita, era stato più felice e un medico migliore. La prospettiva di una vita trascorsa in sua compagnia era insopportabilmente allettante.

Forse vedendo il conflitto nei suoi occhi, Sally disse calma: — Vi amo come siete e non ho il minimo desiderio di cambiarvi. Vi sto semplicemente facendo una modesta proposta: voi continuerete a salvare il mondo, e io cercherò di salvare voi.

Jan scoppiò a ridere, nonostante l'emozione. — Sally, piccola sfrontata, non avete sentito niente di quello che ho detto?

— Ho sentito ogni singola parola. — Lo fissò, sfidandolo a eguagliare la sua onestà e la sua vulnerabilità. — L'unica cosa che non avete detto è che non vi importa di me.

— Ma certo che mi importa di voi! — ribatté lui, chiedendosi come potesse dubitarne. — Quando siamo insieme, sono rilassato e felice come non lo ero più dai giorni della mia infanzia. Voi... voi riempite dei vuoti in me che sono rimasti tali da così tanto tempo che avevo dimenticato che cosa significasse non averli.

Incapace di resistere al suo bisogno di toccarla, Ian sfiorò le linee delicate del suo volto. — E quando vi guardo, penso a che meravigliosa creazione sia il corpo femminile — osservò. — Non ho osato dare un nome ai miei sentimenti, ma dato che meritate la verità, non ho altra scelta che dirvi che vi amo.

Con un sorriso che le conferì una straordinaria bellezza, Sally sussurrò: — Visto che sembriamo pensarla allo stesso modo su molti punti, perché non prendiamo qualche iniziativa?

In un accesso di contentezza, Ian Kinlock si arrese al suo destino, stringendola in un abbraccio che la sollevò quasi da terra. — Ah, Sally, tesoro, sei un'adorabile strega. Credevo di essere troppo vecchio e duro per innamorarmi di nuovo. Prego solo che un giorno tu non debba rimpiangere tutto questo.

Adorabile? Sally ci rifletté per un momento; non era una parola che aveva mai associato a se stessa; ma le piaceva. Le piaceva moltissimo. — Non lo rimpiangerò. Potrai pensare al tuo lavoro sedici ore al giorno, ma ne rimangono ancora otto per me, e non mi aspetto che tu le trascorra tutte dormendo.

Ian scoppiò a ridere, il viso ancora giovane sotto i capelli bianchi. — No, non credo che lo farò, non con te attorno che mi impedirai di riposare.

Chinò la testa verso la sua in un bacio che cominciò con tenerezza, e si trasformò rapidamente in una bramosia di anima e corpo. Per lungo, lungo tempo rimasero di fronte alla finestra, dando spettacolo di sé a chiunque fosse passato per Harley Street.

Sally sarebbe volentieri salita nelle sue stanze al piano superiore, ma alla fine lui la lasciò, i capelli bianchi scarmigliati dove lei aveva affondato le dita, il respiro affannoso. — Ti devo una cena, ragazza. Poi ci recheremo a Cromarty House a dare la notizia a tuo fratello. Non ho intenzione di chiedere il suo permesso, perché se avesse un po' di buonsenso, non me lo accorderebbe.

— Sarà lieto di liberarsi di me prima che mi trasformi in una zia zitella. — Batté sfrontatamente le ciglia, sentendosi leggera e desiderabile, perché l'uomo che amava l'amava anche lui e la desiderava. — Devo preparare un albero genealogico da sottoporre a tua madre? Non manco di parentele ragguardevoli, e disporrò di una rendita di cinquecento sterline all'anno.

— Così tante? — chiese Ian con interesse mentre l'accompagnava alla porta. — Se mi avessi detto che eri una donna ricca, ti avrei chiesto di sposarmi prima.

— Te l'ho chiesto io, ricordi? E non preoccuparti, quando avrò il tuo studio in mano, guadagnerai molto di più. Dopotutto, non sei il miglior medico di Londra?

Sui gradini fuori della porta si fermò e le sfiorò la guancia col dorso della sua forte mano. — Non il migliore, forse — disse, la voce molto tenera. — Ma certamente il più fortunato.

Senza curarsi di chi potesse guardare, miss Sarah Lancaster, ex compassata governante, attirò verso di sé la testa del fidanzato e lo baciò appassionatamente.

21

David aveva l'impressione di vivere in un mondo incantato e protetto. Lui e Jocelyn trascorrevano gran parte del giorno insieme, e non gli bastava lo stesso. Dopo essere stati all'Orto medicinale cominciarono a fare regolarmente escursioni intorno a Londra. Non erano usciti insieme socialmente, però. Era più facile non dover spiegare la loro relazione.

La parte più difficile era nascondere la sua attrazione. Jocelyn era una compagna deliziosa, salvo che nelle rare occasioni in cui aveva mostrato qualche segno di interesse. Allora si ritirava immediatamente nel suo guscio. Forse percepiva il suo desiderio e non voleva saperne.

Era la metà di agosto e l'estate era al culmine. Fra poco gli uccelli sarebbero volati al sud, il bel mondo sarebbe ritornato a Londra, e Jocelyn avrebbe richiesto formalmente l'annullamento. David sentiva intuitivamente che se non le avesse fatto cambiare idea per allora, sarebbe stato troppo tardi. Avrebbe perduto quello che non aveva mai veramente avuto, nonostante il suo ovvio piacere per la sua compagnia.

La giornata era calda, così stavano facendo colazione nel bersò in fondo al giardino. Avevano portato entrambi dei libri, e avrebbero potuto concludere il pomeriggio senz'altra compagnia di quella di Iside.

— Altro caffè, David?

— Volentieri.

La osservò versarne per entrambi, provando il desiderio di chinarsi a baciarle la graziosa nuca, visibile sotto i folti capelli intrecciati con noncuranza. Man mano che riacquistava le forze, stava diventando sempre più difficile nascondere simili pensieri.

Meglio pensare a come Sally e Ian Kinlock avevano dato la notizia del loro fidanzamento. David era rimasto stupito. Come aveva fatto Sally a innamorarsi e a conquistarsi un marito così straordinario senza che lui se ne accorgesse?

Jocelyn non ne era rimasta sorpresa, però. Con un sorriso che gli ricordava Iside, aveva ordinato champagne, e insieme avevano brindato al fidanzamento. Non avrebbe mai pensato che l'ardente chirurgo potesse essere così rilassato, ma chiaramente l'amore aveva fatto miracoli per Sally e Ian. Si era sentito invidioso oltre che sinceramente compiaciuto per la coppia.

Distogliendo lo sguardo da Jocelyn, osservò: — Non solo Kinlock sarà un ottimo marito per Sally, ma continuo a ripetermi come sarà comodo avere un buon medico in famiglia.

Lei rise. — Ci ho pensato. Potrò prenderlo a prestito se ne avrò bisogno?

Lui distolse lo sguardo al pensiero che Jocelyn non intendeva continuare a far parte della famiglia Lancaster. Lo posò su Dudley, che si stava avvicinando con un uomo alto e serio, che avrebbe potuto essere qualche pezzo grosso della City. Il maggiordomo aveva un'aria di disapprovazione, ma non era un fatto così insolito.

Raggiungendo il bersò, Dudley disse: — Scusatemi, lady Jocelyn, ma questa persona dichiara di avere urgente bisogno di conferire con il maggiore Lancaster.

L'uomo doveva essere stato persuasivo per aver convinto Dudley. David studiò il nuovo venuto, ma era sicuro che non si erano mai incontrati.

L'uomo mosse un passo avanti e si inchinò. — Perdonate il disturbo, ma devo conferire urgentemente con il maggiore Lancaster. — Il suo sguardo andò a David. — Siete il nobiluomo David Edward Lancaster, nato a Westholme nella contea di Hereford nel 1783?

David si sentì prudere il collo. Una simile presentazione non prometteva niente di buono. — Sì, lo sono — rispose freddamente. — Perdonate la mia franchezza, ma che cosa avete da dirmi?

— Permettetemi di presentarmi. Sono James Rowley. Può darsi che non ricordiate il mio nome, ma i Rowley hanno rappresentato la famiglia Lancaster nei suoi affari legali per tre generazioni.

Avrebbe dovuto capire che l'uomo era un avvocato. Cercando di controllare la rabbia che Rowley aveva involontariamente innescato, David dichiarò conciso: — Senza dubbio i miei fratelli hanno saputo che stavo per morire e vi hanno mandato ad accertarvi del lieto evento. Potete dirgli che sono stati sfortunati. La mia salute è eccellente ora, e non ho intenzione di dargli la soddisfazione di morire presto. Spero di essere ignorato per un'altra ventina d'anni.

Sorpreso e a disagio, l'avvocato protestò: — Non è per questo motivo che sono qui. Sono anzi lieto di scoprire che vi siete ristabilito. — Rowley s'interruppe, poi aggiunse con enfasi: — Lord Presteyne.

David si sentì paralizzare come quando i frammenti del letale proiettile l'avevano colpito. Dall'altra parte del tavolo, Jocelyn ansimò, lo sguardo che si posava sul suo viso mentre si rendeva conto di quello che era appena stato detto.

Dopo un profondo sospiro, David asserì: — Fareste meglio a sedervi e a spiegarvi, signor Rowley.

L'avvocato entrò nel bersò e prese una sedia, posando a terra la borsa di pelle. — È una questione molto semplice. I vostri tre fratelli sono morti tutti senza eredi, così nelle ultime settimane siete diventato il settimo barone Presteyne.

— Sono morti tutti insieme quei malvagi? — chiese David. — Qualcuno deve aver dato fuoco alla casa con loro dentro.

— Non è stato così melodrammatico. Non proprio. — L'avvocato si schiarì la gola. — Il vostro fratello di mezzo, Roger, è annegato tre anni fa in un incidente in mare. Poi quest'anno, agli inizi di luglio, i vostri altri due fratelli, Wilfred e Timothy, hanno litigato clamorosamente. —

Guardò Jocelyn, che stava ascoltando affascinata. — La causa è davvero trascurabile, ma per risolvere la questione hanno scelto di battersi in duello sul South Lawn. Quali che fossero i loro difetti, erano entrambi eccellenti tiratori. Timothy è morto all'istante. Wilfred ha tirato avanti per qualche giorno prima di soccombere.

— Posso sperare che abbia sofferto molto? — chiese David, incapace di controllare la sua amarezza.

Con gli occhi sbarrati, Jocelyn allungò la mano attraverso il tavolo. Lui gliela prese, trattenendola come se si trattasse di un'ancora di salvezza. Forse lo era, mentre respingeva un'ondata di ricordi sepolti da tempo.

— Avete ogni diritto di essere furioso. Soprattutto il maggiore dei vostri fratelli si è comportato in maniera ignobile quando ha cacciato vostra madre, vostra sorella e voi da Westholme. È davvero deplorevole che vostro padre non avesse provveduto adeguatamente per la sua seconda famiglia, ma era troppo fiducioso — osservò gravemente Rowley. — Tuttavia questo appartiene al passato. Sono morti, e voi siete vivo. Siete adesso il settimo lord Presteyne, con tutto ciò che questo implica.

Con uno sforzo, David mascherò le sue emozioni. — Da quel che ricordo di Wilfred, questo implicava una gran quantità di debiti. Rimarrà qualcosa dopo averli saldati? Avrebbe anche potuto giocarsi Westholme.

— La proprietà è gravata di ipoteche, ma non in modo irrimediabile — rispose l'avvocato. — Gli amministratori fiduciari, di cui uno sono io, non hanno permesso a vostro fratello di ipotecarla pesantemente come avrebbe voluto lui.

Questa era una buona notizia. Westholme era in famiglia da più di tre secoli. Sarebbe stato molto ironico ereditare il titolo senza la proprietà che era stata il cuore e l'anima dei Lancaster. Cominciando ad assimilare la portata della notizia, David disse: — Immagino che non ci sia più denaro, ma finché sopravvive la proprietà, c'è speranza.

— Non potrei in coscienza desiderare la morte dei vostri fratelli, ma sono molto felice che l'abbiate ereditata voi — dichiarò austero Rowley. — Mi sono tenuto in contatto con vostra madre dopo che lasciò Westholme, e ho seguito la vostra carriera nell'esercito. Voi e vostra sorella siete di ben altra tempra rispetto a quella dei vostri fratellastri.

— Questo è ovvio — ribatté aspramente Jocelyn. — Quei fratelli dovevano essere terribili.

— C'era un ramo di follia nella famiglia da parte di madre — disse l'avvocato. — Erano molto più che persone sgradevoli. Credo fossero mentalmente disturbati.

David posò la mano sinistra sul tavolo, a palmo ingiù. Una sottile cicatrice bianca si estendeva dal polso all'indice, parallela a cicatrici più lievi. — Vedete questi segni. Me li causò Timothy con uno stiletto di cui andava molto orgoglioso. Disse che avrebbe continuato a ferirmi finché non avessi ammesso che mia madre era una puttana. Avevo sei anni.

Jocelyn ansimò, il suo orrore e la sua ripugnanza si rispecchiavano sul viso dell'avvocato. — Non intervenne nessuno a fermarlo? — chiese.

— Mi battei alla meno peggio, visto che lui aveva tredici anni ed era il doppio di me. Le mie *chance* di vincere erano zero, ma il rumore attrasse due lacchè, che ci separarono.

— Fu punito? — La faccia di Jocelyn era pallida.

— Wilfred mi disse di non fare il bambino — aggiunse David.

— Non fare il bambino?

David studiò le cicatrici, ricordando il terribile dolore, e l'ancor più penosa umiliazione causata dagli insulti del ragazzo maggiore. — A mio padre non fu mai detto. Sia io che mia madre non volevamo che venisse a sapere com'erano spregevoli i suoi figli maggiori. Ne sarebbe rimasto profondamente addolorato.

Rowley scosse la testa, meravigliato. — Non avevo idea che la situazione fosse così grave.

— Mi dispiace, non era mia intenzione crearvi degli incubi. È storia vecchia. La mamma, Sally e io siamo stati felici nel nostro cottage, e grati di essere lontani da Westholme. Sarebbe stato impossibile restare dopo la morte di mio padre.

L'avvocato si chinò in avanti. — Posso capire che non desideriate magari ritornare sulla scena di tante situazioni spiacevoli, ma Westholme ha bisogno di voi. La tenuta è stata trascurata, i fittavoli sono demoralizzati. Sono qui oggi non solo per parlarvi della vostra eredità, ma per incalzarvi ad assumerne il controllo il più presto possibile. Quando lo farete, gli altri amministratori fiduciari e io vi rimetteremo il denaro rimasto per apportare immediate migliorie.

David scoppiò quasi a ridere. Sembrava che l'avvocato pensasse che non voleva avere niente a che fare con Westholme. Alzandosi in piedi, disse: — Non dovete temere a questo riguardo. Erano i miei fratelli che odiavo. Westholme... — esitò. — Westholme l'ho sempre amata. Datemi il vostro indirizzo, e verrò domani a discutere ulteriormente della situazione. Per oggi, ho già abbastanza a cui pensare.

Rowley si alzò e abbozzò un sorriso. — Da parte dei fittavoli e dei dipendenti di Westholme, posso congratularmi con voi, lord Presteyne.

David sorrise debolmente e tese la mano — Potete.

— Lady Presteyne. — L'avvocato chinò il capo verso Jocelyn, poi si avviò lungo il sentiero del giardino.

Cercando di ripensare all'enormità di quello che era successo, David si rimise a sedere, asserendo con una punta di umorismo: — Adesso conoscete il mio segreto.

— Che per tutti questi anni siete stato *nobiluomo* ma l'avete tenuto nascosto? Non ha funzionato. Sapevo che eravate un nobiluomo fin dall'inizio. — Jocelyn posò la mano sulla sua, gli occhi seri. — Come vi sentite a questo proposito, David? Avete appena ereditato un'infinità di responsabilità che non vi eravate mai aspettato.

— Avete ragione. Non mi è mai passato per la mente che avrei ereditato, non con tre fratelli maggiori. — Sorrise. — Credo che Wilfred e compagni abbiano appena smentito il vecchio detto secondo il quale solo i buoni muoiono giovani.

— O così, o a volte interviene la giustizia divina. — Appariva pensosa. — La mattina seguente la crisi d'astinenza, vi chiesi dove stavate cercando di andare, e voi rispondeste Hereford. Questo significa che sarete felice di ritornarvi?

— Nonostante tutto, sì — rispose calmo. — Non esiste al mondo un posto più bello.

Il suo sorriso era generoso e comprensivo. — È quello che penso io di Charlton.

— Precisamente. — Tirò indietro la mano mentre cominciava a sentire il contraccolpo degli avvenimenti. — Dovrò recarmi presto a Westholme per stabilire quel che va fatto. Vi farebbe piacere accompagnarmi? Credo che vi intendiate più di me sulla gestione della terra, e gradirei la vostra opinione.

Trattenne il fiato mentre sorpresa, piacere misto a prudenza trapelavano dal suo viso.

Prendendo una decisione, Jocelyn rispose: — Volentieri.

Prima che potesse sentirsi troppo compiaciuto, lei aggiunse: — Visto che dovremo apparire legalmente sposati prima della mia richiesta dell'annullamento, farei meglio a comportarmi come una moglie.

Non una moglie come avrebbe voluto lui, purtroppo. — Andrò a dare la notizia a Sally. Ci vorrà del tempo prima che il denaro sia disponibile, ma alla fine avrà la parte che avrebbe dovuto ereditare quando è morto mio padre. — Esitò, poi aggiunse: — Vi dispiacerebbe molto se andassi da Richard solo? So che avevamo stabilito di andarci insieme, ma ci sono alcune cose che vorrei discutere con lui in privato.

Apparve leggermente ferita, ma nascose la sua reazione con un solare sorriso. — No, naturalmente. Fategli i miei migliori auguri. Avrei voluto che venisse qui per la convalescenza dopo l'operazione. Non sarebbe stato un problema.

— Aveva le sue ragioni, ne sono certo. — Con un cenno del capo, lasciò il bersò. Infatti, Richard aveva detto che un ospite in casa avrebbe potuto interferire con la relazione che si sarebbe magari sviluppata tra David e Jocelyn. Ma per i progressi che David stava facendo, Richard avrebbe anche potuto accettare l'invito di Jocelyn.

22

David decise di recarsi a piedi all'ospedale York, sia per riacquistare le forze, sia per concedersi il tempo di fare luce sulle sue caotiche emozioni. Sotto molti aspetti, la sua inattesa eredità era una grande benedizione. Non avrebbe più avuto bisogno di pensare a cosa fare per il resto della sua vita; apparentemente, sembrava che Westholme richiedesse grande attenzione.

Doveva imparare molte cose sull'agricoltura, perché non era stato cresciuto come un erede e perché aveva lasciato la tenuta a dodici anni. Ma, imparare a mandare avanti la sua proprietà era una sfida relativamente semplice. Più complesso era l'inquietante problema di come la sua eredità si sarebbe ripercossa sulla sua relazione con Jocelyn.

L'ospedale York era tetro come sempre, sebbene meno affollato. Quando entrò nella stanza di Richard, il suo amico alzò gli occhi dal libro. La gamba ferita era stata steccata e fasciata, e ci sarebbero volute settimane prima che potesse usare di nuovo le grucce. Ma le prospettive di un recupero erano eccellenti, il che lo rendeva di buon umore. — Salve. Non c'è lady Jocelyn oggi?

David strinse la mano all'amico. — No, ho deciso di venire a piedi da solo. Ti invia i suoi migliori auguri.

— Per favore, ringraziala per i libri che mi ha mandato. Tra i libri, i fiori e il cibo che mi invia regolarmente, sono il paziente più viziato dell'ospedale.

— Le dispiace di non averti a Cromarty House, per poterti viziare di più. — David sedette sull'unica sedia di legno. — Ci sono parecchie novità da quando sono venuto ieri. Tanto per incominciare, mia sorella e Ian Kinlock si sposeranno.

— Magnifico! — ridacchiò Richard. — Hai fatto proprio un bel lavoro di paraninfo dal tuo letto di morte.

— Non ci avevo pensato affatto. Dirò a Sally che deve ringraziarmi per essere rimasto mortalmente ferito. — S'interruppe, ammutolendo all'improvviso. — Non è successo soltanto questo. Rinuncerò al mio grado di ufficiale. Ho trovato un altro posto al di fuori dell'esercito. O forse dovrei dire che il posto ha trovato me.

— È un modo indiretto per informarmi che la tua relazione con lady Jocelyn sta progredendo in maniera soddisfacente?

— Non così fortunato. — Si passò le dita inquiete tra i capelli scarmigliati dal vento. — Ti avevo parlato dei tre fratellastri coi quali non andavo d'accordo. Quello che non avevo detto era che il nostro comune padre era il quinto lord Presteyne. Stamattina ho appreso che tutti e tre i miei fratelli sono deceduti. D'un tratto sono diventato barone.

— Cielo! — esclamò Richard, sbalordito. — Parlerai ancora con noi comuni mortali?

David alzò lo sguardo, irritato. — Richard, non dire mai più una cosa simile, mai più.

— Mi spiace. So che non abbandoneresti mai i tuoi vecchi amici per una ragione simile. — Studiò la faccia di David. — È come se fossi stato colpito dal fulmine.

— È così che mi sento. — Fece una smorfia. — Non mi dispiace ereditare, ma ho bisogno di abituarmi all'idea.

— Posso ben immaginarlo. Fortunatamente mio padre era un itinerante maestro di scherma, così non avrò sorprese in futuro. Essere lord mi sembra un'occupazione molto limitativa.

David girò una mano a palmo insù. — Limitativa, sì, soprattutto perché la proprietà non è in buone condizioni. Ma... le mie radici sono a Westholme. Da nessun'altra parte potrei sentirmi a casa come lì.

— Allora sono contento per te. — Richard corrugò la fronte, pensieroso. — Immagino che questo elimini le tue preoccupazioni sul fatto di essere socialmente inferiore a lady Jocelyn.

— Il suo rango e il suo patrimonio sono lo stesso superiori ai miei, ma le differenze sono inferiori paragonate a prima. — David tamburellò con le dita sul bracciolo della poltrona. — L'inconveniente in questo cambiamento di circostanze è sapere che ha una passione per la terra. Mi chiedo se potrebbe decidere di restare sposata con me per via di Westholme. Sentimentale come sono, non credo che gradirei che restasse per una simile ragione.

— Se lo facesse, sarebbe una cosa così disdicevole? Vi intendete già a meraviglia. Una passione reciproca per la tua proprietà potrebbe esser un buon fondamento su cui costruire una relazione più profonda.

— Questo è un modo molto freddo per guardare al matrimonio — osservò David. — Non credo che saresti così pratico se ti innamorassi.

— Probabilmente no — ammise Richard. — Ma credo che tu ti stia preoccupando troppo. Se è veramente innamorata di quell'uomo misterioso, la tua eredità non farebbe differenza. Se resterà con te, sarà per un buon motivo.

David sospirò. — Probabilmente hai ragione. Devo ammettere che quest'eredità mi fa capire perché Jocelyn è così intollerante nei confronti dei cacciatori di dote. Sono passate solo un paio d'ore da quando ho ereditato, e sto già pensando al peggio.

— Ti ci abituerai, lord Presteyne.

Era strano udire il titolo sulle labbra del suo amico, ma come diceva Richard, si sarebbe abituato. — Viene a Hereford con me. Le prossime settimane dovrebbero essere quelle decisive.

— Ce la farai. Sei sempre stato un ottimo combattente.

— Vorrei avere la tua sicurezza. — David pensò alla figura aggraziata di Jocelyn, alla tenerezza di quella mattina in cui si erano svegliati nello stesso letto. Irrigidì la mascella. — Ma se mi andrà male, non potrò dire di non averci provato.

Stanco per la lunga camminata, fermò una carrozza, ma invece di andare direttamente da sua sorella, diede l'indirizzo di John Crandall, l'avvocato di Jocelyn. Parlare con Richard l'aveva aiutato a schiarirsi le idee. Adesso era ora di prendere alcune precauzioni.

Fortunatamente Crandall era libero quando David arrivò. La sua abituale espressione cupa si illuminò quando apprese dell'eredità. — Questo significa che voi e lady Jocelyn rimarrete sposati? Sarebbe così appropriato.

— È una decisione che deve prendere mia moglie. Finora, si è mostrata favorevole all'annullamento — osservò David con studiata neutralità. — Lei e io ci recheremo a visitare la mia proprietà di Hereford. Credo sarà meglio avviare una richiesta di annullamento prima della nostra partenza.

Crandall aggrottò la fronte. — Pensate che sia necessario?

— Sì. — David non offrì altre informazioni.

Vedendo che il suo cliente non sarebbe andato più a fondo sull'argomento, Crandall disse: — Ho conferito ampiamente con il procuratore, che presenterà il caso alla corte concistoriale. Saranno necessari due *affidavit* di carattere medico attestanti la portata delle vostre ferite. Presumo che disponiate di medici in grado di attestarlo.

David annuì, ragionevolmente sicuro che questo non avrebbe costituito un problema. E se in seguito avesse deciso di sposarsi per avere un erede, be', avrebbe sempre potuto gridare al miracolo. — E quale sarà la prova che dovrà apportare lady Jocelyn?

Apparendo imbarazzato, Crandall rispose: — Dovrà sottoporsi a un esame, naturalmente. Si potrà magari ricorrere a una levatrice, per delicatezza nei confronti della signora.

Questa era una buona idea, anche se l'esame sarebbe stato tutt'altro che piacevole, indipendentemente da chi lo effettuava. — Pensate che la corte si mostrerà comprensiva verso il nostro caso, date le insolite circostanze?

Crandall si appoggiò allo schienale della poltrona e unì le dita, più a suo agio adesso che la conversazione era ritornata su temi legali. — Credo di sì. Sarebbe considerato ragionevole per il defunto conte di Cromarty sperare che sua figlia continuasse la sua stirpe, se non il nome. Il fatto che la signora abbia seguito il suo cuore sposando un galante eroe di Waterloo, trovandosi poi in una posizione che potrebbe privarla di figli... sì, credo che la corte guarderà con occhio favorevole a questi problemi.

Dopo aver discusso i restanti punti, David se ne andò, sicuro che le pratiche per l'annullamento sarebbero proseguite con la massima efficienza. Purtroppo.

La sera prima Sally aveva accennato che sarebbe stata nello studio di Kinlock quel pomeriggio, così David andò a cercarla lì. La trovò con la testa china sul libro mastro e una penna d'oca in mano, ma alzò subito lo sguardo quando entrò.

Le baciò la guancia e sedette su una delle panche. — Il lavoro sembra donarti. O dipende dal tuo nuovo amore?

— Tutte e due le cose. Mi piace occuparmi di amministrazione, per cui sono lieta di vedere che lo studio di Ian va avanti bene. È meglio per lui, è meglio per i pazienti. Quanto a Ian... be', mi pizzico costantemente per vedere se non sto sognando.

La sua felicità gli sollevò il morale. — Non direi che ci hai impiegato molto ad accettare quando ti ha proposto di sposarlo.

Sally arrossì. — In realtà, gliel'ho proposto io. E ho anche dovuto fare opera di persuasione!

Dopo un istante di sorpresa, David rise. — Sei decisamente una donna d'affari. Ma quando ci avete dato la notizia, era già ovviamente estasiato all'idea di sposarti. — Il suo buonumore si attenuò. — Oggi ho ricevuto la visita del signor Rowley, il legale della famiglia Lancaster.

Sally si fece attenta, cauta come lo era stato lui. — Sì?

— I nostri tre fratelli sono morti. Tutti — disse lui baldanzoso. — Io sono il settimo lord Presteyne.

— Buon Dio! Che... meraviglia. Che cosa è successo?

Dopo averle spiegato, lei commentò: — Immagino che dovrei mostrarmi cristianamente dispiaciuta, ma non posso. Hanno raccolto quello che hanno seminato.

Lui e sua sorella si scambiarono meste occhiate. Solo

loro due avrebbero saputo delle umiliazioni e dei maltrattamenti subiti. Un giorno forse sarebbero riusciti a provare pietà per i tre fratellastri, ma per il momento nessuno dei due lo desiderava.

David ruppe il silenzio. — La proprietà è a corto di denaro in questo momento, ma alla fine, riceverai la somma che avrebbe dovuto esserti stata riservata.

— Bene. Il fidanzamento mi sta rendendo straordinariamente pratica — ridacchiò Sally. — Ian detesta ammetterlo, ma è il figlio di un barone scozzese. Una volta mi confidò che sua madre era preoccupata che finisse tra le grinfie di qualche donnaccia, così dovrebbe essere felice di sapere che sono la sorella di lord Presteyne.

— Lo sei sempre stata.

Il viso di Sally divenne duro. — Avrei preferito essere orfana che considerare Wilfred un fratello.

Kinlock scelse quel momento per ritornare da una visita a un paziente. Entrò nella sala d'attesa con la borsa in mano, fischiettando come uno scolaretto. L'imminente matrimonio sembrava giovargli.

Il chirurgo salutò cordialmente il suo visitatore, poi si appollaiò sulla scrivania, una mano su quella della fidanzata, mentre David gli raccontava della baronia. Kinlock si mostrò interessato, ma non particolarmente colpito.

Poi David chiese: — Posso parlarvi in privato, Kinlock?

— Naturalmente.

Vedendo l'espressione preoccupata della sorella, David la rassicurò: — Niente a che fare con te, Sally. Ricordi, sono un ex paziente.

Kinlock gli indicò lo studio. Quando furono soli, disse: — Mi sembrate abbastanza in forma. Avete l'impressione che stia andando male qualcosa?

— Questo riguarda un aspetto diverso delle mie ferite. — David esitò, chiedendosi come affrontare l'argomento. — Non so se Sally vi ha detto che Jocelyn cercherà di ottenere l'annullamento per motivi di impotenza.

Kinlock aggrottò le sopracciglia. — È troppo presto per dirlo, ragazzo. Non vi siete ancora completamente ripreso, e non credo che la ferita riportata avrà questo genere di effetto a lungo termine. Lasciate che la natura faccia il suo corso. La preoccupazione può causare esattamente la condizione per cui vi state allarmando.

David alzò una mano. — Avete ragione, è troppo presto per essere sicuri. Ecco perché pensavo che sarebbe meglio ottenere adesso una deposizione dai medici.

— Capisco… — Kinlock incrociò le braccia. — Ma forse no. Forse dovreste spiegarvi con più chiarezza.

David si avvicinò alla finestra, detestando di dover discutere problemi così privati, ma aspettare sarebbe stato anche peggio. — I miracoli possono avere ripercussioni inaspettate — disse risoluto. — Il nostro matrimonio… non è stato celebrato per durare.

Dopo un lungo silenzio, Kinlock disse: — Gravi ferite alla spina dorsale come le vostre possono essere particolarmente ingannevoli. Non è impossibile che la funzione sessuale possa risentirne. Mandatemi il vostro legale, e rilascerò una dichiarazione a questo proposito.

— Grazie. — David si allontanò dalla finestra, sentendosi stanco. — Purchè la consideriate una cosa onesta. Non voglio abusare del fatto che presto diventeremo cognati.

Kinlock si strinse nelle spalle. — La legge può essere piena di definizioni secche e precise, ma la medicina no. Non tocca a me dire se voi e lady Jocelyn dovete restare sposati. Sebbene la mia personale opinione sia che state commettendo un grosso errore.

David sorrise, malinconico. — Vi sentireste di vincolare Sally in un matrimonio contro la sua volontà?

L'uomo aggrottò la fronte. — No, immagino di no.

David si congedò, tornando di nuovo a casa a piedi, nonostante la fatica. Forse il sole del tardo pomeriggio avrebbe dissipato un po' della sua tristezza.

Era davvero ironico. Stava facendo del suo meglio per assecondare la richiesta di Jocelyn, ma nel suo cuore si augurava che l'annullamento non fosse possibile, e che lui e sua moglie potessero vivere un matrimonio felice.

23

Tre giorni dopo partirono per Hereford. Jocelyn era contenta di lasciare Londra. Pensava che David fosse stato saggio ad avviare la macchina dell'annullamento, ma l'esame fisico per dimostrare che era *virgo intacta* era stato terribilmente umiliante.

Rhys Morgan sedeva a cassetta con il cocchiere e fungeva da sentinella, un uso eccellente della sua esperienza militare. Anche se ci sarebbe voluto un po' prima che il moncherino guarisse a sufficienza per applicargli un arto artificiale, lavorava già nelle scuderie di Jocelyn, occupandosi dei cavalli.

Marie si era mostrata molto soddisfatta quando aveva scoperto che sarebbe rimasta seduta accanto a Hugh Morgan per diversi giorni. Tutto sommato, era una spedizione felice. L'unico scontento era stato manifestato da Iside, che aveva miagolato in modo struggente quando Jocelyn se n'era andata, riconoscendo evidentemente dal mucchio dei bagagli che era previsto un lungo viaggio.

Presero una strada secondaria, spingendosi a ovest nel Galles per accompagnare i fratelli Morgan a casa della loro famiglia. Erano anni che Rhys non vedeva i genitori, e pensava di restare con loro almeno per una quindicina di giorni. Anche Hugh si sarebbe trattenuto per una settimana, poi avrebbe raggiunto il padrone a Westholme.

Jocelyn non aveva mai visitato il Galles, ed era affascinata dal magnifico panorama. Su suo suggerimento, si fermarono in cima a una collina che domina la città più vicina a dove abitavano i fratelli Morgan.

Mentre Rhys fissava casa sua, gli occhi sorprendentemente luminosi, Hugh disse a Marie: — La mia famiglia abita in montagna proprio sopra la città di Abergavenny. Vedi quel fil di fumo che si leva tra gli alberi? Credo che sia casa loro.

Marie si schermò gli occhi e guardò attraverso la valle. — Un gran bel posto per crescere — osservò col suo affascinante accento francese. — Come si chiama la montagna?

— Ysgyryd Fawr.

Sbarrò gli occhi. — Come hai detto?

Pazientemente Hugh cercò di insegnarle la pronuncia corretta, ma senza molto successo. Mentre Jocelyn e Marie scoppiavano a ridere, Hugh borbottò qualcosa sottovoce in gallese.

Con sua sorpresa, David rispose in gallese altrettanto corretto. Il giovane ansimò: — Parlate Cymric, mio signore?

David rise e rispose di nuovo in gallese. Un'espressione di orrore si dipinse sulla faccia di Hugh. — Mi dispiace per qualunque cosa possa aver detto, milord. — Sorrise mestamente. — Avrei dovuto sapere che eravate gallese quando ho scoperto che il vostro nome di battesimo era David.

— Mia madre era gallese, e sono cresciuto parlando entrambe le lingue — spiegò David. — Non preoccuparti. Non hai mai detto niente che potessi scambiare per un'offesa.

Risalirono tutti in carrozza per l'ultimo tratto, e poco dopo entrarono nel cortile davanti al cottage dei Morgan. Ci fu subito un'allegra confusione. Rhys afferrò le grucce e scese da cassetta, mentre Hugh dimenticò le buone maniere e saltò giù dalla carrozza.

— Rhys! Hugh! — Una donna robusta con le guance rosse si precipitò fuori dalla casa e cercò di abbracciare contemporaneamente i suoi due robusti figli. Dopo qualche secondo i tre figli minori e il vecchio Morgan apparvero, accrescendo il trambusto, insieme a due cani, e a diverse galline che cercavano di svignarsela.

Senza farsi notare dai Morgan, David aiutò Jocelyn a scendere dalla carrozza per ammirare il panorama. — Dev'essere stato duro andarsene da qui. Pochi altri posti in Inghilterra sono altrettanto belli.

— Belli, sì, ma c'è poco lavoro — spiegò realisticamente David. — A volte sembrava che l'esercito fosse formato

186

da irlandesi, scozzesi e gallesi. Hugh e Rhys devono ritenersi fortunati ad avere dei buoni impieghi ora. Immagino che mandino a casa entrambi da anni parte del loro salario.

Lei si morse il labbro. — A me non è mai capitato. A volte mi vergogno di essere stata così fortunata.

— Non c'è niente di male a godere delle proprie fortune purchè si sia generosi con i meno fortunati. E da quello che ho visto, voi siete stata molto generosa.

Il calore nei suoi occhi suscitò in lei un ansioso miscuglio di piacere e imbarazzo. Le attribuiva più meriti di quanto meritasse.

Dopo i primi saluti, Hugh prese per mano Marie e la condusse verso i genitori. — Vorrei che conosceste Marie Renault.

La ragazza appariva nervosa, ma dopo una rapida occhiata, la signora Morgan l'abbracciò. — Benvenuta, figliola — disse con la sua musicale voce gallese.

Raggiante, Marie l'abbracciò a sua volta. Poi la signora Morgan si rivolse a Jocelyn e disse timidamente: — So che non è così che siete abituata, milady, ma saremmo onorati se voi e vostro marito prendeste il tè con noi.

— L'onore sarà nostro — rispose calorosamente Jocelyn.

Coi sette Morgan, Jocelyn, David, Marie e il cocchiere, c'era a malapena spazio per tutti nell'interno, ma lo spuntino fu delizioso. Enormi tazze di tè accompagnate da pane fresco, cipolline sottaceto, formaggio e deliziose tortine all'uva passa.

Mentre sbocconcellava una tortina, Jocelyn osservò il cottage. Era pulitissimo, il caldo pavimento di lucido legno che contrastava piacevolmente con le pareti dipinte di bianco. Dall'altra parte della stanza, Hugh e i tre Morgan minori stavano appollaiati su un cassettone di legno che sembrava vecchio di secoli. Accanto a esso, una consumata Bibbia era al posto d'onore sul ripiano di un antico mobile a vetrina di quercia. Avrebbe potuto essere felice in una casa come questa, con l'uomo giusto al fianco.

Poi sorrise, incapace di immaginare Candover a vivere così umilmente. Era un aristocratico fino all'osso.

Quando fu il momento di andarsene, il vecchio Morgan ringraziò calorosamente Jocelyn per quello che aveva fatto per i suoi figli. Di nuovo si sentì imbarazzata. Era molto poco dal suo punto di vista, eppure le erano così grati.

Mentre David l'aiutava a salire in carrozza, Hugh disse tranquillamente: — Siete sicuro che non volete che vi accompagni a Hereford, milord? Mio padre dice che ci sono i banditi nelle Black Mountains.

David scosse la testa. — Non è necessario che abbandoni la tua famiglia. Ci sono a malapena trenta miglia da qui a Westholme, e saremo lì prima che faccia buio.

— D'accordo, milord — rispose Hugh, lieto che la sua offerta fosse stata rifiutata.

David salì in carrozza accanto a Jocelyn. — Dovrò insegnare a quel ragazzo a non dire milord a ogni sospiro — osservò mentre la carrozza cominciava a muoversi. — Sta prendendo le cose molto più seriamente di me.

-— Naturale. — Jocelyn sorrise. — L'importanza di un servo dipende da quella del padrone. Non è vero, Marie?

La sua cameriera, seduta da sola adesso davanti a lei, annuì vigorosamente. — *Mais oui*, milord. Ci fate onore.

David apparve divertito, ma non ribatté. Jocelyn pensava che non avrebbe mai preso se stesso troppo sul serio. Era un'altra cosa che le piaceva in lui.

Il tempo era asciutto, la strada era buona, e proseguivano speditamente lungo l'ultimo tratto verso Hereford. Avevano cambiato i cavalli per l'ultima volta ed erano nei pressi del confine tra il Galles e l'Inghilterra quando apparvero i banditi.

David stava sonnecchiando nella carrozza e si rese conto dell'aggressione solo quando una voce gridò: — Le vostre borse con l'oro!

Mentre si rendeva conto di quel che stava succedendo, alcuni spari riecheggiarono assordanti. La carrozza si arrestò di colpo, quasi rovesciandosi. Marie fu sbattuta attraverso la vettura. Appena in tempo, David la sostenne prima che finisse addosso a Jocelyn.

— Giù! — Accompagnò l'ordine con uno spintone che fece abbassare entrambe le donne sul pavimento della carrozza. C'erano almeno tre banditi, forse di più.

Che fosse meglio farsi derubare? Respinse immediatamente il pensiero. Collaborare passivamente avrebbe potuto essere una politica disastrosa visto che nella carrozza c'erano due attraenti giovani donne.

L'alternativa alla resa era lottare, e David aveva imparato che in combattimento ogni secondo contava. Il momento di agire era adesso, mentre i cavalli stavano nitrendo e scalpitando spaventati, occupando l'attenzione degli aggressori oltre che quella del conducente.

— State giù. Non scendete dalla carrozza. — Come precauzione, aveva infilato le sue due pistole nella tasca dello sportello prima di lasciare Londra. Le tirò fuori e balzò dalla portiera destra, senza farsi notare dagli aggressori.

Una volta fuori, si lasciò cadere immediatamente a terra e strisciò sotto la parte posteriore dell'ondeggiante veicolo.

Con le armi in pugno, si mosse di qualche centimetro finché non ebbe una chiara visione dei due banditi. Gli si gelò il sangue quando l'uomo più vicino balzò dal suo cavallo e passò le redini al compagno. Con la pistola puntata, aprì lo sportello della carrozza. David prese la mira, ma prima che potesse sparare, il bandito trascinò giù dal veicolo una Marie urlante.

— Vieni qui, dolcezza — ringhiò. — Sono sicuro che hai qualcosa di cui possiamo fare buon uso. — Guardando nella carrozza, sbarrò gli occhi. — Ehi, Alf, ho bisogno del tuo aiuto. C'è un bocconcino perfino migliore qui dentro.

David era furioso, ma non poteva sparare al bastardo senza mettere in pericolo Marie. Stringendo i denti, alzò la pistola e sparò infilando una pallottola nel corpo del secondo aggressore. L'uomo gridò, la camicia che si tingeva di rosso.

Apparve il terzo bandito, spronando il cavallo davanti alla carrozza mentre gridava: — Che cosa diavolo sta succedendo?

Con la fredda lucidità che possedeva in battaglia, David usò la seconda pistola per strappare l'uomo dal suo cavallo. In preda al panico, l'animale fuggì. Il cavallo dell'uomo che tratteneva Marie si liberò dalle redini e corse via. Sfumata la rapina, il bandito ferito lanciò l'animale al galoppo per salvarsi la pelle, lasciando il terzo brigante senza possibilità di fuga.

Sapendo che l'uomo era pericoloso come un cinghiale braccato, David balzò in piedi, cercando di ricaricare la pistola per abbattere il bandito prima che potesse fare del male a Marie. Con gli occhi luccicanti di paura, l'uomo indietreggiò attraverso la strada, la pistola in una mano e l'altro braccio attorno alla gola della ragazza che usava come scudo. Era un bruto muscoloso e avrebbe potuto facilmente spezzarle il collo in un sol colpo, se ci avesse provato. David si controllava, non volendo mettere in pericolo Marie.

Fermarsi l'avrebbe trasformato in un facile bersaglio. La pistola del bandito si levò, la canna puntata dritta al cuore di David. Sperando in un miracolo, David si tuffò di lato.

Mentre toccava terra e rotolava, una pistola fece fuoco a pochissima distanza, ma nessun proiettile lo colpì. Invece, il bandito gridò e volò all'indietro. Marie colse l'opportunità di divincolarsi e balzare dietro la carrozza.

David si rimise in piedi e vide Jocelyn davanti alla portiera aperta della vettura, una pistola ancora fumante stretta tra le mani tremanti. Sparando da un'angolazione diversa, aveva salvato lui e Marie, ma era pallidissima, sul punto di svenire.

Il bandito ferito non rappresentava più una minaccia e il cocchiere aveva i cavalli sotto controllo, così lui abbracciò la mogliettina tremante. — Brava, cara!

Lei gli si aggrappò, terrorizzata. Conosceva i militari da una vita, ma non ne aveva mai visto uno in azione. Era rimasta sbalordita dalla rapidità con cui si era mosso David. Per la prima volta si era resa conto che il suo comprensivo amico dagli occhi ridenti era un guerriero, capace di muoversi con la rapidità di un leopardo.

Affondò la faccia nella sua spalla, rabbrividendo mentre ricordava l'orribile momento in cui il bandito aveva puntato la pistola contro David a brevissima distanza. Fino ad allora, era rimasta paralizzata dalla rapidità degli eventi, ma vedendolo in pericolo si era sentita spinta ad agire.

— Non mi ero reso conto che foste così esperta con la pistola. Dove l'avete trovata?

— Mio padre mi ha insegnato a sparare, e viaggio sempre con un paio di pistole — rispose scossa. — Ma non sarei stata in grado di reagire se non mi aveste dato l'esempio voi.

Lui la serrò ancora più forte. — Qualunque sia la ragione, siete stata molto coraggiosa.

Jocelyn chiuse gli occhi mentre le sue carezze le distendevano i nervi. Non era la prima volta che si toccavano, ma si sentiva sciogliere internamente ora, forse una reazione all'attacco. Avrebbe voluto aggrapparsi a lui per sempre. Avrebbe voluto baciarlo, giacere con lui…

Allarmata, ammise che mescolato a choc e a paura c'era desiderio. Desiderava David con un'intensità che superava ogni cosa avesse mai provato per un altro uomo.

Umettandosi le labbra, alzò lo sguardo su di lui. I loro occhi si incontrarono, e David rimase completamente immobile. Poi le sollevò il mento con un dito e premette le labbra sulle sue.

La sua bocca si dischiuse, e si sentì pervadere da una scarica di energia. L'aveva già baciata una volta, quando non era stato in sé, e lei si era chiesta come sarebbe stato il suo bacio se ne fosse stato consapevole. Adesso lo sapeva, e il saperlo era sconvolgente.

I suoi occhi si chiusero, e per alcuni preziosi momenti non pensò, non dubitò, esistette e basta. Lui era la forza, il porto sicuro…

No. I porti sicuri erano pericolose illusioni. Aprì gli occhi, cercando di sfuggire alla travolgente intimità provocata dalla sua vicinanza.

Sentendo in lei il cambiamento, David interruppe il bacio, lo sguardo indagatore. Jocelyn non aveva idea di quel che mostrava il suo viso, ma lui lasciò ricadere le braccia e indietreggiò, l'espressione di nuovo calma e distaccata.

Jocelyn respinse i capelli con mano tremante, come se ciò potesse restituirle la compostezza. — I banditi sono morti?

David si avvicinò a quello che aveva colpito e si piegò su un ginocchio mentre gli tastava la giugulare. — Questo sì.

Stancamente, si avvicinò all'altro e gli tolse la maschera, rivelando una giovane faccia grossolana. L'uomo era incosciente a causa della caduta e del sangue che gli colava da una ferita alla spalla, ma il suo respiro era forte. — Quest'uomo dovrebbe sopravvivere per essere impiccato.

Jocelyn espirò, sebbene non si fosse resa conto che aveva trattenuto il respiro. — Sono contenta che non l'abbiate ucciso, anche se probabilmente se lo meritava.

David alzò lo sguardo. — Sono contento anch'io. Uccidere non è mai un bene, per quanto giustificato sia. — La sua voce era fredda.

— Non è colpa vostra— osservò lei sommessamente.

— Ho fatto quel che era necessario. Sta a Dio decidere se quel che ho fatto era giusto. — Abbassando lo sguardo, tirò fuori un fazzoletto e cominciò a bendare rozzamente il bandito.

Jocelyn osservava in silenzio, incapace di distogliere lo sguardo. Sebbene lui non apparisse diverso da prima, la sua percezione era profondamente cambiata. Non vedeva più il gentiluomo disinvolto ed elegante ma il corpo muscoloso, la forza perfettamente controllata. Era intensamente consapevole del suo potere di maschio, e lei non era mai stata così conscia della sua femminilità.

— Milady?

Jocelyn si volse e vide che Marie aveva preso una fiaschetta di brandy dalla carrozza e la stava offrendo alla padrona. Jocelyn abbozzò un sorriso. — A te per prima. Sei stata tu a essere aggredita da quella bestia.

Senza scomporsi, Marie avvicinò la fiaschetta alle labbra e bevve avidamente. Quasi si strozzò per l'eccitazione, ma le sue mani erano più ferme quando riempì il tappo di liquore e lo porse a Jocelyn, che lo ingollò solo un po' più lentamente della sua cameriera. Chiuse gli occhi per un momento, poi chiese: — Stai bene?

— Meglio di come starei se non aveste sparato a quel maiale, milady. — Un brivido involontario la percorse.

Jocelyn abbozzò un sorrisetto. — Se vuoi finire la fiaschetta e ubriacarti, prometto che non ci farò caso.

Marie ridacchiò. — Non sarà necessario, ma berrò un altro sorso.

— Jocelyn — chiamò David. — Potete trattenere i cavalli mentre il cocchiere e io carichiamo quest'individuo sulla carrozza? Dovrà essere condotto alla prigione di Hereford.

Jocelyn afferrò le briglie, accarezzando il muso del cavallo.

Infine, David e il cocchiere legarono con una fune il corpo del bandito morto al tetto della carrozza, poi sistemarono quello vivo sul sedile di fronte. Non volendo sedere accanto a lui, Marie preferì salire a cassetta accanto al cocchiere. L'ultimo tratto di viaggio fino a Hereford fu tranquillo. David teneva d'occhio il prigioniero, una pistola carica pronta, ma l'uomo non riprese mai completamente conoscenza.

Jocelyn si rannicchiò tesa nell'angolo del sedile, i pensieri in subbuglio. Che ci fosse un significato in quel bacio? Era incline a pensare di no. Le lettere scambiate con zia Laura negli anni l'avevano indotta a comprendere che c'era un oscuro legame tra violenza e passione.

Il contatto col pericolo che il suo gruppo aveva appena sperimentato era una debole eco dell'eterna lotta tra la minaccia della morte e la passione per la vita. David li aveva salvati da una situazione pericolosa, e poi l'aveva baciata. Un fugace impulso maschile, soddisfatto e immediatamente dimenticato.

La reazione stessa di Jocelyn aveva sicuramente una spiegazione in quell'inquietante, insondabile miscuglio di mortale paura e improvvisa gioia per la sopravvivenza, ma come donna non avrebbe dimenticato altrettanto in fretta. L'abbraccio aveva creato un'intensa consapevolezza fisica dell'uomo che era per caso suo marito. Era ardentemente conscia della spalla di David contro la sua, e lo desiderava nel più antico e primordiale dei modi.

Chiuse gli occhi come se risentisse dell'aggressione, e pregò che quando avessero raggiunto la loro destinazione si fosse ripresa da questa follia.

24

Come raggiunsero la città di Hereford, David sistemò le due donne in un salotto privato del Green Dragon, poi le lasciò per a consegnare il prigioniero alle autorità. Jocelyn e Marie bevvero insieme una tonificante tazza di tè, David le raggiunse e Jocelyn si era abbastanza ripresa.

— Che cosa ne sarà del bandito? — In attesa di una risposta, Jocelyn gli offrì il tè.

Respingendo la tazza, David rispose: — La corte d'Assise si riunisce a Hereford proprio oggi, così verrà presto processato. Magari fra una settimana.

— Verremo chiamati tutti a testimoniare sull'aggressione?

— Non dovrebbe essere necessario. Il cocchiere e io possiamo testimoniare meglio di voi e Marie. Dato che l'uomo non aveva precedenti penali, chiederò clemenza alla corte. Le rapine sono considerate un'offesa capitale, naturalmente, ma data l'influenza del mio nuovo rango dovrei fargli ottenere la deportazione invece della forca. — David camminava su e giù per il salotto, incapace di nascondere l'impazienza. — È ora di rimetterci in cammino. Vorrei raggiungere Westholme prima che faccia buio.

— Certamente. — Mentre Jocelyn raccoglieva lo scialle e la borsa a rete, notò che il maggiore stava evitando di incontrare il suo sguardo come lei stava cercando di evitare quello di lui.

A quarantacinque minuti dalla città di Hereford, David cominciò a mostrare segni di tensione. Jocelyn chiese: — Riconoscete già i luoghi?

Lui annuì. — Ci siamo quasi. La parte più vecchia della proprietà è nell'ansa del Wye River, anche se col tempo si è andata estendendo.

La carrozza rallentò e svoltò tra una colonna di pietra e una portineria deserta. Nella luce ormai fievole, il viale si estendeva attraverso una lunga fila di alberi nodosi. Incuriosita, Jocelyn chiese: — Che alberi sono, David? Non mi sembra di riconoscerli.

Senza girarsi, lui rispose: — Castagni spagnoli, hanno più di duecento anni. Questo viale è lungo quasi mezzo miglio.

Il suo corpo era teso come la corda di un violino. Soltanto il giorno prima lei, avrebbe posato la mano su quella del marito dimostrandogli solidarietà per quello che stava provando in occasione di questo ritorno a casa. Adesso, non osava toccarlo.

Quando si fermarono di fronte alla casa, David scese dalla carrozza, l'espressione turbata. Jocelyn lo seguì, osservando con interesse il grande edificio in diversi stili. Sebbene mancasse della grandiosità di Charlton, era affascinante, e le colline e i boschi circostanti erano deliziosi come aveva promesso David.

I giardini erano stati terribilmente trascurati, però. Notando movimento con la coda dell'occhio, scorse alcuni piccoli daini che erano fuggiti dal parco e stavano adesso brucando felicemente tra gli arbusti.

L'espressione di David era remota, e Jocelyn poteva solo immaginare i suoi pensieri. Sfiorandogli la manica, disse: — Dobbiamo entrare?

Lui annuì, e salirono l'ampio scalone fianco a fianco. David bussò più volte col battente a testa di leone. I suoni riecheggiarono sordi nella casa. Mentre aspettavano che rispondesse qualcuno, Jocelyn chiese: — Eravamo attesi oggi?

Lui osservò la facciata dell'edificio. — Ho mandato un messaggio, ma a quanto pare, Westholme è a corto di personale.

Dopo diversi minuti di attesa, la porta si aprì rivelando un uomo calvo di mezza età. Sul suo volto apparve un ampio sorriso. — Master David! Bentornato a casa. — Fece un inchino. — O meglio, lord Presteyne. Tutti qui stavano ansiosamente aspettando il vostro ritorno.

Mentre entravano nell'ampio atrio rivestito di pannelli, David fissò l'uomo, poi esclamò: — Stretton, per tutti i diavoli! Sei tu il maggiordomo adesso?

L'uomo si inchinò di nuovo. — Ho quest'onore, milord.

— Ricordate la zuffa con mio fratello di cui vi ho parlato? — spiegò David a Jocelyn. — Stretton è stato uno dei lacchè che mi ha soccorso. — Al maggiordomo, disse: — È un piacere vedere una faccia familiare. Temevo che nessuno si ricordasse di me. Sono contento di constatare che hai fatto carriera.

Gli tese la mano. Dopo un momento di sorpresa, il maggiordomo ricambiò la forte stretta. Jocelyn pensò che in futuro i due uomini avrebbero assunto i ruoli di padrone e servo, ma oggi, il fatto di essersi ritrovati aveva più importanza del protocollo.

David continuò: — Questa è mia moglie, lady Presteyne, e la sua cameriera, *mademoiselle* Renault. Spero che le stanze siano state preparate?

— Sì, milord, ma temo che non troverà le cose come dovrebbero essere. Vostro fratello, il defunto lord, era restio a investire denaro nella casa. E… — Stretton tossicchiò — a causa dell'inclinazione, ehm, di lord Presteyne e mister Timothy, era difficile persuadere delle brave ragazze a venire a lavorare qui.

David corrugò la fronte. — Sei l'unico servitore rimasto?

— Non proprio, signore. I legali non hanno voluto assumere altro personale prima del vostro arrivo, ma mia moglie, che è una brava cuoca, è in cucina, e un paio di ragazze del villaggio vengono ogni giorno ad aiutare con le pulizie. — Sospirò. — Temo che ci vorrà un po' di tempo per rimettere la casa a posto.

Jocelyn si guardò attorno, notando quello che non andava.

— Sono contento che in cucina ci sia qualcuno. Tua moglie può prepararci un pasto leggero, diciamo… — David guardò interrogativamente Jocelyn — fra mezz'ora o giù di lì?

Lei annuì, lieta per l'opportunità di riposare e rimettersi in ordine.

— Sarà fatto. — Stretton tirò per tre volte il cordone del campanello, un segnale prestabilito con sua moglie, poi accompagnò David e Jocelyn al piano superiore.

La sua camera da letto era trasandata come il resto della casa, ma le proporzioni erano buone, e tende e coperte consunte erano state lavate di fresco. Aveva alloggiato in taverne molto peggiori. Marie si rivelò meno caritatevole, borbottando sottovoce in francese mentre disfava i bagagli della sua padrona.

Jocelyn indugiò accanto a una finestra per studiare la proprietà. La casa si trovava su un'altura che offriva una piacevole vista di campi e di boschi, risplendenti adesso di luce dorata per via del tramonto. Sebbene il paesaggio non fosse affascinante come quello delle montagne gallesi più a ovest, era tuttavia accogliente. Non c'era da meravigliarsi che David avesse desiderato tornare a Hereford, a casa, quand'era fuori di senno.

Sarebbe stato un buon proprietario terriero, molto simile a suo padre, mai spaventato di sporcarsi le mani se un lavoro andava fatto.

Sorridendo all'immagine, esplorò le altre stanze della suite. Sulla sinistra, trovò un salottino d'angolo, con vista in due direzioni. Un'altra porta immetteva in un ampio spogliatoio che conteneva diversi armadi vuoti. Aprì la porta in fondo alla stanza e scoprì un'altra camera da letto. I bagagli di David erano posati accanto al letto, sebbene lui fortunatamente non fosse nella stanza.

Richiuse in fretta la porta. Ovviamente gli erano state assegnate le camere padronali. Pensò di controllare la porta per vedere se era munita di serratura, poi si raccomandò di non essere tanto sciocca. Sarebbe stata al sicuro da David qui come lo era stata a casa sua.

Il problema era, vista la sua allarmante reazione, se lui sarebbe stato al sicuro da lei.

David deglutì forte quando Jocelyn lo raggiunse nel salottino adiacente alla sala da pranzo di famiglia. Fresca come un fiore di primavera, Jocelyn si era cambiata e aveva indossato un abito di mussola verde che faceva risaltare le pagliuzze verdi nei suoi occhi e rivelava la gola delicata e parte delle belle spalle. Dal suo sorriso, sembrava essersi perfettamente ripresa dall'aggressione.

Ricordando a se stesso che un gentiluomo non doveva fissare il davanti dell'abito di una signora – o almeno, non lasciarsi sorprendere a farlo – le tirò indietro una sedia. Mentre David sedeva a sua volta, disse: — Se mi fossi reso conto di com'era ridotto male questo posto, non vi avrei chiesto di venire con me.

Lei rise. — Questo è un palazzo al paragone della casa che ho diviso coi miei zii a Fuente Guinaldo.

— Avevo dimenticato che siete un'incallita veterana della Penisola. — Si chiese se le cose sarebbero state diverse se si fossero incontrati allora. Chissà se il suo cuore sarebbe stato più disponibile?

Era trascorso parecchio tempo dal tè coi Morgan, così si apprestarono a pranzare. Come aveva detto il maggiordomo, sua moglie era una buona cuoca, e il cibo era sano e sostanzioso. Quando sparecchiarono, Jocelyn osservò: — Ottimo cibo, e vini eccellenti.

— Non mi sorprende — disse caustico David. — Immagino che i cavalli saranno anch'essi in perfetta forma. Evidentemente il defunto lord spendeva con prodigalità denaro per i suoi piaceri e ignorava ogni altra cosa.

Jocelyn scelse una pesca fresca da una ciotola di frutta e cominciò a sbucciarla. — La casa non ha più avuto una padrona da quando vostra madre se n'è andata?

— Non per alcuni anni. Roger, il fratello di mezzo, si è sposato, ma viveva più a Londra che qui. Non ci sono stati figli, e la sua vedova si è risposata. Anche Wilfred ha avuto una moglie, ma è morta di parto qualche anno dopo, insieme al bambino, e poi non è riuscito a trovare un'altra donna abbastanza disperata da prenderselo.

— C'è denaro sufficiente per potersi occupare di ciò che va fatto?

— Rowley pensa di sì, se vivo frugalmente e investo ogni centesimo che riesco a risparmiare. Ci vorranno anni perché tutto ritorni in ordine, ma si può fare, ed è ciò che conta. — Fece roteare assente il vino nel bicchiere, ricordando la sua infanzia a Westholme. — Non riesco a pensare a un compito che mi piacerebbe di più.

— Devo parlare con Stretton per assumere delle cameriere? Non dovrebbe essere difficile trovarne, ora che i vostri lussuriosi fratelli non ci sono più.

— Sarebbe un grande aiuto, se non vi è d'incomodo.

Sorrise. — Adoro assumere personale e dare ordini. Avete detto voi stesso che sono una delle donne più intraprendenti che abbiate conosciuto.

— Era un complimento, sapete.

Per un istante, furono estremamente consapevoli l'uno dell'altra. Poi lei abbassò gli occhi e disse a caso: — Questo è il compleanno più strano che abbia mai avuto.

— Mio Dio, questo è l'infame venticinquesimo compleanno? Perché non me l'avete detto? — esclamò. — Sapevo che doveva essere adesso, ma non ricordo di aver sentito la data esatta. Venti agosto. Dovrò ricordarmene in futuro.

Anche se forse era sciocco nominare un futuro quando il loro matrimonio sarebbe presto svanito come la foschia del mattino. Si chiese se si sarebbero incontrati ogni tanto a Londra e salutati educatamente col capo, o scambiati biglietti una volta all'anno, come se non fossero stati, seppur brevemente, marito e moglie.

Ricordando cupamente che il matrimonio non era ancora stato annullato, disse: — Westholme ha una famosa cantina, e sono sicuro che includerà anche champagne.

Che ne dite di scendere a vedere quello che ha lasciato Wilfred?

— Fate strada. — Inghiottì l'ultimo pezzetto di pesca. — Meglio festeggiare un compleanno con lo champagne che coi proiettili e i banditi.

25

Stretton portò due candelabri, un cavatappi, e un paio di coppe, poi li accompagnò in cantina. — Questa è una parte di Westholme per cui non sono necessari tanti discorsi — asserì il maggiordomo mentre apriva la pesante porta rivestita in ferro. — Avevo ricevuto ordini perentori dal defunto lord Presteyne che il vino avesse precedenza assoluta su tutti gli altri compiti. — Dal suo tono sarcastico, era chiaro che pensava che il tempo avrebbe potuto essere speso meglio.

Quando Stretton aprì la porta, David emise un lieve fischio. — Il principe reggente non si vergognerebbe di questa cantina. — Prese un candelabro, lasciando l'altro al maggiordomo perché illuminasse le scale buie. — Puoi tornare alle tue mansioni. Lady Presteyne e io esploreremo da soli.

Stretton porse a Jocelyn le due coppe, e se ne andò. Alzando il candelabro, perché potesse vedere dove metteva i piedi, David la invitò a entrare con un gesto cortese. — Benvenuta in quella che era sicuramente la parte preferita di Wilfred a Westholme.

— Cielo! — esclamò lei mentre entrava investita dalla fresca aria asciutta. — Credo che questa superi la cantina di Charlton. Non l'avrei mai creduto possibile.

Anche David rimase colpito. Molte cose sembravano più grandi a un bambino che a un adulto, ma non la cantina di Westholme. Lo spazio era immenso, con file e file di botti. Su ognuna c'era una targhetta che indicava la data, la qualità e l'origine del vino contenuto. Lungo la parete c'erano rastrelliere piene di bottiglie, accuratamente inclinate per mantenere umidi i turaccioli.

Jocelyn imboccò il primo corridoio, il rumore dei passi attutito dallo spesso strato di segatura che copriva il pavimento. — Questo posto è più pulito di una sala operatoria d'ospedale.

— È vero, purtroppo. — La seguì. — Anche la segatura è fresca. Mantenere in ordine tutto questo deve aver portato via parecchio tempo a Stretton. Il vino era un hobby anche per mio padre. Ecco perché la cantina è così grande. Mi portava spesso giù con lui e mi spiegava come sistemare i vini. — David aveva amato quei momenti con suo padre, ma rabbrividì quando affiorò un pensiero meno gradevole.

Notandolo, Jocelyn chiese: — Avete freddo?

— Stavo solo pensando a quando Wilfred mi rinchiudeva qui. Non mi trovavano finché il maggiordomo non scendeva a scegliere i vini per il pranzo il giorno dopo.

Sbigottita, Jocelyn esclamò: — Che cosa deplorevole! Quanti anni avevate?

— Otto o nove. Non era comunque così orribile. Veniva rinchiuso qui anche uno dei gatti di cucina. Mi teneva compagnia. — Gli impediva di impazzire al buio, raggomitolandosi sul suo grembo e facendo le fusa. Gli piacevano i gatti fin da allora, e si era assicurato che nessuno dei suoi fratelli maggiori lo sapesse, per paura di quello che avrebbero potuto fare alle povere bestiole.

Jocelyn strinse gli occhi. — Sono davvero molto dispiaciuta per non essere stata io a sparare a Wilfred. Sarebbe stato un piacere.

— Meglio che il peccato sia ricaduto sulle spalle di Timothy. — Riprese il suo esame. — C'è anche una buona provvista di sidro a Westholme. Sono lieto di vedere che almeno una tradizione è stata mantenuta.

— Avete un torchio per il sidro nella proprietà?

— Sì. L'Herefordshire è famosa per il suo sidro. Westholme ha acri di terreno coltivati a meli. — Accarezzò una botte. — Queste botti sono destinate alla famiglia. La servitù può scegliere tra il sidro o un po' di birra per i propri pasti, e quand'ero ragazzo, sceglievo quasi sempre il sidro. Volete assaggiarne un po'?

Gli porse il bicchiere. — Volentieri.

Lui stappò una bottiglia e Jocelyn attese che versasse un po' di biondo sidro in ciascun bicchiere. Il forte profumo di mela evocò immediatamente la sua infanzia, riportandolo alle luminose giornate d'autunno quando il primo sidro veniva pressato. L'occasione era sempre stata motivo di festa, con danze e banchetti nel frutteto. Prese mentalmente nota di ripristinare l'usanza.

Dopo un assaggio, Jocelyn finì il resto d'un colpo. — Buono. Non troppo dolce, ma sufficientemente alcolico da renderlo interessante. — Il suo sguardo spaziò attraverso la cantina. — Non dovrete mai più comprare vino anche se vivrete cent'anni.

— Questi vini devono valere una fortuna. Venderli potrebbe servire a risollevare le sorti della proprietà.

— Purché non li vendiate tutti — disse Jocelyn, colta alla sprovvista. — Mio padre ripeteva sempre che il buon vino era l'espressione della tavola di un gentiluomo.

— Ne conserverò a sufficienza da mantenere alta la mia reputazione. A proposito, dov'è lo champagne? O pensate che fosse una bevanda troppo frivola per Wilfred?

— Forse in una rastrelliera a muro.

Naturalmente, un'intera rastrelliera era dedicata allo champagne. Osservò le marche, e i tremolanti riflessi delle fiammelle delle candele che scivolavano sulle file di bottiglie di vetro. — Se almeno conoscessi l'annata migliore. Non credo comunque che Wilfred conservasse qualcosa che non fosse di prima qualità. Milady, a voi la scelta.

Lei ci pensò su per un istante, poi indicò una bottiglia con un colpetto. — Questa.

David posò il candelabro sopra un vicino tavolo da lavoro, e aprì lo champagne. Nonostante la cura, il vino spumeggiò fuori dalla bottiglia mentre saltava il tappo.

Ridendo, Jocelyn allungò le coppe. — Sono sicura che un intenditore resterebbe inorridito a vederci bere champagne da bicchieri appena usati per il sidro, ma non lo dirò a nessuno se voi non lo farete.

— D'accordo. — Dopo aver versato lo champagne, lui

alzò il bicchiere per un brindisi. — Buon compleanno, mia cara. E che il futuro vi riservi tanta gioia.

— Ahhh... — fece Jocelyn compiaciuta dopo aver bevuto. — Il sidro era buono, ma preferisco lo champagne.

— Ce n'è abbastanza perché possiate farci il bagno.

— Che peccato sarebbe! — Tese il bicchiere per averne dell'altro. Nella luce fioca, i suoi capelli apparivano scuri, fuorché nei punti dov'erano illuminati dalla fiamma della candela. Sebbene l'aria fosse fresca, non aveva la pelle d'oca sul *décolleté*. Quanto a lui, non provava affatto freddo. Il contrario, se mai.

— Qualche volta la sera tardi alla mensa ufficiali, quando gli uomini sono un po' alticci, incrociano le braccia che reggono il bicchiere per fare un brindisi. —Sorrise. — Forse è per evitare di cadere. Fa parte del rituale svuotare il bicchiere con un unico sorso.

— Sembra interessante. — Jocelyn alzò il braccio destro e lo passò intorno a quello di David. La differenza di statura la fece scoppiare a ridere quando le loro braccia si intrecciarono. — Siete troppo alto, signore.

— Tra un uomo e una donna, piacevoli accorgimenti sono sempre possibili. — Si chinò leggermente per ridurre la differenza d'altezza.

Incontrando il suo sguardo, disse: — A voi, milady.

La sua risata si spense, e i suoi occhi lo osservarono, immensi e vulnerabili, mentre entrambi svuotavano i bicchieri. Erano così vicini che le pieghe dell'abito di mussola di Jocelyn gli sfioravano le cosce.

Con polso affrettato, David prese il bicchiere di lei e lo posò col proprio sul tavolo accanto al candelabro. Poi, ancor più delicatamente, le prese il viso tra le mani e la baciò con ardore. Lei ansimò e mosse due passi indietro finché non finì con la schiena contro il muro, ma le sue morbide labbra erano arrendevoli, e le mani si aprivano e si chiudevano irrequiete sulle sue braccia.

Le loro lingue si toccarono, e il sangue cominciò a pulsargli forte nelle vene. — Sai di pesca e champagne — mormorò David, infilandole le dita tra i capelli e togliendo le forcine che li trattenevano. Una dopo l'altra, finirono a terra mentre una cascata di luminosi capelli le ricadeva sulle spalle. Lui affondò il viso nella massa serica, inebriato dal profumo di gelsomino.

— Questo... questo non è giusto — sussurrò Jocelyn anche mentre arcuava la gola perché potesse sfiorarle la pelle chiara e sensibile con le labbra.

— Siamo marito e moglie, Jocelyn. — Seguì la curva del suo orecchio con la lingua. — Come può essere sbagliato? Ti ripugno?

— No. Oh, no. — Trasse un tremulo sospiro. — Ma... c'è qualcun altro. Te l'ho detto fin dalla prima volta che ci siamo incontrati.

Lui trasferì la sua attenzione sull'altro orecchio, e sentì i suoi seni premere contro il suo petto mentre inspirava. — Questo qualcun altro, come posso chiamarlo, per praticità?

I suoi occhi si chiusero. — Chiamalo... il duca.

Lui represse un sospiro. — Sei veramente innamorata di questo duca? — Le fece scivolare le mani lungo i fianchi mentre cercava di accarezzarla.

— Lo sono un po' — rispose con voce strozzata. — È... è abbastanza.

Interessante che volesse essere solo un po' innamorata. — Una volta dicesti che gli piacevano le donne di mondo. Se vi metterete insieme, resterà deluso, si arrabbierà perfino scoprendo che sei meno mondana di quel che pensava?

— Credevo che agli uomini piacesse l'innocenza — osservò incerta.

— Dipende dall'uomo, e dalle circostanze. — Serrò i suoi seni tra le mani, strofinandole i capezzoli con le dita finché non si indurirono sotto il tessuto. — Sei una donna passionale, Jocelyn. Dovresti imparare cosa significa.

Lei si irrigidì. — Non sarò passionale! Mia madre lo era, e ci ha rovinati.

Il dolore nella sua voce gli straziò il cuore. Teneramente, le accarezzò i capelli e le sfiorò le labbra con delicatezza fino ad annullare ogni rigidità. — Ti assicuro — sussurrò — che se permetterai a un uomo esperto di iniziarti alla passione quando tu lo desideri più di quanto lui stesso desideri te, ebbene s'impadronirà della tua anima, ma tu non avrai mai la sua. È questo che vuoi?

— No. Mai — rispose, il polso che accelerava sotto le sue labbra.

David sciolse i lacci che le tenevano annodato l'abito sulla schiena. — Allora devi permettermi di insegnarti qualcosa sulla passione prima, perché tu possa essere più forte. Più sicura.

Emise un suono a mezzo tra il riso e le lacrime. — Sei privo di scrupoli!

— Naturalmente. — Slacciato l'abito, glielo fece scivolare dalle spalle, svelando la camiciola bordata di pizzo. Poiché il solo pensiero dell'amore la spaventava, lui mormorò: — Sono un uomo e ti desidero, è naturale che sia privo di scrupoli. Ti voglio, e tu hai bisogno che qualcuno ti educhi ai piaceri del sesso. Possiamo trovare un accordo.

Il suo corsetto ci impiegò solo un momento in più a slacciarsi. David deglutì mentre le scivolava dal torso, permettendo ai suoi seni di assumere le loro naturali curve provocanti. Tirandole giù la camiciola, le prese in bocca un seno, sfiorandole il capezzolo con la lingua.

— Stai... stai cercando di confondermi — disse lei, tentando di assumere un tono accusatore invece di apparire estasiata.

— Sì — rispose lui semplicemente, il calore del suo respiro che fluiva attraverso il solco formato dai suoi seni. — Voglio che non pensi ad altro che a questo momento, e a noi.

Le titillò l'altro capezzolo mentre con una mano le alzava la gonna, le dita che le sfioravano il ginocchio. Poi le infilò la mano tra le cosce, muovendola delicatamente avanti e indietro contro i suoi recessi più intimi.

Jocelyn aveva provato disgusto e umiliazione quando la levatrice l'aveva visitata, ma il suo tocco era diverso, così diverso da eliminare il ricordo precedente e farle provare un'ondata di desiderio. Si contorse, incerta se stesse cercando di fuggire o rispondere alle sue carezze.

Aveva ragione dicendo che doveva acquisire maggior esperienza per poter sperare di conquistare l'interesse di Candover? Se l'abilità del duca l'avesse resa schiava più di quanto la stava già rendendo schiava David, sarebbe stata dannata per sempre. Non riusciva a pensare, non riusciva *a pensare*. — Questo è uno sbaglio — disse, una nota disperata nella voce. — Un terribile sbaglio.

Lui si immobilizzò, lo sguardo indagatore. — Lo pensi davvero?

— Sì — sussurrò Jocelyn, le lacrime che le affioravano agli occhi mentre nelle vene le pulsavano ardore, desiderio e paura.

— Mi dispiace, Jocelyn. — Raddrizzandosi, David la prese tra le braccia, una grande mano che le accarezzava la pelle nuda della schiena. — Non farò mai niente che tu non desideri.

Il suo corpo era una calda, forte barriera contro il mondo. Gli nascose il viso nella spalla, lo scuro tessuto fresco contro la sua faccia in fiamme. Avrebbe voluto morderlo e non era sicura se la causa fosse rabbia, o bisogno di sentirne il sapore come lui aveva sentito il suo. Assorbirlo finché non fossero stati una carne sola.

Chiuse gli occhi, lottando per rimanere padrona di sé. — Non... non mi è dispiaciuto quello che hai fatto — disse esitante — ma non so se soccombere ai tuoi argomenti sarebbe saggio, o folle.

Le dita di David le accarezzarono lievemente la nuca, facendola rabbrividire. — Neanch'io sono sicuro — rispose serio. — Forse sarebbe meglio considerare quello che ho detto dopo, a sangue freddo. Non posso pensare con chiarezza mentre ti stringo tra le braccia.

Lei soffocò una risata, pensando che dopo quella sera, era impossibile perfino immaginare di avere di nuovo sangue freddo.

David giacque sveglio a lungo quella notte. Guidando una pattuglia in territorio nemico, aveva perfezionato l'arte di schiarirsi la mente affinché frammenti d'informazione potessero combinarsi con l'intuizione così da permettere ai suoi uomini di guadagnare la salvezza.

Adesso cercava di fare lo stesso con Jocelyn. Aveva sempre avuto la sensazione di non aver afferrato l'elemento elusivo che c'era in lei. Stasera, aveva trovato alcuni pezzi mancanti del puzzle. Temeva la passione, temeva l'amore, e la madre che dichiarava di ricordare a stento era parte di tutto ciò. Per lo più i divorzi venivano accordati perché era la donna a commettere adulterio, e questo era probabilmente il caso dei genitori di Jocelyn.

Ma nonostante le sue paure, Jocelyn era affamata di affetto e di amore. Il suo corpo rispondeva anche quando la sua mente si ritraeva. Doveva cercare di conquistarla con la passione e l'amicizia, senza mai usare la pericolosa parola amore. Uno strano modo di corteggiare sua moglie, ma avrebbe fatto qualunque cosa potesse avvicinarli a sufficienza da creare un legame duraturo.

Sospirò e chiuse gli occhi, stanco della lunga giornata piena di eventi. Mentre si girava e abbracciava il cuscino, un ben misero sostituto di sua moglie, si augurò che le sue ipotesi fossero esatte circa il mistero che avvolgeva lady Jocelyn.

26

L'eccitazione difficilmente permette di trascorrere una buona notte di sonno. Jocelyn continuò a girarsi e a rigirarsi, inebriata dal suo incontro con David, ma avvilita al tempo stesso per aver gioito dei suoi baci e delle sue carezze. Si era sempre considerata una donna risoluta. Aveva trascorso anni nella ponderata ricerca di un uomo che fosse adatto a dividere la vita con lei. E avendolo trovato, si lasciava irretire da un altro uomo.

In effetti, David era un eccellente esemplare di maschio: gentile, divertente, e socievole, oltre che bello. Ma questo non giustificava che fosse fisicamente attratta da un uomo e mentalmente da un altro.

Paradossalmente, quando si alzò dal letto, si rese conto che David aveva ragione dicendo che doveva imparare a conoscere la passione, anche se il suo consiglio era stato palesemente interessato. Se doveva controllare il suo corpo, doveva prima capirlo.

Inoltre, avendo bevuto un sorso dalla coppa della passione, si rendeva meglio conto di com'era improbabile che i suoi modi impacciati affascinassero Candover. Era la sua condizione di donna sposata che l'avrebbe resa interessante ai suoi occhi, così avrebbe fatto meglio a imparare a baciare.

Benché la sua audacia la facesse vergognare, fu costretta ad ammettere che prendere alcune modeste lezioni d'amore da David sarebbe stato un grande piacere.

Marie arrivò con un vassoio con sopra una teiera. Jocelyn prese mentalmente nota di ordinare cioccolata, perché questa era la cosa che preferiva al mattino. Mentre mescolava il latte nel tè, chiese: — Com'è la tua stanza in soffitta?

Non era una buona domanda. Marie rispose con espressione di grande sofferenza: — Niente a che vedere con Cromarty House.

— Immagino di no. — Jocelyn sorseggiò il tè. — Rallegrati. Fra una settimana il tuo gallese sarà qui a dividere il tuo esilio.

— Ah! Dov'era quando ne avevo più bisogno, quando sono stata aggredita da quei perfidi banditi? — esclamò indignata la cameriera.

— Lord Presteyne è stato in grado di proteggerci entrambe — asserì Jocelyn.

Marie tirò su col naso. — Sarebbe stato molto più romantico essere salvata dal mio uomo che dal vostro.

Jocelyn si soffocò col tè. — Non è *il mio uomo*.

— È vostro marito, no? E se rinuncerete a lui, commetterete una grossa stupidaggine.

— Basta così, *mademoiselle*! — Jocelyn fece tintinnare la tazza contro il piattino, la voce gelida.

Per nulla intimidita, Marie chiese: — Che abito volete indossare stamattina, milady?

— Quello di mussola blu scuro. — Jocelyn si aspettava di andare in luoghi polverosi, così era meglio che indossasse qualcosa che non mostrava lo sporco. E l'abito da mattina era severo e a collo alto, il che si adattava al suo umore.

Dopo essersi vestita scese, sgomenta, perché non sapeva ancora come affrontare David dopo le effusioni della notte precedente. Scorgendo Stretton, chiese cauta: — C'è lord Presteyne?

— Sua signoria è uscito presto, milady. Gradite la colazione?

Rilassandosi, Jocelyn ordinò uova *à la coque* e pane tostato, poi sedette nella saletta del *breakfast* per preparare una lista di domande per Stretton. Il maggiordomo sarebbe stato un valido alleato, aveva bisogno di una guida riguardo alle esigenze di David, almeno inizialmente.

Aveva finito la colazione e stava uscendo dalla sala quando David entrò in casa. Indossando stivali da cavallerizzo e calzoni di pelle scamosciata, era una vista che avrebbe rallegrato il mattino di qualsiasi donna, a meno che la donna non si sentisse imbarazzata e colpevole.

Prima che Jocelyn riuscisse convenientemente ad arrossire, lui le alzò il mento e la baciò, la bocca calda e ferma. Per un istante si raggelò, scioccata. Ma non era un bacio per sedurre, dominare o possedere. Era piuttosto un'espressione amichevole di affetto che la fece sentire molto, molto bene.

Quando indietreggiò, il suo imbarazzo per la sera prima era svanito. Un po' ansimante, disse: — Buongiorno. Dovete esservi alzato presto.

— Mi sono recato dal fattore per discutere su ciò che bisognerebbe fare. Vorrei scegliere un cavallo per fare un giro della proprietà. — Prendendola per il braccio, la guidò verso la porta. — Venite, visitiamo le scuderie insieme. Come intenditrice di cavalli, dovreste essere curiosa come lo sono io.

Quando le raggiunsero stavano ancora chiacchierando affabilmente. Tuttavia, entrando nell'edificio, si zittirono entrambi. Come la cantina, anche le scuderie erano tenute in modo impeccabile.

Fermandosi davanti al box di una bella giumenta grigia, Jocelyn osservò: — Questa basta quasi a far perdonare a Wilfred i suoi peccati.

— Mio fratello aveva occhio per i cavalli. — David osservò mestamente la lunga fila di box. — Peccato che non abbia ritenuto vantaggioso investire il denaro per migliorare l'allevamento o far fruttare la terra.

Apparentemente la sua visita al fattore era stata educativa. Jocelyn accarezzò il naso vellutato della giumenta. — Voi farete entrambe le cose, non è vero? Coltiverete e alleverete bei cavalli.

— Col tempo, spero. — Sospirò. — Ma non subito.

"Con il mio patrimonio, potrebbe fare tutto adesso, senza dover vendere vino e cavalli" pensò Jocelyn mentre faceva con la lingua degli strani schiocchi alla giumenta. Avrebbero potuto formare una fantastica coppia; solo che lei non lo voleva come compagno, né lui voleva lei.

— Siete il mio nuovo signore? — chiese educatamente una voce. — Sono Parker, lo stalliere.

Lei e David si girarono verso il nuovo venuto. Parker appariva nervoso, sebbene alle domande gentili di David si fosse rilassato quasi subito. Jocelyn pensò che il defunto barone dovesse essere stato un tipo instabile, e che la servitù aveva imparato a muoversi con cautela intorno a lui.

David chiese a Parker di sellargli un alto baio scuro. Mentre lo stalliere obbediva, chiese a Jocelyn: — Vi andrebbe di fare una passeggiata con me? Possono sellare la giumenta grigia mentre voi vi andate a cambiare.

Lei esitò, tentata, prima di scuotere la testa. — Forse è meglio che la prima volta vediate Westholme da solo.

— Direi che avete ragione.

— Col vostro permesso, andrò a conferire con Stretton per decidere quello che va fatto in questa casa.

Le rivolse un sorriso che le riscaldava sempre il cuore. — Ve ne sono molto grato. Sono in grado di comandare un battaglione, ma quanto a dirigere una casa ne so ancor meno che sull'agricoltura.

Lieta di potersi rendere utile, Jocelyn disse: — Vado ora.

Lui le si accostò. — Parker avrà bisogno di aiuto in scuderia. Sareste disposta a cedermi Rhys Morgan, se è d'accordo?

— Una buona idea. Si è reso utile, ma non c'è abbastanza lavoro per lui e il mio stalliere a Londra. Immagino che sarà contento di trovare un posto così vicino a casa sua.

Il baio sellato stava aspettando David all'esterno, così lui montò e le diede appuntamento per cena. Jocelyn lo osservò allontanarsi, per nulla sorpresa che fosse un eccellente cavaliere. Faceva tutto bene, e in modo naturale. Si chiese come se la sarebbe cavata nel bel mondo, dove la finzione era spesso uno stile di vita. Se non sposava la sua Jeanette, non ci sarebbe comunque stata carenza di giovani donne ansiose di diventare lady Presteyne.

Su quel pensiero abbastanza deprimente, ritornò a casa.

David baciò di nuovo Jocelyn quando si incontrarono a cena. Questa volta, invece di rimanerne sorpresa, ricambiò il bacio. Stava facendo progressi, pensò lui. Sorridendo, l'accompagnò in sala da pranzo. — Avete avuto una giornata proficua?

— La casa ha estremo bisogno di cera d'api e olio di gomito, ma l'edificio è solido, a parte qualche piccolo danno creato dall'acqua in soffitta. Ho trovato dei bei mobili lassù, così gran parte delle stanze principali potranno essere riarredate quasi senza spese. Domani verranno qui ad aiutare una decina di donne del villaggio. — Sorrise mentre spiegava il tovagliolo. — Stanno tutte morendo dalla voglia di visitare la grande casa e darvi una sbirciatina, se saranno fortunate.

— Saranno più contente di vedere una bella signora di Londra, immagino. Che cosa pensate della casa?

Si chinò in avanti, gli occhi scintillanti. — È davvero

211

molto bella. Le stanze sono ben disposte, e dalle grandi finestre nelle sezioni più nuove si gode una splendida vista. C'è anche molta luce. Potremmo... — Esitò. — Potreste trasformarlo in un gran bel posto.

— Sarebbe una vera fortuna se riusciste a riarredarla con i mobili già esistenti. Temo che per il momento non ci saranno molti soldi da spendere in arredi.

Lei assaggiò un cucchiaio di zuppa. — Che cosa avete scoperto nel vostro sopralluogo della proprietà?

— Rowley e il fattore non avevano esagerato su quello che va immediatamente affrontato. — Fece una smorfia. — Ho anche scoperto come fanno male i muscoli dopo un paio di mesi che non montavo.

Lei ridacchiò ma non fece commenti.

— Apprezzerei una vostra opinione sullo stato della tenuta. Quando vi sarebbe comodo fare un giro con me?

Lei rifletté. — Domani dovrò probabilmente restare a casa, dato che hanno inizio le pulizie. Che ne dite di dopodomani?

Lui annuì, un po' deluso. Non vedeva l'ora di mostrarle Westholme. Sicuramente il suo amore per quel luogo l'avrebbe contagiata. La casa le piaceva già, come l'essere baciata. Se si fosse innamorata della tenuta, forse avrebbe finito con l'innamorarsi anche di lui.

27

Trovare la casa era stata pura fortuna. Sally alzò lo sguardo mentre stava preparando la lista delle cose urgenti, per guardare felice il salone vuoto. Quando aveva incontrato il legale della famiglia Lancaster, aveva accennato al suo prossimo matrimonio. Rowley sapeva di una casa libera a un solo isolato dall'ambulatorio di Ian, così Sally vi aveva condotto il fidanzato a dare un'occhiata.

Si erano innamorati subito della casa e avevano firmato il contratto d'affitto. La posizione era perfetta: comoda per il lavoro di Ian, ma al tempo stesso separata, e molto più spaziosa delle stanzette sopra l'ambulatorio. A

Sally piaceva stare nello stesso quartiere per poter continuare a vedere i Launceston, come amica adesso invece
che come dipendente. Sebbene ci fosse una nuova governante, i Launceston avevano generosamente concesso a
Sally di restare a casa loro fino al matrimonio. Trascorreva le giornate facendo piani per la nuova casa e aiutando Ian.

Alzandosi in piedi, attraversò la stanza, ammirandone
le modanature, e i riflessi della luce del sole sul lucido pavimento di quercia. Niente di così grandioso come Cromarty House, ma che andava benissimo per Sally. C'era
abbastanza spazio per viverci piacevolmente, e un giorno, Dio volendo, per dei figli. Si immaginava a trascorrere il resto della vita in questa casa, ringraziando il cielo
per la sua fortuna.

In uno slancio di contentezza che non aveva più provato dai giorni della sua infanzia a Westholme, allungò le
braccia e roteò sul pavimento come se avesse di nuovo
sei anni. Il suono di una risata l'arrestò di colpo mentre si
avvicinava all'estremità opposta del salotto.

Con le guance in fiamme, guardò verso la porta d'ingresso e vide che Ian era appena entrato, usando l'altra
chiave. — Avevo sperato di trovarti qui. — Lasciando cadere negligentemente il cappello sul pavimento, le si avvicinò con occhi splendenti. — Vedo che ti stai divertendo, ragazza.

Lei volò tra le sue braccia. — Eccome. Oh, Ian, stento
a credere che questo sia reale. Che *tu* sia reale.

Ian posò le labbra sulle sue in un bacio che era molto
reale, poi indietreggiò e osservò la faccia sporca di Sally.
— Sei stata in soffitta, vedo, e ti sei coperta di polvere.

— Non sarò mai elegante come Jocelyn, temo.

— Se avessi la mania dell'eleganza, non saresti un tipo
adatto a me. — Passandole un braccio attorno alle spalle,
entrò con lei in sala da pranzo. — Hai finito con la tua lista delle cose da fare?

— Sì. La casa è in buone condizioni. Ha bisogno di essere pulita, e magari ridipinta, ma potremmo venirci ad
abitare anche domani se volessimo.

— In realtà — disse lui esitante — avevo in mente di sposarmi domani.

Lei si girò a guardarlo, sorpresa. — Domani? Non in ottobre?

— Ho ricevuto una lettera da mia madre oggi. Mio fratello Diarmid si sposa fra quindici giorni, e ci saranno anche un paio di battesimi in famiglia. — Le prese le mani. — La fine dell'estate è il periodo più tranquillo per il mio lavoro, così ho pensato che sarebbe stato un momento perfetto per condurti in Scozia a conoscere la mia famiglia. Mi piacerebbe pavoneggiarmi un po'. E poi, non torno a casa da molti anni.

Dunque la Scozia era ancora la sua casa, nonostante tutti i luoghi lontani che aveva visitato. — Naturalmente se dobbiamo viaggiare insieme, dobbiamo essere sposati.

— Sì. — Un lento sorriso apparve sulla sua faccia. — E ho scoperto che non so aspettare.

Lei si sciolse quasi al calore dei suoi occhi. Col cuore traboccante d'amore, infilò le dita nei suoi folti capelli bianchi. — Allora sposiamoci domani, caro.

Due giorni di fatiche domestiche suscitarono in Jocelyn il desiderio di un diversivo. Vestita con il suo preferito abito blu da amazzone, scese dallo scalone di Westholme.

David stava leggendo una lettera, ma alzò lo sguardo quando la vide. — Buongiorno, Jocelyn. Siete particolarmente elegante. Mi ricorda la divisa del Decimo Reale Ussari.

— Ma certo. — Alzò il viso per ricevere il suo bacio. Poi disse ansimante: — Tutta quella passamaneria d'oro era irresistibile.

David sorrise. — Sarebbe lesa maestà sostenere che l'uniforme sta meglio a voi che addosso al principe reggente?

— Non lesa maestà, milord, tradimento! Ma non vi denuncerò — asserì, magnanima.

Lui alzò la lettera che stava leggendo quando lo raggiunse. — È appena arrivata da Londra. Sally e Ian si sono sposati mentre stavano andando in Scozia.

— Davvero? Come mai hanno deciso di non aspettare l'autunno?

— Secondo mia sorella — David consultò la pagina — "Mi dispiace della vostra assenza al matrimonio, ma questo è un buon periodo per visitare la Scozia, e naturalmente non resisto al pensiero di avere Ian tutto per me un intero mese. Forse potremmo passare da Westholme di ritorno dal viaggio."

— Splendido! Stanno dunque facendo un vero viaggio di nozze. Sono sicura che Sally era una bellissima sposa.

David guardò di nuovo la lettera. "Di' a Jocelyn che ho indossato il suo abito di seta verde con il decolleté per il mio matrimonio, e Ian era così distratto che ho dovuto ricordargli di dire 'Sì'. Ero immensamente soddisfatta di me stessa."

Jocelyn rise. — E dovrebbe. Grazie a Sally, Ian Kinlock sarà un uomo più felice, e probabilmente anche un medico migliore.

Raccogliendo le gonne, scivolò fuori dalla porta che David le teneva aperta, con un vago senso di invidia. Che bello doveva essere sentirsi sicuri dei propri sentimenti come Sally e Ian. La sera in cui avevano annunciato il loro fidanzamento, era stato evidente che erano fatti l'uno per l'altra. Jocelyn non era mai stata così sicura di nessuno, nè di nessuna cosa.

Bruscamente si impose di non abbattersi. Era una perfetta giornata estiva, e aveva un bel cavallo da montare, una bella tenuta da vedere, e il migliore dei compagni.

Sebbene Westholme fosse stata trascurata, la terra era buona, ricca di messi e bestiame. Mentre lo stavano esaminando, osservò: — La qualità del bestiame va migliorata. Ci vorrebbe un buon toro.

Non un muscolo si mosse sulla faccia di David, ma la mente di Jocelyn corse al compito che un buon toro avrebbe dovuto svolgere. Arrossendo leggermente, si schermò gli occhi con una mano e guardò in lontananza. — Vedo un campanile. Siete già stato al villaggio?

— No, ma questa sarebbe una buona occasione per andarci.

Dieci minuti di cavalcata li portarono al villaggio di Westholme. Costruito in pietra locale, era grazioso, anche se un occhio esperto avrebbe notato i segni di una scarsa manutenzione. Sottovoce, Jocelyn osservò: — Alcuni di questi tetti sono in pessime condizioni. Spero che siano sulla lista delle prime cose da riparare.

Lui annuì. — In Spagna ho dormito in un bel po' di capanne con infiltrazioni d'acqua. Non è qualcosa che voglio che sperimentino altri.

La loro conversazione si concluse quando tutti gli abitanti, dai bambini agli anziani, corsero fuori dalle case per vedere il loro nuovo signore.

Mentre stavano salutando, una bambina corse loro incontro e depose un mazzo di rose nelle mani di Jocelyn. — Per voi, milady.

— Grazie — disse Jocelyn, commossa dal gesto. Quella gente desiderava ardentemente credere nel nuovo lord Presteyne. Aveva già mezzo conquistato i loro cuori. Per Natale gli sarebbero stati fedeli fino alla morte, come lui sarebbe stato fedele a loro.

Un po' rattristata, Jocelyn odorò le rose, profumatissime a fine estate. Che cosa avrebbero pensato gli abitanti del villaggio quando se ne sarebbe andata per non ritornare? David li avrebbe informati che il matrimonio era finito? Sarebbe stato certamente più facile fargli credere che era morta. O ritornare semplicemente un giorno con una nuova moglie, senza offrire spiegazioni.

Dato che stavano passando davanti alla chiesa, situata appena fuori dal villaggio, Jocelyn propose: — Che ne dite di fermarci?

— Una buona idea. — Smontò e l'aiutò a fare altrettanto.

Lei raccolse le gonne ed entrò in chiesa. Era molto antica, con un campanile quadrato che risaliva ai tempi dei Normanni. Si avviò lungo la navata centrale, lieta che il vicario non ci fosse. La sua assenza le permetteva di godere della morbida luce e del lieve profumo di incenso senza dover conversare.

La cosa che colpiva di più era una grande finestra istoriata sopra l'altare. Invece di soggetti religiosi rappresentava un sole nascente che illuminava coi suoi raggi alberi e fiori, e una bianca colomba in volo simboleggiante lo Spirito Santo.

Notando la direzione del suo sguardo, David osservò:
— La vecchia finestra era molto danneggiata, così mio padre la sostituì con questa. Chiese a mia madre di dipingerla come un tributo al loro reciproco amore per la natura. Ci sono le sue iniziali in fondo.

— Che fantastico pensiero — commentò lei, spingendo una porta laterale ed entrando nel cimitero ombreggiato dagli alberi. — Immagino che i vostri genitori siano sepolti qui? — chiese.

— Mio fratello non ha permesso la sepoltura di mia madre qui, anche se mio padre l'aveva desiderato — rispose mestamente David. — Agli occhi di Wilfred, sua madre era la vera moglie.

— Può aver tenuto lontano il corpo di vostra madre da questo camposanto, ma non può aver tenuto lontano il suo spirito da vostro padre. — Pensò alla radiosità della finestra istoriata. — Sono sicura che sono insieme adesso.

Gli occhi di David si addolcirono. — Vorrei che aveste ragione.

In fondo al cimitero c'era un grande monumento con scolpito il nome Lancaster. Jocelyn si avvicinò, poi si fermò nel vedere due nuove tombe sulla destra. Pietre incise di recente rivelavano il luogo di sepoltura di Wilfred Lancaster, sesto barone Presteyne, e del nobiluomo Timothy Lancaster. Accanto a Wilfred c'era una tomba ormai coperta da un tappeto erboso. Il nobiluomo Roger Lancaster.

Mestamente, Jocelyn contemplò il luogo di sepoltura dei tre fratelli. Una volta erano stati bambini, simboli di speranza. Qualcuno doveva averli amati. Stringeva ancora in mano il mazzo di fiori, e d'impulso posò una singola rosa su ciascuna tomba. Quand'ebbe deposto l'ultima, sentì David raggiungerla.

Le mise una mano sulla spalla. — Avete un animo generoso.

— È facile per me essere generosa. Non sono io a essere stata tormentata — rispose. — Se ne sono andati, e voi siete ancora vivo. Il tempo della collera è passato.

La sua mano si serrò. — Siete saggia. Cercherò di fare come mi suggerite.

Brevemente, lei posò la sua mano su quella di lui. Era sempre più facile offrire saggezza che farne uso. Se solo fosse riuscita a dimenticare il suo passato. — Dov'è sepolto vostro padre?

— Laggiù.

La guidò verso l'altro lato del monumento e fissò la lapide con espressione pensosa. — Sono passato di qui una volta, mentre stavo per raggiungere il mio reggimento. È stata l'unica visita dal giorno della sua sepoltura.

Silenziosamente Jocelyn gli porse il resto del bouquet. Lui sfilò un bocciolo di rosa giallo oro prima di posare il resto sulla tomba di suo padre. Poi si girò e infilò il bocciolo nel bavero di Jocelyn, il palmo che le sfiorava leggermente il seno mentre infilava il fiore nell'occhiello. Quel piccolo gesto intimo non voluto fu stranamente provocante.

— Avete portato un cesto da picnic — asserì. — Che ne direste di sederci nel frutteto?

Con un sorriso, lei gli prese il braccio e ritornarono verso i cavalli.

Il frutteto copriva diverse ondulate colline, e David la trascinò fino in cima alla più alta, con un'ampia vista sul Wye e sui campi di Westholme. Voleva inebriare i sensi di Jocelyn con la bellezza dei luoghi perché non desiderasse andarsene mai più.

L'aiutò a smontare, gioendo del peso delle mani sulle sue spalle, del contatto delle pesanti gonne contro le sue gambe.

Allontanandosi, colse una mela dall'albero più vicino.

— Questo frutteto deve essere spettacolare in primavera, quando gli alberi sono in fiore.

— Lo è. Mi piaceva sdraiarmi qui ad ascoltare il ronzio delle api. Il profumo è inebriante. — Prese una coperta dalla bisaccia e la stese sull'erba. — Gli alberi non sono stati potati e curati come avrebbero dovuto, ma molti sono ancora sani e producono ottime mele. In un anno o due dovrebbero dare un raccolto abbondante come ai tempi di mio padre.

Dopo aver dato la mela alla giumenta grigia, Jocelyn guardò verso la casa, il cui tetto era visibile in lontananza. — Nella pace della campagna, è difficile credere all'esistenza della frenetica attività di Londra.

— Londra ha indubbiamente il suo fascino, ma sarei felice di trascorrere buona parte del mio tempo qui. — Prese dalla bisaccia alcuni involti di cibo e un bricco di sidro. — Ogni cibo e bevanda del nostro picnic è stato prodotto in questa tenuta.

Dopo la cavalcata mattutina, avevano entrambi un buon appetito. David apprezzava che lei non sbocconcellasse il cibo come un nervoso uccellino.

— Assolutamente perfetto — sospirò dopo aver finito il pasto. — Cavalcare sulla propria terra, mangiare frutti dei propri campi, niente potrebbe essere più soddisfacente. Mio padre diceva sempre che noi inglesi siamo forti perché nel cuore siamo contadini, non come gli aristocratici francesi che vivevano a corte rinnegando le proprie radici.

— Non limitatevi all'Inghilterra. Dite piuttosto che questa è la forza dei britannici — suggerì mentre finiva l'ultimo pezzetto di formaggio.

— Scusate. Con la mia arroganza di inglese, non tengo troppo spesso conto degli altri popoli della Gran Bretagna.

— Se foste cresciuta qui, non lo fareste — disse lui pigramente mentre si sdraiava sulla coperta. — Queste sono le Marche Gallesi, le zone di confine che i lord inglesi hanno conservato nonostante le irruzioni celtiche. In questo paese si è combattuto per secoli, e i ricordi sono infiniti.

— Da dove proveniva esattamente vostra madre?

— Caerphilly. Suo padre era un maestro di scuola. Lui e mio padre avevano la passione di classificare i fiori di campo e rimasero in corrispondenza per anni. Si conobbero quando mio padre era vicino a Caerphilly e voleva mostrare al suo corrispondente quel che riteneva fosse una nuova specie di orchidea selvatica.

Sorrise mentre ricordava la storia che sua madre aveva raccontato ai bambini molte volte. — Risultò che l'orchidea era già stata classificata, così mio padre conquistò mia madre, invece. Lui era di animo molto semplice, e la classe sociale non aveva il minimo peso sul suo cuore come nelle sue opinioni. Penso credesse che se lui amava mia madre, anche gli altri l'avrebbero amata.

— Davvero molto semplice — osservò Jocelyn.

— La sua prima moglie era la nipote di un duca, e aveva allevato i suoi figli pensando che il rango fosse tutto. Mia madre non ha mai avuto la possibilità di conquistarli.

Jocelyn bevve un sorso di sidro, poi gli porse la brocca. — Vi sentite più gallese o inglese?

Ci pensò, bevendo dalla brocca. — Esternamente, inglese, un prodotto dell'ambiente dove sono cresciuto e sono stato educato. Ma interiormente... — Ridacchiò. — I gesuiti dicono che se hanno un bambino fino ai sette anni, è loro per la vita. Diciamo che sotto la facciata di un ufficiale e un gentiluomo inglese batte il cuore di uno stravagante gallese.

Jocelyn distolse lo sguardo, il profilo immobile, e lui ricordò che non aveva avuto sua madre a sette anni. Quanti anni aveva quando la sua famiglia era finita in pezzi? Di certo era abbastanza grande da portarne i segni per sempre.

Mentre si stava chiedendo se dovesse interrogarla in merito, lei disse in un tono freddo e distaccato che non aveva più udito ultimamente: — Se siete più gallese che inglese, dovete amare le giunchiglie.

— Proprio così — rispose lui prontamente. — In primavera, Westholme è coperta da un manto di giunchíglie. Sally e io aiutavamo nostra madre a piantare i bulbi quand'eravamo bambini.

Jocelyn sorrise, di nuovo rilassata. — E adesso siete tornato a casa. A volte la vita offre inaspettate soluzioni felici.

Chiedendosi se il loro matrimonio sarebbe stata una di queste soluzioni, lui disse dolcemente: — Mi dispiace che non ci sia una conclusione felice per voi e Charlton.

Lei sollevò le ginocchia e vi strinse intorno le mani. — È consuetudine che le donne vengano private delle loro case e debbano crearne di nuove. Un giorno troverò un'altra casa.

Incapace di lasciarsi sfuggire l'opportunità, David si appoggiò a un gomito e la guardò intensamente. — Westholme potrebbe essere vostra.

Lei deglutì forte e distolse lo sguardo, mentre David sentì la presenza del maledetto duca tra di loro. Con voce rotta, Jocelyn sussurrò: — Il prezzo sarebbe troppo alto.

— Lo sarebbe? — C'era una nota di comando nella sua voce, e lei si girò riluttante a guardarlo. Le tese la mano. Incerta la prese, e lui si sdraiò di nuovo sulla coperta, attirandola sopra di sé. Prendendole la testa tra le mani, attirò la sua bocca sulla propria, mormorando: — Questo è un prezzo alto?

— Sapete che non lo è, sciagurato — sospirò Jocelyn, prima che le loro labbra si incontrassero.

Sapeva di sole e di sidro. I baci scambiati negli ultimi giorni l'avevano resa meno timida, e esplorò la sua bocca con un innocente entusiasmo: era deliziosamente eccitante. Mentre il bacio continuava, lui la sistemò in modo che i loro fianchi fossero premuti insieme, le gonne che gli ricadevano attorno. — Ahhh... — espirò. — Questo è un magnifico posto per voi.

Le rialzò la gonna a sufficienza da far scivolare la mano lungo la sua gamba e le morbide curve del corpo. Quando le sue dita si insinuarono all'interno della coscia, lei ruotò i fianchi contro i suoi. Lui gemette eccitato, e imprecando contro i maledetti strati di tessuto che c'erano tra loro.

Con il riso nella voce, Jocelyn disse: — Non credo che sareste in grado di convincere una corte a dichiararvi incapace di assolvere i vostri doveri coniugali.

— Una fortuna che abbiamo già esposto il nostro caso, e non ci siano giudici presenti. — Afferrandola per la vita, le rotolò sopra.

— Trattenervi non è difficile per voi? — chiese ansimante.

Era una domanda e un ammonimento insieme affinché non si spingesse troppo oltre. Nè lui lo fece, non ancora. — Preferisco soffrire un po' qui che essere calmo e sereno altrove.

Reclamò di nuovo la sua bocca, la mano che le accarezzava i seni finché non rimasero entrambi senza fiato. Volendo di più, sussurrò: — Devi avere caldo con quest'abito pesante.

Con una mano slacciò gli alamari dorati sul davanti della giacca. Sotto c'era una semplice camiciola bianca, con una profonda scollatura. La leccò come se fosse stata una torta glassata posatagli davanti per il suo piacere.

Lei gli accarezzò la nuca con i polpastrelli, le unghie che lo sfioravano qua e là eccitandolo. Poi lui abbassò la mano. La gonna le si era attorcigliata sopra le ginocchia, rendendo più facile accarezzarla. Jocelyn ansimò quando lui sfiorò la sua carne sensibile. Dopo il primo sconvolgente istante, le sue gambe si dischiusero, e cominciò a pulsare ritmicamente contro le sue dita.

Emise un suono indistinto estremamente erotico. Febbrilmente lui trovò i bottoni dei pantaloni, slacciandoli finché non fu colto da un momento di lucidità. Maledizione, si stava dimenticando di tutto fuorché del suo bisogno di affondare in lei.

Il buonsenso ebbe il sopravvento. Il corpo di Jocelyn poteva essere bramoso, ma la sua mente e il suo cuore non erano ancora stati conquistati.

Con un gemito, David si girò di schiena, il corpo che

vibrava talmente che riuscì ad ansimare a stento: — È ora di smettere, non riesco più a trattenermi.

— Stai cercando di farmi impazzire? — chiese lei con voce strozzata dalla frustrazione e dal riso.

— Sto facendo impazzire me stesso, senza più ritegno. — Girò la testa e si trovarono faccia a faccia. Mentre David si perdeva nelle profondità dei suoi occhi nocciola, fu pervaso da un'ondata di tenerezza. Ogni giorno erano un po' più intimi, il che significava che valeva la pena anche di impazzire.

28

Se l'intenzione di David era di privarla del ben dell'intelletto, ci stava riuscendo perfettamente, pensò Jocelyn irritata. I giorni successivi furono tranquilli all'apparenza, ma lui, e le estatiche sensazioni che aveva sperimentato, erano sempre nei suoi pensieri. La passione era qualcosa di così pericoloso che per la prima volta capì perché alcune donne avessero scelto di prendere il velo in secoli precedenti.

Ma lei non era tagliata per il convento, e poi, quello non era posto per una moderna donna inglese, specialmente una che voleva dei figli. Senza dubbio la sua reazione alle carezze di David aveva molto a che vedere col fatto che era tutto nuovo per lei. E naturalmente le piaceva moltissimo...

Ogni volta che i suoi pensieri raggiungevano quel punto, cominciava a sognare di giacere tra le sue braccia, poi si costringeva a ritornare alla realtà. Rimettere a nuovo la casa e assumere personale era un compito impegnativo.

Hugh Morgan arrivò due giorni prima del previsto. Dall'espressione soddisfatta di Marie, era chiaro che la sua presenza lì l'aveva persuaso ad accorciare la vacanza. Jocelyn lo mise immediatamente al lavoro.

Oltre a mobili e tendaggi, Jocelyn aveva scoperto in soffitta splendidi tappeti orientali che erano stati arrotolati e riposti per qualche incomprensibile ragione. Adattandoli ai mobili e ai tendaggi migliori riuscì a creare nei saloni principali un'atmosfera gradevole e vissuta. Per una trasformazione completa, sarebbero occorsi anni, ma molto era stato fatto in breve tempo, e il lavoro le piaceva immensamente.

Le sue uniche diversioni erano le cavalcate mattutine con David. Insieme, esploravano i campi e i sentieri di Westholme. Non c'erano più stati picnic tra i meli, però. Era già sufficientemente distratta.

Ciononondimeno, gradiva i suoi baci ogni volta che si incontravano.

All'inizio della seconda settimana di Jocelyn a Westholme, Stretton interruppe il loro incontro mattutino quando si schiarì la gola in quel suo modo particolare che significava che voleva passare a un argomento diverso. Conoscendo le sue abitudini, Jocelyn disse pazientemente: — Sì, Stretton?

— Pensavo, lady Presteyne, che essendovi appena sposata, non sapete forse che domani è il compleanno di sua signoria.

Lei posò la matita, indignata. "Perdiana, quel furfante non me l'aveva detto! E pensare che mi aveva rimproverata per non avergli parlato del mio. 27 agosto, allora. Mi vergogno ad ammetterlo, ma non so neanche quanti anni ha. Non... non è mai sembrato importante".

— Compirà trentadue anni, milady.

Aveva pensato che David fosse molto più vecchio quando si erano incontrati inizialmente. Trentadue anni le sembrava un'età giusta adesso. — Dobbiamo preparare qualcosa di speciale per cena domani sera.

Insieme elaborarono un menù composto dai piatti preferiti di David. Jocelyn stava annotando la parola champagne, quando Stretton si schiarì di nuovo la gola. Avrebbe dovuto insegnargli a limitarsi a parlare. — Sì?

— C'è qualcos'altro che potrebbe essere appropriato per domani — disse il maggiordomo. — Se non vi dispiacesse scendere negli alloggi della servitù.

Era stata in cucina e nelle dispense, naturalmente, ma

non aveva visto l'alloggio personale di Stretton. L'uomo si fece da parte per lasciarla entrare e i suoi occhi andarono subito al quadro di media grandezza sulla parete opposta. Mostrava un uomo alto e dignitoso di mezza età, una donna molto più giovane, e due bambini di circa tre e sette anni.

Mentre studiava il dipinto più da vicino, si accorse che tutti eccetto l'uomo avevano occhi dello stesso particolare verde. — La famiglia di David? — chiese. — Come mai il quadro è finito qui?

— Il quadro si trovava nella camera da letto del vecchio lord. Quando morì, lord Wilfred mi disse di portarlo via e bruciarlo. Non mi sembrò giusto, milady, così lo trasferii in una delle dispense, sapendo che il giovane lord non sarebbe mai entrato negli alloggi della servitù. Quando alla fine divenni maggiordomo, lo trasportai qui.

— Avete fatto bene. — Jocelyn non riusciva a staccare gli occhi dal dipinto. Il padre di David aveva un atteggiamento da studioso, con l'espressione di un uomo non troppo attento alla realtà quotidiana. Sua moglie era una piccola donna serena con capelli scuri e guance rosee come quelle della signora Morgan. Forse era la carnagione tipica dei gallesi. Sally era chiaramente loro figlia, con un'aria di ostinata determinazione anche a tre anni.

Quanto a David, appariva assolutamente adorabile. Che un figlio suo potesse avere i suoi stessi tratti?

Ricordando che non erano affari suoi, disse: — Questo significherà moltissimo per lord Presteyne. — Lanciò a Stretton un'occhiata curiosa. — Perché non ve ne andaste? Si direbbe che Wilfred fosse terribile.

— Lo era — rispose candidamente il maggiordomo. — Ma questa è anche casa mia. Gli Stretton hanno sempre servito i Lancaster. — Il suo tono divenne ironico. — Non è necessario che ci piacciano.

— Ma sembra che David vi piaccia.

— A chi non piacerebbe? È sempre stato molto diverso dai suoi fratelli. Protettivo nei confronti della sorella, e senza una traccia di snobismo. L'influenza di sua madre, naturalmente. Era una vera signora, nonostante le origini modeste. I racconti che potrei farvi... — Scosse la testa, ricordando.

Jocelyn decise che non sarebbe stata una buona politica incoraggiare Stretton al pettegolezzo, per quanto affascinante fosse. — Per favore, portate su il quadro perché possa decidere dove appenderlo.

Dopo averci pensato a lungo, Jocelyn decise che il dipinto sarebbe stato meglio sopra il camino nel salone principale. Stabilì con Stretton di appenderlo durante la cena della sera dopo. Fino ad allora, il maggiordomo avrebbe dovuto tenerlo nascosto. Pensò che sarebbe stato il dono più gradito per il compleanno.

Nella posta dell'indomani c'era una lettera di zia Elvira. Jocelyn la studiò preoccupata, sicura che non vi avrebbe trovato niente di buono. Avrebbe preferito aprirla dopo il compleanno di David, ma la curiosità ebbe il sopravvento. Lo scritto diceva:

Mia cara nipote,
indagini hanno dimostrato che non hai mai incontrato il maggiore David Lancaster in Spagna, e che il vostro "profondo attaccamento" non è altro che un cinico matrimonio di convenienza.

Il mio legale ha anche scoperto che stai per chiedere l'annullamento. Nessuna di queste cose è ciò che il tuo caro padre aveva in mente per la sua unica figlia, e sono sicura che un tribunale non vedrebbe di buon occhio il tuo tentativo di aggirare le condizioni del testamento.

Sebbene non abbia alcun dubbio che potremmo vincere una causa legale, ci dispiacerebbe arrivare a simili provvedimenti. Confido inoltre che tu non voglia disonorare la tua famiglia come ha fatto tua madre.

Di conseguenza, Willoughby e io siamo disposti a dividere il patrimonio Kendal, assegnando a te il venti per cento e il resto a mio marito, che avrebbe di diritto dovuto ereditare. La tua posizione sarebbe comunque invidiabile, per cui mi auguro che tu ti renda conto della generosità della nostra proposta.

Tuttavia, se rifiutassi questo compromesso, temo che non avremmo altra scelta che intentare una causa contro di te.

Aspetto una tua risposta entro quindici giorni.

Elvira Cromarty

In un accesso d'ira, Jocelyn accartocciò la lettera e la gettò nel camino, desiderando che ci fosse acceso il fuoco in quel periodo dell'anno. Ma la sua collera svanì presto, lasciandola con le tempie che le pulsavano.

Avrebbe dovuto sapere che l'idillio non sarebbe durato in eterno. Una volta che sua zia aveva deciso di indagare, non sarebbe stato difficile trovare informazioni. Qualche domanda ai compagni d'armi di David sarebbe bastata a stabilire che Jocelyn non l'aveva conosciuto in Spagna. L'annullamento non sarebbe stato di dominio pubblico, ma senza dubbio gli avvocati e i loro dipendenti chiacchieravano. Come facevano tutti.

La contessa aveva probabilmente saputo che il suo caso era debole sotto il profilo legale e aveva così deciso di passare all'intimidazione. Elvira, con una nidiata di figli da sistemare, avrebbe avuto di più da perdere con uno scandalo, ma se qualche lettera minatoria avesse potuto farle mettere le mani sull'eredità di Jocelyn, sarebbe stato tempo ben speso.

Jocelyn aggrottò la fronte. L'istinto le suggeriva di dire a Elvira di procedere pure e di andare al diavolo. Non solo sarebbe stata una soddisfazione, ma era possibile che si fosse rifiutata di collaborare, intervenendo lo zio Willoughby e proibendo a sua moglie di intentare una causa.

Ma il suo desiderio di lottare poteva essere sbagliato, dato che probabilmente scaturiva da un lungo antagonismo tra lei e sua zia. Forse sarebbe stato più saggio trovare una soluzione invece che arrivare a una querela.

Rabbrividì, ricordando il divorzio dei suoi genitori. Gli adulti nella sua vita pensavano probabilmente di averla messa al riparo dallo scandalo, ma lei aveva saputo. Aveva udito i bisbigli della servitù. Aveva visto curiosi davanti a Cromarty House, le espressioni avide di pette-golezzi.

La cosa peggiore era stata un'immagine impressa nella sua mente dal giorno in cui zia Laura l'aveva condotta a prendere un gelato. Erano passate davanti alla vetrina di una tipografia che esponeva le ultime vignette politiche e scandalistiche. Alcuni uomini erano riuniti davanti alla vetrina e ridevano volgarmente leggendo le didascalie. Jocelyn aveva udito il nome Cromarty, accompagnato da parole che non comprendeva, e visto disgustosi disegni di uomini e donne che facevano cose incomprensibili.

Zia Laura, pallida e sconvolta, l'aveva trascinata via il più in fretta possibile. Dimenticando i gelati, erano vola-te a casa e non avevano mai parlato dell'episodio. Il ricor-do le rivoltava lo stomaco anche adesso.

Per quanto Jocelyn detestasse ammetterlo, lady Cro-marty aveva un punto a favore: il defunto conte non avrebbe approvato le azioni di sua figlia. Offrire a Elvira magari il venti per cento del patrimonio di Jocelyn le avrebbe lasciato più denaro di quanto potesse mai aver bisogno.

Ma il pensiero di permettere a Elvira di avere la meglio le faceva ribollire il sangue. Forse avrebbe potuto asse-gnare una rendita direttamente ai suoi cugini più giova-ni. Le piacevano, e il gesto avrebbe avuto il duplice scopo di aiutarli a raggiungere l'indipendenza, e a non conceder-re a sua zia la soddisfazione di una completa vittoria.

Doveva discuterne con David; la sua fredda, logica men-te l'avrebbe aiutata a decidere per il meglio. Ma non stasera. Era il compleanno di David, non il momento per una conversazione su qualcosa di sgradevole come le mi-nacce di sua zia.

29

Desiderando rendere speciale la cena per David, Jocelyn si adoperò anche per rendere il suo aspetto il più grade-vole possibile, indossando un abito di seta color oro con guarnizioni nere e un vertiginoso *décolleté*. Marie le sistemò i capelli in modo che ricadessero in una cascata di onde e riccioli che mettevano in risalto il lungo collo aggraziato. Per i gioielli, scelse orecchini e collana d'oro tempestati di smeraldi e piccoli topazi che facevano risaltare il colore dei suoi occhi.

Lo sforzo fu premiato dall'ammirazione nello sguardo di David quando entrò nel piccolo salotto. — Avete un aspetto particolarmente affascinante stasera, mia cara — disse con un sorriso. — È un'occasione speciale?

Senza aspettare una risposta, la prese tra le braccia per un bacio di benvenuto, un pollice che le accarezzava la schiena nuda sopra la scollatura del vestito. Separandosi da lui con riluttanza, rispose: — Speciale sì, mio misterioso amico. È il vostro compleanno.

— Cielo, è vero — asserì mentre entravano in sala da pranzo. — Francamente, l'avevo dimenticato. Sono anni che non ci faccio più molto caso. — Dopo averla fatta accomodare, aggiunse: — Immagino che ve l'abbia detto Stretton.

— Naturalmente. I vecchi servitori sanno sempre tutto. Voi siete il centro di questo particolare mondo, e se avessi avuto più tempo, avrei organizzato una festa perché tutti i fittavoli potessero festeggiare con voi il vostro compleanno. — Sorrise maliziosa. — Un bell'arrosto su un fuoco all'aperto, barili di sidro e di birra, giochi, canzoni, balli.

David rabbrividì. — Sono lieto che non l'abbiate fatto. Non sono ancora pronto a interpretare il ruolo di signore del maniero.

Jocelyn sorrise e alzò il bicchiere. — È un compito che eseguirete alla perfezione, lord Presteyne.

Lui alzò il bicchiere in risposta. — Lo spero, lady Presteyne.

L'espressione nei suoi occhi la fece rabbrividire. Forse avrebbe dovuto suggerire di andare in cantina per lo champagne. Avrebbe potuto diventare una consuetudine per Westholme...

No. Non toccava a lei istituire nuove consuetudini.

Presto avrebbe lasciato Westholme, per non tornarci probabilmente mai più. Le loro vite, che si erano intrecciate in modi così interessanti, si sarebbero separate. Ma stasera, avrebbero festeggiato un compleanno che David non si era aspettato di festeggiare.

La tranquilla cena fu più elaborata del consueto, con due portate e una varietà di vini. Chiacchierarono dei progressi che stavano facendo coi loro rispettivi progetti, scambiando idee e offrendo suggerimenti. A volte le loro mani si sfioravano. Era una cena da innamorati, realizzò, sentendosi frizzante come il vino, in cui sguardi e contatti erano più importanti di zuppa e insalata. Oh, pericolosi, ma non sopportava di porvi fine.

Mentre osservava come il lume di candela mettesse in risalto i lineamenti di David, lei si chiedeva quando esattamente era diventato così bello. All'inizio della loro conoscenza, era stato penosamente magro, la pelle abbronzata quasi trasparente sopra gli alti zigomi. Adesso era un uomo pieno di vigore, che irradiava una virilità quasi irresistibile. Il suo sguardo indugiò sulla bocca ben delineata, ricordando il sapore delle sue labbra, poi lo alzò e scoprì che la stava osservando attentamente anche lui.

Per un momento, si sentì stringere il cuore. Forse avrebbe realmente potuto restare, rinunciare all'altro uomo della sua vita come lui aveva rinunciato all'altra donna. Aveva lasciato chiaramente intendere che era disposto a tener fede ai voti che aveva pronunciato. Lei avrebbe potuto crearsi un posto tutto suo in questa deliziosa tenuta, trascorrere le notti tra le sue braccia…

No. Sarebbe stato pericolosamente facile innamorarsi di David, e non aveva la forza o il coraggio di rischiare. Si alzò in piedi, dicendo allegramente: — Come s'è fatto tardi! Quasi le dieci, e d'un tratto mi sento così stanca che ho difficoltà a seguire la conversazione.

David guardò l'orologio sul camino. — Avete ragione — disse con rimpianto. — E io devo alzarmi presto per andare a Hereford per il processo del bandito. Sogni d'oro, Jocelyn.

Si alzò e fece per darle il bacio della buona notte, ma

lei lo eluse, temendo di scoppiare in lacrime. Doveva lasciare presto Westholme, si disse, prima di perdere anche quel poco di buonsenso che le rimaneva.

Di sopra, una Marie assonnata l'aiutò a spogliarsi, le spazzolò i capelli, e la mise a letto prima di ritirarsi nella disprezzata stanzetta in soffitta. Nonostante la fatica, Jocelyn si girò e rigirò, incapace di dormire. La luna piena riversava la sua argentea luce attraverso la finestra, rendendola ancora più inquieta.

Pensò di tirare le tende nella speranza che il buio la calmasse, ma il problema era dentro di lei, non nel cielo notturno. Era spiacevolmente conscia del suo corpo, della morbida mussola della camicia da notte contro la pelle, del lieve peso del lenzuolo che l'avvolgeva. Era profondamente consapevole della sua femminilità, e che per troppo tempo si era tenuta lontana dagli uomini.

Infine scivolò dal letto e si avvicinò alla finestra. La luna con il suo chiarore che la tormentava si stagliava alta nel cielo, una primordiale dea della femminilità che il suo corpo desiderava ardentemente adorare.

In casa un orologio batté le ore. Contò dodici rintocchi. Mezzanotte, l'ora magica.

Pensò all'improvviso che non aveva mostrato a David il ritratto di famiglia. Non era ancora andato a letto, o l'avrebbe sentito attraverso la porta che collegava le loro camere.

Presa da uno strano impulso ,s'infilò una vestaglia di seta azzurra sulla camicia da notte e uscì dalla stanza, prendendo il candelabro a tre bracci dell'atrio per illuminare le scale mentre scendeva. Fantastiche ombre la accompagnavano attraverso la casa silenziosa, accrescendo il suo senso di irrealtà.

David sedeva ancora dove l'aveva lasciato, la cravatta allentata e la giacca gettata a caso su una sedia nella calda notte d'agosto. I suoi capelli erano arruffati, come se ci avesse passato le mani, e un bicchiere di brandy mezzo vuoto era posato di fronte a lui.

La sua espressione era remota quando entrò, ma si fece preoccupata quando la vide. Alzandosi, chiese: — C'è qualcosa che non va, Jocelyn?

Lei scosse il capo, sentendo i suoi capelli sfiorarle le spalle. — Non realmente. Non riuscivo a dormire, e mi sono resa conto che non vi avevo mostrato una cosa. È un dono per voi da parte di Stretton, o magari di Westholme.

— Intrigante. — Sorrise pigramente, sovrastandola mentre lasciavano la sala.

Consapevole della sua statura e della sua forza, Jocelyn lo precedette verso il salone principale. Stretton non l'aveva delusa, e il quadro con la famiglia di David era adesso appeso sopra il camino. Senza una parola alzò il candelabro perché la luce lo illuminasse.

Lui inspirò, lo sguardo che divorava le immagini dipinte. — Non avevo idea che esistesse ancora. Credevo che Wilfred l'avesse distrutto.

— Avrebbe voluto farlo, ma Stretton l'ha nascosto. — Studiò di nuovo il ritratto. — È un bel dipinto. Era felice la vostra famiglia allora?

— Sì, soprattutto quando i ragazzi più grandi erano a scuola. Mio padre era più soddisfatto della sua seconda famiglia che della prima. Non credo che abbia mai saputo della malvagità di cui erano capaci i suoi figli maggiori. — Il suo sguardo nostalgico si posò nuovamente sul quadro. — O forse non voleva sapere. Era un uomo gentile, che non conosceva cattiveria.

— È stata vostra madre a trasmettervi la forza?

— Dev'essere così. È riuscita a costruire una nuova vita per i suoi figli, e non l'ho mai sentita commiserarsi per quello che aveva perduto. Forse era felice di non essere più la signora di una grande casa.

Invidiava a David quella sicurezza, che potesse accettare di essere definito forte e non lo mettesse in discussione. Non pensava che sarebbe mai stata in grado di accettare un complimento in vita sua senza sentirsi a disagio. Del suo rango sociale era sicura, ma le lodi sulla sua persona innescavano un profondo malessere. Si era convinta molto presto della sua inadeguatezza.

David spaziò con lo sguardo intorno al salotto. Aveva raggruppato i mobili trovati in soffitta attorno a tre tappeti orientali, creando confortevoli aree di conversazione. — Questa sala non è mai apparsa più bella. Avete un talento per la bellezza.

Si girò a guardarla, e i loro sguardi si incontrarono. — Perché siete rimasto seduto così a lungo da solo? — chiese lei dolcemente.

— Stavo... pensando. A voi. — I toni profondi della sua voce sembrarono raggiungerla e accarezzarla. — Come siete bella. Com'è difficile controllarmi quando ci tocchiamo.

Gli si avvicinò maggiormente, i seni che quasi lo sfioravano, la testa spinta indietro per sostenere il suo sguardo. Stupita della sua audacia, chiese: — Perché vi imponete tali restrizioni?

Lui rimase assolutamente immobile, senza tentare di indietreggiare o sfiorarla. — Vi ho promesso la vostra libertà, e la promessa mi lega. Mi sono già spinto più in là di quel che avrei dovuto.

— Abbiamo firmato i documenti per l'annullamento, e riavremo entrambi la nostra libertà. Ma stanotte? — chiese ardentemente. — Chi mai saprà o a chi importerà di quello che accade tra noi?

— A me importerà, e spero che importi anche a voi. — Gli si tese la pelle sugli zigomi. — Ma non sono sicuro che sappiate quel che volete.

Lei gli posò il palmo sul braccio, sentendo i suoi forti muscoli sotto la manica. — So che voglio che mi teniate stretta — disse lei, la voce roca per il desiderio. — So che le lezioni sulla passione che mi avete dato finora sono solo un'*ouverture* a una delle grandi sinfonie della vita.

— Ne siete sicura?

Il pensiero le affrettò il respiro, facendole venir voglia di fuggire. — Sicura lo si può essere in questo mondo imperfetto.

Le tolse il candelabro di mano e lo posò sul camino, ma ogni residuo di controllo sparì quando la sua bocca incontrò quella di lei. Il desiderio che entrambi si erano negati esplose in una fame che non sarebbe stata saziata da semplici baci.

L'aveva già abbracciata con passione, ma questo era molto, molto di più. Le sue braccia la serrarono, attirandola così vicino che lei sentì il suo cuore battere contro i suoi seni, la forma dei bottoni premere sul suo corpo attraverso i leggeri indumenti da notte.

Gli tirò fuori la camicia per potergli toccare la pelle calda. Sebbene l'avesse già visto quand'era malato, adesso anelava a riscoprire il suo corpo in tutta la sua forza e la sua virilità. Facendogli scivolare una mano sul petto, le sue dita trovarono il capezzolo. Chiedendosi se avrebbe provato il suo stesso genere di sensazioni, lo strinse tra pollice e indice.

David ansimò, irrigidendosi. — Che Dio ci aiuti. — Poi, col fiato corto, la prese tra le braccia. — Questa volta lo faremo bene.

La trasportò fuori dalla sala come se non pesasse più di un bambino. Mentre salivano le scale, lei gli premette la faccia contro la spalla, lacrime che le pungevano gli occhi per la consapevolezza che quello che sembrava sicuro e saggio, di notte era effimero come il chiaro di luna che illuminava il loro cammino.

30

Quando raggiunse la sua camera, David la posò a terra per poter aprire la porta. Deglutì nel vedere come le morbide pieghe della vestaglia le aderivano sensualmente al corpo.

Aveva aspettato e pregato per questo momento, quando il suo cuore si sarebbe aperto a lui, ma adesso gli sembrava troppo improvviso. Dibattendosi tra desiderio e paura di fare la cosa sbagliata, disse scosso: — Questa è l'ultima possibilità per cambiare idea, Jocelyn.

— Non ho dubbi. — Guardandolo intensamente, si slacciò la cintura della vestaglia, scrollandosela di dosso e lasciandola scivolare lungo il corpo fino ai piedi nudi.

— E voi ne avete, mio signore?

— Nessuno.

— Allora permettemi di guardarvi — sussurrò.

La cravatta allentata si sciolse con uno strattone. Poi si sfilò la camicia dalla testa e la lasciò cadere a terra. L'ammirazione nello sguardo di Jocelyn lo eccitò enormemente. Sospettando che non fosse saggio permettere a una vergine di assistere a tale trasformazione, accorciò la distanza tra loro e la prese tra le braccia.

I suoi capelli gli ricaddero sul braccio mentre volgeva il viso insù al suo bacio. Lui le slacciò il fiocco attorno alla camicia, poi le fece scivolare l'indumento sulle spalle e lungo il corpo, usandolo come una scusa per accarezzare ogni centimetro della sua calda carne arrendevole.

Jocelyn si chinò verso di lui, accarezzandolo anch'essa, i seni premuti contro il suo petto nudo insopportabilmente eccitante. Ansimando, lui l'adagiò sul letto, poi tolse rapidamente i restanti indumenti e si adagiò accanto a lei.

Il chiaro di luna spingeva alla follia. Jocelyn avrebbe dovuto sentirsi intimidita, ma l'eccitazione nei suoi occhi la infiammava.

Ansimò quando lui si impossessò dei suoi seni, tenendoli uniti mentre li baciava fino a farle temere che si infiammassero. La usava come un musicista avrebbe usato uno strumento prezioso, le labbra e le mani calde che sfioravano corde finora sconosciute.

Irrequiete, le mani di lei si muovevano sul suo corpo, registrando la trama della sua morbida pelle e dei peli leggermente solleticanti. Non esisteva tempo, solo sensazione. Le sue dita sfiorarono l'asta che premeva contro la sua gamba. Lui emise un gemito roco che la eccitò quanto il tocco della sua mano tra le cosce. Esplorò maggiormente, stringendo la parte superiore dell'affascinante, flessibile organo.

Lui sussultò, ansimando. — Se vuoi che duri, meglio averne cura, signora.

Jocelyn lo lasciò in fretta, massaggiandogli la schiena

e le spalle mentre lui le baciava ripetutamente le orecchie, la gola e la bocca. Riuscì a separare a stento il torrente di sensazioni, finché il calore nei suoi lombi non divenne un annientante fuoco. Niente esisteva all'infuori del tocco delle sue dita sapienti e la febbre della sua risposta. Stava cadendo, cadendo...

Gli morse la spalla, rabbbrividendo mentre convulsioni le squassavano il corpo. Avrebbe dovuto essere terrorizzata, se non fosse stato per il porto sicuro del suo abbraccio.

Si aggrappò a lui, tremante, finché non riuscì a dire stordita: — Dunque questa è la lezione sulla passione che volevi darmi.

— Oh, mia cara ragazza, è solo il primo passo in un'esplorazione infinita. — Si mosse tra le sue gambe arrendevoli, posizionandosi per entrare in lei.

Jocelyn si tese, consapevole dell'invasione, ma lui non aveva fretta e continuava a baciarla come se avessero avuto tutto il tempo del mondo. Si rilassò e presto il desiderio la pervase di nuovo. Mosse i fianchi contro di lui in un timido invito.

Mentre le loro lingue si intrecciavano in un'erotica danza, la sua mano scivolò in mezzo a loro, trovando un punto di tale squisita sensibilità che le si fermò il respiro in gola.

Quando non riuscì più a sopportarlo, chiese con voce strozzata: — E adesso... adesso, mio signore? — mentre arcuava istintivamente i fianchi in una muta richiesta.

David rispose al suo movimento, penetrandola in profondità. Ci fu un momento di acuto disagio, che a poco a poco si dissolse mentre sentiva il calore pulsare nel punto dove si erano congiunti. Questa era l'intimità a cui aveva aspirato, la fusione archetipo di maschio e femmina che era l'antico rituale della notte.

Ondeggiò contro di lui. Lui cominciò a muoversi, lentamente dapprima, poi sempre più in fretta, finché il suo controllo non andò all'improvviso in frantumi.

— Oh, Dio, Jocelyn... — Con un gemito, premette le

labbra sulla sua gola. Lei gridò il suo nome, pervasa da una passione che non aveva nemmeno mai immaginato.

Aggredita da emozioni che le erano sconosciute, avrebbe voluto piangere, ma lui cullò il suo corpo esausto contro di sè, accarezzandole teneramente i capelli, come se fosse la creatura più preziosa del mondo. Presto si addormentò, ma lei giacque in un dormiveglia, desiderando che il mattino non arrivasse mai. Per quelle poche ore, la sua mente non aveva più conosciuto domande e dubbi, e temeva che tale pace non potesse più ritornare.

David si svegliò dopo il tramonto della luna e si girò sulla schiena, attirandola sopra di sè, come quella volta nel frutteto. Ma questa volta giacevano pelle contro pelle, con niente che li separava. Sensuali carezze e languidi sospiri portarono a un lento ma soddisfacente congiungimento di cui fu lei a stabilire il ritmo.

Infine, posandogli la testa sulla spalla, Jocelyn si addormentò sfinita come un bambino.

David si svegliò molto presto. La stanza era indistinta nella mezza luce dell'alba, e fuori gli uccelli cantavano in coro. Provava un assurdo desiderio di unirsi a loro. Jocelyn giaceva rannicchiata sotto il suo braccio, assomigliando di più a una ragazza di diciassette anni che a una donna di venticinque.

Le sfiorò la fronte con un bacio, e si girò contro di lui, con un lieve sospiro. Appariva deliziosa con i capelli castano dorati sparpagliati intorno, ma anche estremamente vulnerabile.

Resistette alla tentazione di svegliarla. Nonostante la magia della notte precedente, sospettava che alla luce del giorno provasse un certo imbarazzo. Ci sarebbe voluto tempo perché la fredda e calma signora accettasse completamente la fanciulla passionale che era il suo io segreto. Era un bene che dovesse recarsi a Hereford. La sua assenza avrebbe offerto a Jocelyn il tempo di adattarsi al cambiamento avvenuto nella loro relazione, e iniziare magari a fare piani per la loro vita insieme.

Scivolò pian piano giù dal letto, tirandole teneramente le coperte attorno sulle spalle. Stava ancora dormendo profondamente.

Dopo averle lasciato un messaggio che avrebbe trovato al risveglio, partì per Hereford, ansioso che passassero le lunghe ore fino al momento in cui avrebbe potuto rivederla.

Jocelyn si svegliò lentamente, il corpo una combinazione di delizioso languore e inaspettato indolenzimento. Aveva la guancia irritata, come se fosse stata raschiata da qualcosa. Se la toccò distrattamente, e i ricordi fluirono in lei. La faccia di David contro la sua, le parole insistenti nel suo orecchio. Passione, sottomissione, e appagamento oltre ogni vivida immaginazione.

Girò la testa e scoprì che era sola nel letto. Scossa, balzò a sedere. Il cuscino alla sua sinistra mostrava ancora l'impronta della testa di David, e su di esso giaceva una rosa rossa, il gambo avvolto da un biglietto. Esitò prima di prenderla, ammonita da un profondo istinto che le diceva che il messaggio che conteneva avrebbe irrevocabilmente cambiato il suo mondo.

Ma il mondo era già cambiato. Dopo aver inalato la delicata fragranza della rosa, srotolò il biglietto.

Jocelyn, con mio infinito rammarico, devo recarmi a Hereford alla corte d'Assise, e non ci vedremo fino a stasera. Ti amo. David.

Fissò il biglietto e sentì il cuore spezzarsi penosamente.

Il dolore la travolse. Scossa dai singhiozzi, affondò il viso tra le mani, la rosa stretta disperatamente nel pugno destro. Aveva voluto amicizia e passione, non la bruciante agonia dell'amore. Incapace di resistere, aveva giocato col fuoco, e si era bruciata.

Come poteva essere stata tanto sciocca da pensare che tutto ciò potesse essere evitato? Aveva distrutto se stessa, e gravemente ferito David.

Non poteva amarla, perché non la conosceva realmente. Quando avrebbe scoperto il suo passato l'illusione d'amore sarebbe svanita, stostiuita da indifferenza o peggio.

E questo non avrebbe potuto sopportarlo. Era già sprofondata nell'abisso. Adesso doveva andarsene.

Stava tramando, ancora stordita, la sua fuga quando Marie entrò con il vassoio della colazione. — Buongiorno, milady. È un'altra bella giornata.

La sua allegria svanì quando vide il volto della padrona. — Milady! Che cosa c'è? — Posando il vassoio sul tavolo, raccolse dal pavimento la vestaglia di seta azzurra e l'avvolse intorno alle spalle nude di Jocelyn.

Jocelyn fissò le macchie scarlatte sul lenzuolo bianco, dove gocce di sangue stavano cadendo dal dito ferito dalle spine. Il gambo della rosa si era spezzato in quello spasmo lancinante.

Essere consapevole del dolore l'aiutò a schiarirsi la mente. Turbata disse: — Dobbiamo partire stamattina per ritornare a Londra.

La cameriera aggrottò la fronte. — Ma lord Presteyne resterà a Hereford tutto il giorno.

— Non verrà con noi. Di' al mio cocchiere di preparare la carrozza, poi raccogli le mie cose. Voglio partire a metà mattina.

Marie si morse il labbro, lo sguardo astuto che interpretava il disordine nella stanza. — Milady, ne siete certa? Se c'è stato un litigio, non sarebbe meglio aspettare e discuterne con sua signoria?

Sul punto di crollare, Jocelyn rispose in tono piatto: — Fa come ti ho detto.

Il suo tono mise a tacere le proteste della cameriera. Occhi sbarrati e preoccupata, Marie se ne andò per informare il cocchiere della loro imminente partenza,

Pensando a tutto quello che andava fatto, Jocelyn scese dal letto e si annodò in vita la vestaglia, poi posò la tazza della cioccolata sulla scrivania. Il calore della bevanda le schiarì un po' la mente. Respingendo un nuovo accesso di lacrime, cominciò a scrivere un biglietto per David.

Ci sarebbe stato abbastanza tempo per la disperazione durante il viaggio verso casa.

31

Nel giro di un'ora erano pronte per par   Jocelyn diede un'ultima occhiata alla stanza. Sebbene ci fosse rimasta solo per poco tempo, sapere che non sarebbe più tornata, la rattristava profondamente.

Le sue riflessioni furono interrotte da Marie. — Lady Jocelyn, a proposito di Hugh Morgan...

Jocelyn si volse e vide ansietà sul volto della cameriera. — Sì?

— Hugh lavora per voi, o per lord Presteyne?

— Oh. Non ci avevo pensato. — Aggrottò la fronte. Benché pagasse lei lo stipendio del giovane, era il cameriere personale di David. — Digli di venire qui.

Quando Marie ritornò con il suo innamorato, Jocelyn disse: — Morgan, dato che sei il cameriere di lord Presteyne, mi sembra giusto che continui a essere al suo servizio. È molto contento del tuo lavoro, e immagino che vorrà tenerti con sè.

Premette due dita su una tempia, cercando di immaginare come David avrebbe reagito alla sua partenza. — Se lord Presteyne decide di licenziarti a causa... a causa del tuo rapporto con me, puoi ritornare a casa mia. Lo stesso vale per tuo fratello, Rhys, se preferisce lavorare per me invece che qui a Westholme.

Hugh fissò Jocelyn, la sua faccia aperta, angosciata. — Lady Jocelyn, sua signoria vi ha in qualche modo ferita? Se l'ha fatto...

Appariva così protettivo che Jocelyn dovette inghiottire il groppo alla gola prima di poter rispondere. — Al contrario, sono io che ho ferito lui.

L'espressione del viso determinata, uscì dalla stanza, con Marie e Hugh che la seguivano con lo sguardo.

Il gallese domandò: — Che cosa è successo? Si direbbe che il diavolo in persona abbia ballato sulla sua bara.

— Non lo so — rispose mestamente Marie. — Lei e sua signoria cinguettavano come uccellini a primavera, poi questa mattina piangeva disperata, e adesso questa partenza improvvisa...

Hugh la strinse in un abbraccio. — Addio, tesoro. Se conosco lord Presteyne, vi seguiremo a Londra non appena torna a casa.

— Non voglio lasciarti — disse Marie, gli occhi pieni di lacrime. — Fammi restare, o vieni con noi a Londra. Puoi tornare a lavorare per milady.

— No, ragazza, hai visto la sua faccia. Per ora, milady ha bisogno di te, e credo che sua signoria abbia bisogno di me. — La baciò forte, sentendo già la sua mancanza. — Saremo di nuovo insieme presto, te lo prometto.

Con una disperata ultima occhiata, Marie prese la valigetta dei gioielli della padrona e lasciò la stanza. Hugh trovò una finestra da cui poté vedere le due donne salire sulla carrozza in attesa, aiutate dal maggiordomo, triste per la loro partenza. Se ne andarono.

Era il tardo pomeriggio quando David ritornò a casa, aprendo impazientemente la porta d'ingresso senza aspettare che lo facesse un cameriere. Mentre entrava nell'atrio, Stretton si avvicinò, l'espressione lugubre. David si tolse il cappello e lo porse al maggiordomo. — Dov'è lady Presteyne? Di nuovo in soffitta?

— Sua signoria è partita per Londra stamattina, milord — rispose Stretton con l'aria di chi avrebbe voluto essere altrove.

— È partita? — chiese David senza capire.

— Sì, milord.

Doveva aver ricevuto un messaggio urgente da un parente. Una questione di vita o di morte. — Immagino che abbia lasciato una lettera per me.

— Sì, milord. — Il maggiordomo gli porse un biglietto sigillato. L'aprì e lesse.

David,
mi dispiace. Non è mai stato nelle mie intenzioni ferirti. È meglio che non ci rivediamo.

Jocelyn.

Le parole lo colpirono con l'impatto di una palla di moschetto. Rilesse due volte il testo, cercando di capire, ma non c'era più niente da capire. Non c'era... niente.

Passò accanto al maggiordomo e salì i gradini delle scale a tre a tre. Doveva sicuramente trattarsi di uno scherzo.

Spalancando la porta della sua camera, vide che non c'era più traccia della sua recente ospite.

Si guardò attorno. L'unico segno della sua presenza lì era una palla di carta accartocciata nel camino spento. La raccolse, sperando di trovare qualcosa di più di quanto avesse trovato sul biglietto che Joceleyn aveva consegnato a Stretton.

Buttò quasi via la lettera quando vide che non era scritta con la sua grafia, poi la lesse attentamente quando si accorse che era di lady Cromarty. "Maledizione, forse la contessa stava minacciando Jocelyn?"

L'angoscia gli attanagliò lo stomaco, mentre diverse ipotesi gli attraversavano la mente. Che Jocelyn avesse deciso che non voleva l'annullamento dopotutto, perché ciò l'avrebbe resa vulnerabile all'estorsione di sua zia?

O che avesse deciso che era pronta ad andare dal suo duca e non voleva farlo da vergine? Tuttavia era difficile conciliare tale immagine di freddezza con quella della sua Jocelyn, del suo calore, della sua lealtà.

Forse si era sbagliato a pensare che ci fosse calore e vulnerabilità sotto l'aspetto estremamente raffinato di sua signoria. Era cresciuta in un mondo diverso dal suo, dove i signori si comportavano in maniera incomprensibile alla gente comune.

Accartocciò la lettera in una mano. D'abitudine, erano gli uomini ad abbandonare le donne, ma in questo caso sembrava il contrario.

Le sue riflessioni si interruppero quando capì che non aveva idea se stesse ragionando sensatamente. Gli unici fatti incontestabili erano il biglietto che diceva che non voleva più rivederlo, e la lettera di sua zia che riduceva un atto d'amore in una manciata di ceneri.

Stava fissando un punto fuori dalla finestra quando

I ROMANZI

più belli tornano ne

I GRANDI CLASSICI ORO

SUSAN JOHNSON

Ostaggio d'amore

Per liberare il fratello, il ribelle scozzese Johnnie Carre rapisce e tiene in ostaggio la bellissima Elizabeth Graham, figlia di un facoltoso lord inglese. La ragazza teme il suo aguzzino, ma allo stesso tempo ne è irresistibilmente attratta. Fino al punto di ritrovarsi fra le sue braccia, in una notte che non potrà dimenticare...

PATRICIA POTTER

Il fuorilegge

Willow Taylor è una donna coraggiosa e determinata, pronta a difendere con ogni mezzo il suo ranch. Fino al giorno in cui Lobo, un pistolero conosciuto e temuto da tutti, viene assoldato per spaventarla e convincerla ad abbandonare il ranch. Willow lo affronta, e per la prima volta ha paura: non delle minacce, né delle armi, ma degli occhi di quell'uomo, e del brivido che prova quando si posano su di lei.

DA MAGGIO IN EDICOLA

Morgan entrò nella stanza e disse esitante: — Milord, voglio parlarvi di lady Jocelyn.

— Non c'è molto di cui parlare. — David deglutì, cercando di prendere con calma quel che era successo. — È stato... gentile da parte sua venire ad aiutarmi a organizzare la casa.

Rifiutandosi di accettare di essere congedato, Morgan disse: — Marie mi ha riferito che stamattina sua signoria stava piangendo come se le si stesse spezzando il cuore. Quando ho chiesto a milady se le avevate fatto qualche torto, ha risposto che era stata lei a ferirvi.

Vedendo l'espressione del padrone, arrossì. — Non intendevo assolutamente essere sleale con voi, milord, ma avrà sempre la mia devozione per quanto ha fatto per mio fratello.

Ricordandosi di Rhys, David si chiese se una donna che aveva riscattato un soldato storpio e depresso per pura bontà d'animo potesse realmente essere una fredda seduttrice. Corrugando la fronte, cercò di collegare questo nuovo dato con gli altri fatti riguardanti la partenza di Jocelyn.

Che fosse arrabbiata con lui per aver consumato il loro matrimonio? Troppo champagne poteva averle offuscato la mente e averla indotta a biasimarlo per quello che era accaduto. Il che sarebbe stato maledettamente ingiusto considerando quante volte le aveva domandato se era sicura, e, a suo parere, sua moglie era sempre stata ragionevole.

Era inutile tormentarsi, concluse; il comportamento di Jocelyn non era probabilmente stato causato da qualcosa di ovvio. Nonostante la sua calma, la sua apparente sicurezza, sapeva che aveva paura del concetto stesso di amore. Da qualche parte dentro di lei portava vecchie cicatrici riaperte dalla vulnerabilità della passione e dalla sua dichiarazione d'amore.

I suoi confusi pensieri vennero interrotti dalla voce determinata di Hugh. — Marie dice che lady Jocelyn è innamorata di voi. Tutti in casa lo possono asserire.

Innamorata di lui? Era stato folle a pensare di accettare senza battere ciglio il breve biglietto insensato di Jocelyn. Solo se l'avesse guardato negli occhi e gli avesse giurato che non lo voleva, l'avrebbe lasciata andare.

Avviandosi alla porta, ordinò: — Infila alcune delle mie cose in una borsa. Parto immediatamente per Londra.

— Vengo con voi, milord — disse deciso il cameriere. — Ho promesso a Marie che sarei andato da lei il più presto possibile.

Invidioso di un rapporto che era molto più semplice del suo bizzarro matrimonio, David asserì: — Allora dovremo ricondurle entrambe a casa.

32

Jocelyn ritornò a Londra in un baleno. Durante il lungo viaggio, studiò l'anello d'oro che David le aveva messo al dito, e pensò desolata al suo passato. Molti uomini avevano dichiarato di amarla, e lei aveva respinto le loro dichiarazioni come infatuazioni giovanili o iniziative di cacciatori di dote.

Eppure David era riuscito a conquistarla con una manciata di parole. Si era insinuato nella sua vita con coraggio, gentilezza e allegria. Pur sapendo che un'altra donna aveva il suo cuore, si era concessa di avvicinarsi troppo, e adesso ne stava pagando il prezzo.

Raggiunsero Londra nel tardo pomeriggio del secondo giorno. Jocelyn era sfinita dai pensieri che le turbinavano nella mente. Un'amara conclusione era inevitabile; la dolorosa situazione attuale aveva radici nell'insopportabile passato che si era sempre rifiutata di riconoscere.

Era venuto il momento di affrontare quel passato, per quanto le costasse. Quella sera avrebbe dormito a Londra, e l'indomani si sarebbe recata nel Kent da lady Laura, l'unica persona che poteva rispondere alle sue domande.

Mentre entrava nell'atrio di casa sua, ne osservò la familiare vastità. Spaziosa, ma incredibilmente vuota. Che cosa faceva una donna sola di tanto spazio?

Stringendo la sua valigetta dei gioielli, Marie salì lo scalone. La sua silenziosa solidarietà l'aveva resa una compagna ideale durante il lungo viaggio da Hereford. Sarebbe rimasta con Jocelyn, o sarebbe ritornata a West-holme per stare col suo innamorato, lasciando la sua padrona ancora più sola?

Non sentendosi di fare due piani di scale, Jocelyn entrò nel salotto, sfilandosi stancamente i guanti. Suonò per il tè e lo stava sorseggiando, in attesa che la calmasse un po' quando la porta si aprì.

Entrò lady Laura, straordinariamente attraente nell'abito da sera di seta azzurro. — Che bella sorpresa riaverti qui, mia cara! — disse calorosamente. — Dov'è David?

Jocelyn si alzò e abbracciò con affetto sua zia. — Sono contenta che tu ci sia — disse, la voce strozzata dalle lacrime. — Pensavo di venire a Kennington domani per vederti. Zio Andrew è anche lui a Londra?

— Sì, aveva degli affari all'Horse Guards. Ci incontriamo più tardi a un *dinner party*. — Con occhi preoccupati, lady Laura guidò la nipote verso un divano perché potessero sedere insieme. — Che cosa c'è, bambina? Hai un aspetto orribile questo pomeriggio.

Jocelyn si appoggiò al divano e si asciugò gli occhi col dorso della mano. — È... complicato. Hai tempo per parlare prima di uscire?

— Sai che ho sempre tempo per te — rispose sua zia, apparendo ancor più preoccupata. — Di che cosa desideri parlare?

Da dove incominciare? Con l'orribile pasticcio che aveva fatto della sua vita e della vita di David? O prima, dalla tragedia che aveva rovinato irreparabilmente la sua esistenza?

— Parlami di mia madre — disse col viso rigido.

— Ti sei sempre rifiutata di parlare di Cleo — rispose Laura, sobbalzando. — Perché me lo chiedi proprio ora?

— Perché devo capire — rispose bruscamente Jocelyn. — Che genere di persona era? Perché mio padre ha divorziato? Era una sgualdrina come dicono tutti?

— Mia cara ragazza, chi mai te l'ha detto? — esclamò sua zia, l'espressione inorridita.

— Tutti! Ricordi le caricature che abbiamo visto nella vetrina di quella stamperia?

La donna trasalì. — Non avevo pensato che eri abbastanza grande da capire che cosa significassero i disegni e i commenti.

Lady Laura non poteva aver avuto più di diciannove o vent'anni quand'era esploso lo scandalo, pensò Jocelyn. Doveva essere rimasta sconvolta quanto sua nipote. Di più forse, perché aveva dovuto affrontare ogni giorno le chiacchiere maligne dei salotti e delle sale da ballo di Londra.

— Non si è trattato solo di quel giorno. — Jocelyn storse la bocca. — La servitù la definiva una donnaccia quando pensava che io non potessi sentire. E anche le signorine bene educate di quel collegio esclusivo di Bath dove mio padre mi aveva mandata, quello da cui sono fuggita. Poi c'è stato il nobile signore che ha cercato di sedurmi al debutto in società di sua figlia. "Tale madre, tale figlia", disse prima di infilarmi la lingua in bocca.

— Mio Dio, perché non me l'hai mai detto? O a tuo padre? — Laura appariva a disagio. — Sembravi sempre così... così spensierata. Avevi solo quattro anni quando tua madre se ne andò, e sembrava che non ti importasse. Se mi hai chiesto che cosa le era accaduto, non ho sentito.

— Naturale che non te l'ho chiesto! — Jocelyn cominciò a tremare. — Anche una bambina sa quali argomenti sono proibiti.

— Cleo era testarda e ha commesso alcuni terribili errori, ma non era una donnaccia — rispose enfaticamente Laura. — Lei e tuo padre ebbero un fidanzamento lampo e si sposarono dopo poche settimane dal loro incontro. Quando le prime fiamme della passione cominciarono a estinguersi, scoprirono che avevano ben poco in comune.

Scosse la testa, dispiaciuta. — Avrebbero potuto vivere vite separate, come fanno molti, ma ognuno voleva che l'altro... appagasse i suoi sogni. Fosse un amante perfetto. Non potevano accettarsi com'erano. Gli scontri erano furibondi. Litigavano in pubblico, litigavano in privato. C'era una sorta di amore deviato tra loro che si manifestava in rabbia e odio. Non ricordi niente di tutto questo?

— Oh, sì — rispose Jocelyn, la voce ridotta a un bisbiglio. — Ricordo. — Strinse gli occhi mentre le grida di suo padre le riecheggiavano nel cervello. "Sei una donna, il che significa che sei una maledetta bugiarda e una puttana. Dio maledica il giorno che ti ho conosciuta!"

Sua madre aveva risposto con rabbia e spaccato alcune porcellane, imprecando contro il marito per la sua crudeltà e la sua slealtà. Jocelyn era rannicchiata in un angolo dell'immenso salone di Charlton, troppo terrorizzata per fuggire. Quella lite, e altre, erano impresse a fuoco nella sua anima.

Si premette una mano sulla bocca dello stomaco, cercando di alleviare il dolore che era lì da una vita. — I miei ricordi sono confusi. Dimmi quel che è successo come lo ricordi tu.

Laura si morse il labbro. — All'epoca del mio debutto, i tuoi genitori stavano già facendo di tutto per ferirsi. Tuo padre si era preso come amante una delle cortigiane più note di Londra, il che era di per sè abbastanza disdicevole. L'esplosione finale avvenne quando osò esibirla a uno dei balli di Cleo, proprio in questa casa.

"Io stavo chiacchierando con Cleo quando Edward condusse la sua amante in sala da ballo. Cleo impallidì. Era un'esperta tiratrice, e credo che se avesse avuto una pistola, gli avrebbe sparato un colpo al cuore. Invece, dopo una lite furibonda di fronte a mezza Londra, lasciò il ballo col barone von Rothenburg, un diplomatico prussiano che la corteggiava.

"Cleo e Rothenburg iniziarono una plateale relazione che offrì a tuo padre prove in abbondanza per un divorzio. Cleo non rimise più piede in questa casa dopo la notte del ballo. Tuo padre si rifiutò di permetterle di rientrare, anche solo per ritirare i suoi effetti personali. Le fece spedire tutto da Rothenburg, sfidandolo nel contempo a duello. Edward non riportò ferite, ma Rothenburg si prese un proiettile nei polmoni che contribuì alla sua morte cinque anni dopo."

Jocelyn si fregò le tempie dolenti. — Mio Dio, quante vite ha distrutto quella donna?

— Non devi biasimare tua madre per il divorzio. È stata colpa anche di tuo padre. Forse più sua — asserì desolata la zia. — Amavo Cleo e amavo Edward, ma il loro era un legame insano che faceva affiorare il peggio di entrambi.

— Così lei fuggì con un altro uomo — concluse Jocelyn, sdegnata. — Che soluzione moralmente impeccabile.

— Cleo non era una donna di facili costumi. Non si sarebbe mai presa un amante se tuo padre non l'avesse costretta a farlo. Col tempo s'innamorò di Rothenburg, ma lui era cattolico e la sua famiglia non vedeva di buon occhio una donna divorziata. Anche se lui l'avrebbe sposata comunque, lei si rifiutò di allontanarlo dalla sua famiglia, così gli rimase accanto come sua amante fino alla morte.

Respingendo un lieve moto di ammirazione per il rifiuto di sua madre, Jocelyn chiese: — Com'è morta?

— Il giorno dopo il funerale di Rothenburg, prese il suo cavallo e… e cercò di saltare un fosso troppo largo. Sia lei sia il cavallo rimasero uccisi. — Laura chiuse gli occhi, il viso rattristato. — Ti prego, non pensare troppo male di lei, Jocelyn. Può non aver amato saggiamente, ma aveva un cuore buono, e lo donava generosamente.

Dunque questa era la vera storia della nobile, bella, passionale Cleo, contessa di Cromarty. L'angoscia che perseguitava Jocelyn fin da quando era bambina eruppe in strazianti ondate. Balzando dal divano, camminò avanti e indietro per la sala, torcendosi le mani. A malapena in grado di parlare, gridò con voce rotta: — Se lei era una donna così fantastica, allora che cosa non va in me?

Si girò per guardare sua zia, con le lacrime che le sgorgavano dagli occhi. — Che cosa c'era di così orribile in me, se la mia stessa madre ha potuto abbandonarmi senza una parola? Senza un briciolo di rimorso o di rimpianto?

Cercò di dire qualcos'altro, ma non poté. — Che cosa ho fatto di male? — ansimò. — *Che cosa ho fatto di male?*

— Buon Dio — esclamò Laura, la voce scossa. Un istante dopo si lasciò cadere a terra accanto a Jocelyn e la prese tra le braccia, cullandola come una bambina. — Mia cara ragazza, è questo che hai creduto in tutti questi anni? Perché non me l'hai mai chiesto? Avrei potuto dirti la verità.

— Conoscevo la verità. — Jocelyn storse la bocca. — Che mia madre era una sgualdrina, e che mi aveva lasciata senza neanche girarsi a guardarmi.

— Non è questo che è accaduto! Cleo cercò disperatamente di ottenere la tua custodia. Una volta venne a Charlton per vederti, pensando che Edward fosse a Londra, ma era a casa e la minacciò con un frustino. Disse che l'avrebbe uccisa se avesse tentato di avvicinarsi di nuovo a te.

"Lei cercò di convincerlo che dato che non potevi ereditare il titolo, avresti dovuto stare con lei. Quando lui rifiutò, cadde in ginocchio e lo implorò di permetterle di vederti, ma lui non glielo concesse." Laura scoppiò a piangere. "Ero inorridita, ma soltanto quando ebbi figli miei capii quanto avesse sofferto."

— Si direbbe che mio padre avesse scoperto che gli ero più utile come arma per punire la sua detestata moglie — osservò amaramente Jocelyn. — E forse lei mi voleva per la stessa ragione: ferirlo.

— Non confondere l'odio di Edward per Cleo col suo amore sincero per te — disse Laura. — In seguito tuo padre mi riferì che era terrorizzato al pensiero che ti rapisse e ti portasse sul continente con Rothenburg, e aveva ragione di temerlo. In un divorzio, una donna non ha alcun diritto. Cleo era marchiata come adultera agli occhi del mondo, e la legge non avrebbe alzato un dito per aiutarla. Se avesse potuto rapirti, sono sicura che l'avrebbe fatto. Nei successivi cinque anni, fino alla sua morte, tuo padre si assicurò che ci fosse sempre un membro della servitù con te.

— Licenziò la mia governante, Gilly, perché temeva che fosse fedele a mia madre invece che a lui?

Laura sospirò. — Temo di sì. Gli dissi che sarebbe stato crudele sia per te sia per Gilly, ma temeva che potesse condurti da tua madre. Forse l'avrebbe fatto. La servitù adorava Cleo. Sei come lei sotto molti aspetti.

Perdere l'affettuosa Gilly era stato un po' come perdere sua madre per la seconda volta. Allora zia Laura era tutta presa dal suo matrimonio. E a cinque anni, Jocelyn aveva capito che amare qualcuno significava perderlo.

Domandandosi quanto sapesse sua zia, chiese: — Come fai a sapere tante cose sui pensieri e i sentimenti di mia madre?

— Era diventata mia sorella, e non sopportavo di perderla. Fummo in corrispondeza fino alla sua morte. Le mandavo i disegni che facevi, le riferivo come crescevi. Dopo essermi sposata e aver lasciato Charlton, avevo incaricato la governante di scrivermi come stavi perché potessi passare le informazioni a tua madre. Cleo chiedeva se parlavi mai di lei, ma tu non dicevi mai una parola — asserì piano Laura. — Non sopportavo di accrescere la sua infelicità, così mentivo e dicevo che la nominavi spesso.

— Pensavo sempre a lei, ma avevo paura a chiedere — sussurrò Jocelyn.

Laura le accarezzò dolcemente la testa. — Perché avevi paura?

Jocelyn chiuse gli occhi, cercando di trovare un senso in questa nuova visione del mondo. — Credo che... che pensassi che se avessi chiesto di lei, papà avrebbe mandato via anche me.

— Non avrebbe *mai* fatto una cosa simile. — Laura la abbracciò. — Ti amava più di chiunque o qualunque altra cosa nella vita. Dato che tu non chiedevi mai di tua madre e sembravi contenta, decise che sarebbe stato meglio per te se non avesse mai sollevato l'argomento. Era grato che ne fossi uscita incolume.

— Incolume? — Jocelyn rise, una punta di isteria nella voce. — Tutta la mia vita ha risentito del loro divorzio.

— Nessuno di noi ha mai pensato che l'avessi presa così male, o che fossi la vittima di simili scherni e insulti. —

Rialzandosi, Laura aggiunse gravemente. — Ma non dubitare di non essere stata amata. Credo che la ragione per cui Edward non si risposò mai fosse da ricercarsi nel fatto che voleva avere più tempo e attenzione da dedicarti.

— E io pensavo che gli piacesse avere una processione di amanti — osservò acida Jocelyn. — Zio Andrew è un marito fedele? È mai esistita una cosa simile?

Sentì che avrebbe fatto meglio a non chiederlo, ma sua zia rispose calma: — Sì, Drew è stato fedele. Mi ha dato la sua parola, e non ne ho mai dubitato. Come lui non ha mai avuto motivo di dubitare di me.

— Siete veramente felici come sembrate? — chiese Jocelyn con un filo di voce. — Mi sono chiesta se il matrimonio per gente come noi potrà mai essere una soluzione felice.

— Sei diventata così cinica — osservò Laura con un sospiro. — Sì, mia cara, Drew e io siamo felici. Oh, abbiamo avuto i nostri screzi – tutte le coppie ne hanno. Ma l'amore che ci ha attratti inizialmente è diventato più forte con gli anni.

Jocelyn chiese incerta: — Credi che mia madre mi amasse realmente?

— *So* che ti amava. Cleo mi scrisse una lettera poco prima della sua morte. In seguito mi resi conto che… che era un addio. — Laura deglutì forte. — Diceva che il più grande rimpianto della sua vita era perdere te, e che non ti avrebbe mai vista crescere. Ti mandò un dono, ma esitai a dartelo. Poiché ti rifiutavi sempre di parlare di tua madre, non volevo rischiare di sconvolgerti. Se solo fossi stata più assennata.

Si alzò e tese la mano per aiutare Jocelyn. — Vieni. È ora di fare quello che avrei dovuto fare anni fa.

33

Silenziosamente Jocelyn seguì sua zia di sopra nella stanza che i Kirkpatrick dividevano ogni volta che alloggiavano a Cromarty House.

Lady Laura aprì un portagioielli, prese uno scatolino ovale e lo porse a Jocelyn. Era un delizioso portaritratti.

Aprendolo, Jocelyn trovò la miniatura di una donna bionda, eccezionalmente bella, con occhi nocciola. Nella cornice opposta al ritratto c'era un pezzetto di pergamena con scritto in una delicata calligrafia: *A mia figlia Jocelyn, con tutto il mio amore*.

La sua mano si chiuse convulsamente attorno allo scatolino *cloisonné* mentre il viso di sua madre innescava un fiume di ricordi.

Con le lacrime che le scorrevano silenziosamente sulle guance, Jocelyn rivisse gli episodi più belli che aveva seppellito insieme all'insopportabile dolore. Sua madre l'aveva amata. Nonostante se ne fosse andata, si era girata a guardare indietro, distrutta dalla separazione quanto lo era stata Jocelyn.

Sua zia le passò un braccio attorno alle spalle e la lasciò piangere. Quando le lacrime si arrestarono, Laura chiese: — Capisci meglio tua madre adesso?

Jocelyn annuì. — Non so se le cicatrici spariranno mai, ma almeno adesso so dove sono, e da cosa sono state prodotte.

— Vuoi che rimanga con te stasera? Posso rinunciare facilmente al *dinner party*.

— Preferirei restare sola. Ho molte cose su cui riflettere. — Sospirò. — Forse adesso potrò risolvere il pasticcio che ho combinato.

— Guai con David?

— Temo di sì. Guai seri.

— È anche lui come Andrew, mia cara — asserì tranquillamente Laura. — Se farai del tuo matrimonio un vero matrimonio, David non ti deluderà.

— Potrebbe essere troppo tardi ormai. — Non volendo aggiungere altro, Jocelyn cambiò argomento indicando l'abito di sua zia. — Dovrai cambiarti. Il tuo vestito non è migliorato piangendoci sopra.

— Un piccolo prezzo da pagare per aver messo le cose in chiaro dopo troppi anni — disse Laura mentre suonava per chiamare la cameriera. — Sei sicura che starai bene stasera?

— Sicurissima. — Baciò timidamente la guancia della zia. — Ho sempre pensato a te come a una vera madre. Adesso, ne ho due.

Laura sorrise. — Io volevo una figlia, ma non avrei potuto amarne una mia più di te.

Lacrime brillarono negli occhi di entrambe, ma entrò la cameriera di sua zia prima che l'emozione avesse il sopravvento. Mentre la cameriera borbottava per l'abito sgualcito della padrona, Jocelyn si allontanò. Adesso che aveva ritrovato il suo passato, doveva sbrogliare le complicazioni che aveva creato nel presente.

Con Iside che le faceva le fusa in grembo, Jocelyn rimase alzata fino a tardi a riflettere sulla sua vita, e sui suoi genitori. Forse avrebbe dovuto essere arrabbiata con suo padre per averla privata della possibilità di comunicare con sua madre, ma la spiegazione di lady Laura le faceva capire le sue ragioni.

Capiva anche il suo maledetto, complicato testamento. Sebbene non gli avesse mai rivelato le sue riserve sul matrimonio, doveva aver pensato che abbandonata alle sue inclinazioni, sarebbe probabilmente morta zitella.

Si era sempre un po' vista come lady Laura, e la somiglianza fisica era forte. Ma c'era anche molto di Cleo in lei. E se accettava sua madre, doveva accettare anche se stessa.

Ma comprendere e accettare il passato era solo il primo passo. Una lunga, penosa conversazione non bastava a farla sentire degna di amore. Anche con suo padre e sua zia, non si era mai sentita completamente amata. C'era sempre stata la vaga, non del tutto consapevole paura che fosse irrecuperabilmente imperfetta, e che chiunque la vedesse con chiarezza l'avrebbe lasciata.

Ma anelava all'amore, il che significava che doveva imparare a vedersi come una persona amabile. Non un compito facile. Le ci sarebbe voluto molto tempo per credere in cuor suo che meritava amore, ammesso che ci riuscisse.

Cielo, non sapeva neppure cos'era l'amore. Aveva pensato di essere un po' innamorata del duca di Candover, e anche dopo tutto quello che era successo con David, il duca faceva ancora presa sulla sua mente. Che fosse amore, o un'illusione che aveva coltivato perché la sua mente razionale pensava che avrebbe potuto essere un marito adatto?

David Lancaster rievocava sentimenti più complessi. L'aveva sposato per caso, riso con lui, era giunta a considerarlo un buon amico, e in un'esplosione di irresistibile desiderio l'aveva attirato nel suo letto. Non sapeva se era amore, ma il pensiero di non averlo nella sua vita la faceva sentire perduta.

L'avrebbe seguita a Londra o aveva già distrutto quello che c'era tra loro? Se non fosse venuto, lei avrebbe avuto il coraggio di tornare a Westholme? Doveva, perché aveva trascorso troppo tempo della sua vita fuggendo.

Si svegliò il mattino dopo, sentendo la calma innaturale che seguiva la tempesta. Quando raggiunse sua zia e suo zio a colazione, il colonnello la studiò attentamente prima di uscire, ma non rivolse domande indiscrete. Jocelyn gliene fu grata; non sarebbe stata in grado di discutere di David.

Lady Laura invitò sua nipote a unirsi a lei per andare dalla modista, ma Jocelyn rifiutò, non sentendosi pronta ad affrontare le normali banalità della vita. Andò invece in camera sua e cominciò a scrivere un resoconto delle rivelazioni di sua zia, e di come si sentisse al riguardo.

Più tardi quella mattina si interruppe per bere una tazza di tè. Se David avesse deciso di seguirla a Londra, avrebbe potuto essere lì la sera stessa. Desiderava vederlo, ma non aveva idea di quello che avrebbe potuto dire. Che lo amava forse, ma che non ne era sicura? Meritava di più.

Scrisse pagine e pagine, mentre ricordi e intuizioni si susseguivano in lei. Stava facendo una pausa e flettendo le dita intorpidite quando Dudley entrò con un biglietto su un vassoio d'argento. — Una visita, milady.

Prendendo il biglietto, lesse: IL DUCA DI CANDOVER. Un brivido la percorse. Così l'uomo che aveva occupato per tanto tempo i suoi pensieri, che le aveva fatto da scudo contro la solida realtà di David Lancaster, era qui.

"A settembre..." In realtà, era tornato a Londra qualche giorno prima. Una coincidenza, che fosse stato ansioso di vederla? Aveva pensato a lei: la poesia che le aveva inviato ne era la prova.

Bene, aveva desiderato delle risposte, ed ecco un'opportunità per averne. — Scendo subito — disse al maggiordomo.

Dopo che Dudley se ne fu andato, si spruzzò la faccia d'acqua fresca per eliminare le tracce delle lacrime che aveva versato, poi si studiò freddamente nello specchio. Marie aveva fatto un buon lavoro: lady Jocelyn Kendal era elegante come sempre.

Cercò di sorridere. L'immagine nello specchio non era del tutto convincente, ma buona. Sentendosi fatalista, scese a salutare il suo ospite.

Oscuramente bello, il duca stava appoggiato con disinvoltura al camino, ma si raddrizzò quando lei entrò nel salotto. I suoi freddi occhi grigi mostrarono aperta ammirazione nel veder avvicinarsi Jocelyn.

— Buongiorno, Candover. Questo è un piacere inaspettato.

— Sono stato richiamato a Londra dagli affari e ho visto che il vostro battente era alzato quando sono passato. Trovarvi così facilmente era più di quanto avessi sperato. — La guardò con lo stesso calore che aveva mostrato quando si erano visti l'ultima volta, al ballo dei Parkington. — Anche se non è ancora settembre, oso sperare che siate pronta... — le prese la mano e gliela baciò — per una diversione?

Disperata, Jocelyn realizzò che stava rispondendo alle sue parole. Aveva sperato di non provare niente, ma lo trovava tuttora straordinariamente attraente.

— L'argomento è aperto alla discussione, vostra grazia — rispose con tutto lo charme a cui riuscì a fare appello.

— Credo che dovreste chiamarmi Rafe. Lo preferisco di gran lunga a Rafael. — Un lento, intimo sorriso si dipinse sul suo volto. — Darmi il nome di un arcangelo è stato assolutamente fuori luogo, non vi pare? — Poi le strinse il mento nel palmo, e le sfiorò le labbra con le proprie.

Jocelyn assaporò quel bacio con una curiosa, duplice riflessione. Era un vero maschio, e la sua istintiva reazione metteva in evidenza che la reputazione di splendido amante era meritata. Era questo che aveva sognato di trovare in lui.

Ma non era David. La sua reazione al duca era una fragile cosa rispetto alla tempesta d'amore che David aveva suscitato in lei.

Ciò che la meravigliava era il fatto che ci avesse impiegato tanto a riconoscere un'emozione che si rivelava adesso potente e inequivocabile. Aveva incominciato a innamorarsi di David la prima volta che l'aveva guardato negli occhi all'ospedale. Ma aveva sempre negato i suoi sentimenti perché il pensiero di essere innamorata la spaventava. Non aveva fatto che ripetersi che David era un buon amico, il fratello che aveva sempre desiderato.

Adesso che se ne rendeva conto, doveva tornare da lui e chiedergli di perdonare il suo bizzarro comportamento.

Stava per liberarsi dall'abbraccio del duca quando la porta del salotto si spalancò.

34

David Lancaster e Hugh Morgan viaggiarono speditamente per buona parte della notte illuminata dalla luna, raggiungendo Londra nel primo pomeriggio. Quando si fermarono di fronte a Cromarty House, David perse a malapena il tempo per pagare il cocchiere prima di balzare dalla carrozza e salire impazientemente i gradini d'ingresso. Non avendo una chiave, fu costretto a usare il battiporta e ad aspettare per quella che gli sembrò un'eternità.

Aprì la porta Dudley, esclamando sorpreso: — Milord! Davvero... inaspettato.

Mentre Hugh andava in cerca di Marie, David chiese: — Dov'è mia moglie? — Perché, per Dio, era ancora sua moglie, e gli doveva perlomeno una spiegazione.

— Sua signoria è in salotto. Ma... ma ha compagnia.

La voce del maggiordomo si alzò quando David gli passò accanto per recarsi in salotto. Aprendo la porta, fece per entrare, ma si raggelò vedendo Jocelyn tra le braccia di un uomo che doveva essere il maledetto duca.

Una furia omicida si impadronì di lui. Dunque l'istinto che l'aveva guidato verso Jocelyn non era altro che una illusione. Finita l'estate e persa la sua verginità indesiderata, Jocelyn era ritornata a Londra dal suo amante.

La scena si scompose quando lei alzò lo sguardo e lo vide. La situazione non sarebbe potuta essere peggiore, pensò, ma si sbagliava. — David! — gridò Jocelyn, e si allontanò dall'uomo. Il suo viso era radioso, come se fosse stata in attesa dell'arrivo di suo marito invece che essere quasi nel letto di un altro.

Gli andò incontro, le mani alzate in segno di benvenuto. — Come avete fatto ad arrivare così presto? Pensavo che non avreste potuto essere a Londra prima di stasera. — Poi s'interruppe di scatto nel vedere la sua espressione.

Come sempre, lei appariva onesta e innocente. Lo stomaco di David si contorse al pensiero di non averla mai conosciuta realmente.

Serrò le mani a pugno, ma cercò di controllare la sua furia per dire: — È ovvio che il mio arrivo sia inaspettato e sgradito. — Il suo sguardo si posò sull'uomo bruno che guardava con gli occhi socchiusi. Il bastardo doveva senza dubbio avere esperienza in fatto di mariti traditi. — Immagino che questo sia il duca di Candover. O la mia cara mogliettina elargisce i suoi favori in misura più ampia?

Mentre Jocelyn rimaneva senza fiato, il duca annuì

freddamente. — Sono Candover. Voi avete un vantaggio su di me, signore.

Si sarebbero dunque comportati in modo civile. Amaramente, David rammentò a se stesso che Jocelyn non aveva mai finto di volerlo come un vero marito. Le aveva promesso di ridarle la sua libertà, ma il loro matrimonio da farsa non lo autorizzava a insultarla sotto il suo stesso tetto. Aveva fatto molto per lui, e se era incapace di dare amore, non commetteva nessun crimine.

Ciò nondimeno, avrebbe voluto affrontare il duca faccia a faccia, preferibilmente a mani nude. La violenza avrebbe dato sollievo all'astio che provava, ma non aveva il diritto di uccidere Candover. Il duca era lì per scelta di Jocelyn.

Con voce gelida, disse: — Sono Presteyne, marito della signora qui presente, anche se non per molto. — Il suo sguardo gelido si posò nuovamente su Jocelyn. — Le mie scuse per avervi interrotti. Prenderò i miei effetti personali e non vi disturberò più. — Girò sui tacchi e se ne andò, sbattendo la porta dietro di sè.

Tremante, Jocelyn si lasciò cadere su una sedia, le mani premute sul petto. Era stata così felice della sua recente scoperta, così indifferente al bacio di Candover, che non aveva neppure preso in considerazione come fossero compromettenti le circostanze, finché non aveva visto il disgusto sulla faccia di David.

Fin dal loro primo incontro all'ospedale, David si era aperto a lei con totale generosità, offrendo sempre gentilezza e conforto.

E come l'aveva ripagato? Dio, come doveva disprezzarla!

Guardò ciecamente verso la porta dov'era sparito. Lui non avrebbe mai creduto che lo amava. Era il massimo dell'ironia che nel momento in cui scopriva l'amore, avesse distrutto qualsiasi possibilità di dividerlo con suo marito.

Dimenticò la presenza di Candover finché lui non disse seccamente: — Non mi sembra che vostro marito condivida l'idea che il vostro è un matrimonio di convenienza.

Muta alzò lo sguardo, vergognandosi profondamente di averlo coinvolto in una simile scenata. — Mi dispiace — sussurrò.

— A che genere di gioco state giocando? Non si direbbe che vostro marito sia il tipo d'uomo che si fa dominare dalla gelosia. Può decidere di lasciarvi o torcervi il collo, ma non accetterà il giochetto dell'amante. — I suoi occhi erano duri come silice.

Con uno sforzo, Jocelyn si dominò a sufficienza per parlare. Doveva onestà a Candover. — Non stavo facendo nessun giochetto. Stavo... stavo cercando di scoprire che cosa avevo nel cuore. Solo ora, quand'è troppo tardi, so quello che provo per David.

L'espressione del duca si addolcì. — Incomincio a sospettare che sotto la vostra corazza gelida batta un cuore romantico. Se è vero, rincorrete vostro marito e buttatevi ai suoi piedi scusandovi. Dovreste essere in grado di riprendervelo, almeno per questa volta. Un uomo perdona una donna che ama molto. Ma non fatevi più sorprendere nelle braccia di un altro. Dubito che vi perdonerebbe una seconda volta.

— Il vostro sangue freddo è leggendario, ma anche così, quello che dicono non vi rende giustizia. Se fosse entrato il diavolo in persona, credo che gli avreste chiesto se voleva giocare a whist.

— Mai giocare a whist col diavolo, mia cara. Bara. — Candover si portò alle labbra la sua mano fredda e gliela baciò. — Se vostro marito dovesse resistere alle vostre lusinghe, fatemelo sapere qualora desideriate una relazione piacevole e priva di complicazioni.

Le lasciò la mano. — Non avreste di più da me, lo sapete. Molti anni fa ho dato il mio cuore a qualcuno che l'ha spezzato, e non me ne è più rimasto. — Posò la mano sul pomolo della porta, poi esitò, lo sguardo che indugiava sul suo viso. Con voce così bassa che Jocelyn riuscì a captare a stento le parole, disse: — Mi ricordate una donna che conoscevo un tempo, ma non abbastanza. Mai abbastanza. — Poi se ne andò.

Sorpresa dalla desolazione che aveva letto nei suoi occhi, Jocelyn si rese conto che non l'aveva mai realmente conosciuto. Quali cicatrici nascondeva dietro la sua apparente freddezza?

Ci sarebbe stato tempo per rimproverarsi in seguito. Adesso aveva cose più importanti da fare. Uscì di corsa dal salotto e salì le scale.

Col cuore che le batteva forte, piombò nella camera azzurra senza bussare e trovò suo marito che stava preparando i bagagli. — Ti prego, David — disse ansimante. — Concedimi la possibilità di spiegare! Le cose non stavano come apparivano.

Lui inarcò ironicamente le sopracciglia. — Stai cercando di dire che non eri tra le braccia di Candover? Non sapevo che la mia vista fosse così peggiorata.

Jocelyn fu ferita dal suo sarcasmo. Prima di allora non l'aveva mai visto arrabbiato. Cercando di controllare la voce, rispose: — Sì, gli ho permesso di baciarmi. Volevo capire i sentimenti che provavo per lui, e mi è sembrato il modo più rapido per scoprirlo. — Gli si avvicinò d'un passo. — Ho scoperto che non voglio l'annullamento. Voglio essere tua moglie.

— Davvero? Hai deciso che un marito ti permetterà di muoverti meglio nel bel mondo? — Chiuse il *portmanteau*. — Mi dispiace informarti che i miei valori sono sorprendentemente convenzionali, e non desidero avere una moglie dalla morale troppo facile. Se vuoi un marito solo per una questione di convenienza, potrai comprartene uno più tollerante quando avrai riacquistato la libertà.

Alzò la valigia e abbassò gli occhi su di lei, la faccia inespressiva ma il corpo snello rigido per la tensione. — Non mi opporrò all'annullamento. Se cercherai di intralciarmi per poter continuare a fingere di essere sposata, chiederò il divorzio. Il tuo duca allora troverebbe in te un'amante appropriata?

Lacerata dalla rabbia e dal dolore, implorò: — David,

ti prego non andartene. L'ho baciato un'unica volta. Non voglio nè lui nè una vita libera, voglio te! Sarei felice di trascorrere il resto della vita con te a Westholme.

Lui serrò le labbra, e lei si rese conto disperata di aver detto la cosa sbagliata. — Siete desiderosa di mettere le mani sulle mie terre, lady Jocelyn? Avete potuto comprare il mio corpo moribondo, ma non il mio corpo vivo. Adesso *fatevi da parte.*

Invece di spostarsi, Jocelyn si piantò di fronte alla porta, impedendogli di andarsene. Lei che aveva trascorso una vita a rimuginare sulle sensazioni provocate dal rifiuto, aveva inflitto lo stesso genere di ferite all'uomo che amava.

— E se aspettassi un figlio da voi? — domandò incerta, ansiosa di avere ragione della sua rabbia.

Ci fu una scintilla in fondo agli occhi di David, e per un momento pensò di averlo colpito. Poi la sua faccia si chiuse di nuovo. — Se ti affretti, potresti servirtene come leva per convincere Candover a sposarti. Credo che abbia bisogno di un erede.

— Smettila! — gridò Jocelyn affranta, nascondendo il viso contro la porta. — *Smettila!*

David trasse un sospiro angosciato. — Non rendere le cose più difficili di quanto già sono, Jocelyn. — Le serrò le spalle con le sue forti mani per farla spostare.

Respingendo le lacrime, Jocelyn si girò verso di lui: — Hai studiato legge e ti vanti di avere una mente aperta. Vuoi giudicarmi senza una prova dell'accaduto?

David fece una smorfia. — Ho trovato la lettera di tua zia. Dal contenuto si sarebbe detto che avessi deciso che la verginità era ormai un peso, e che ti fossi proposta di sedurmi per questa ragione. Sono arrivato qui e ti ho trovata tra le braccia dell'uomo che hai sempre sostenuto di desiderare. Di quali altre prove ho bisogno?

Lei lo guardò negli occhi e si dispiacque di quel che vide. — Oh, amore mio, è questo che hai creduto, che ti abbia attirato nel mio letto per puro calcolo? Sono stata sciocca sotto molti aspetti, ma non sono mai stata una calcolatrice. Il mio cuore e il mio corpo sapevano che ti amavo molto prima della mia mente. Le mie paure mi impedivano di riconoscere che tu eri l'uomo che stavo cercando da tutta la vita.

Un muscolo guizzò sulla mascella di David. — Allora perché sei fuggita e hai detto che non ci saremmo più dovuti vedere?

— Per ragioni complesse che solo ora sto incominciando a capire, mi sono interessata sempre a uomini irraggiungibili — disse esitante. — Uomini che non mi avrebbero mai amata profondamente. Quando lasciasti quel biglietto dicendo che mi amavi, fui sopraffatta dalla paura e dalla confusione, così fuggii.

— Non capisco — fece lui, l'espressione perplessa. Ma almeno stava ascoltando.

— Quando sono ritornata a Londra, ho parlato con zia Laura per capire meglio da che cosa mi stavo nascondendo da sempre. Avevo solo quattro anni quando i miei genitori divorziarono suscitando un gran scandalo. Non ho più visto nè sentito mia madre da allora. E da allora ho sempre creduto che ci fosse qualcosa che non andava in me. Mia madre mi aveva abbandonata, e temevo che anche mio padre potesse farlo se non fossi stata la figlia perfetta che desiderava. Era un ruolo che avevo imparato a recitare molto bene, ma è questo che era: un ruolo.

Distolse lo sguardo dal suo, le parole che le uscivano a fatica. — Se la mia vita era un inganno, questo significava che nessun uomo avrebbe potuto amarmi, perché non mi conosceva. Chiunque dichiarasse di amarmi doveva essere un bugiardo, o peggio, uno sciocco che avrebbe finito per disprezzarmi conoscendo la mia vera natura. Non potevo permettere a un uomo di avvicinarsi a me tanto da scoprire i miei difetti. Solo dopo che Sally mi disse che volevi sposare un'altra, cominciai a capire i miei sentimenti per te.

Sorrise mestamente. — Candover è attraente, un uomo che fa sognare. Ma quando l'ho baciato, ho capito che quel che mi piaceva di più in lui era il fatto che non mi amava; pefetto quindi, visto che non pensavo di meritare d'essere amata.

Di fronte alla sua coraggiosa onestà, la rabbia di David cominciò a dissolversi. Abbandonata da sua madre, terrorizzata di perdere chiunque altro amasse, non c'era da meravigliarsi che un'apparente serenità nascondesse la paura.

Sopraffatto dall'amore e dalla compassione, alzò una mano per fermare quel fiume di parole angosciate. — Non devi aggiungere altro, Jocelyn.

Lei scosse la testa, gli occhi fissi. — Il tempo di nascondermi da me stessa è finito. Sono stata terrorizzata dal tuo biglietto d'amore, perché anche se mi amavi, con il tempo avresti scoperto ciò che non andava in me. — La sua voce si incrinò prima di finire: — Potrei sopravvivere perdendo la stima di qualcuno di cui non mi importa molto, ma perdere l'uomo che amo mi distruggerebbe. Così me ne sono andata... prima che tu potessi mandarmi via.

David la prese tra le braccia, augurandosi di poter guarire le ferite di tutta una vita. — Mi dispiace per tutte le cose cattive che ho detto — mormorò, la voce roca per l'emozione. — Non hai fatto niente per meritare tanta crudeltà da parte mia.

Mentre si aggrappava a lui, tremante, David le accarezzò il collo e la schiena, cercando di scioglierle i muscoli tesi. — Vedi perché cerco di essere un freddo gentiluomo inglese. Quando il selvaggio, emotivo gallese esce allo scoperto, logica e buonsenso mi abbandonano. Non sapevo di essere capace di tanta gelosia. Ma in realtà, non ho mai amato nessuno come amo te. — Storse la bocca. — Se in futuro dovrai chiarire i tuoi sentimenti, pensi che potresti farlo con un pescivendolo basso e vecchio invece che con un duca ricco e affascinante?

Ridendo e piangendo, Jocelyn infine alzò il viso verso il suo. — Se mi concederai una possibilità, non saranno necessari altri esperimenti.

Lacrime brillavano nei suoi occhi, ma la sua bocca era calda e compiacente. Lui la strinse a sé appassionatamente, con un bisogno primordiale di farla sua.

Per la prima volta, lei lo baciò con tutta se stessa, non

celando niente, con un'intimità sconvolgente che veniva dall'anima.

La riconciliazione si tramutò in passione, necessità di essere il più vicino possibile. E attraversarono la stanza, lasciandosi dietro una scia di indumenti.

Jocelyn si abbandonò sul letto, trascinandolo con sè. Voleva assorbire tutto di lui, forgiare un legame che li avrebbe uniti per la vita, e anche oltre.

Fecero l'amore con l'avidità disperata di due persone che erano state sul punto di perdere ciò a cui tenevano di più, rimanendo avvinti anche dopo l'amore. David la lasciò soltanto per tirare una coperta sopra di loro prima di stringerla di nuovo a sè. Mentre i loro respiri si quietavano, parlarono come fanno gli amanti, di come avevano incominciato a sentirsi attratti, delle piccole scoperte che costituivano le fondamenta del loro miracolo personale. Non c'era nessuna ragione per affrettarsi, e ogni ragione per assaporare quella dolce unione.

Molto, molto più tardi, David mormorò: — Sono grato che la tua servitù abbia il buonsenso di non entrare senza bussare. Mi dispiacerebbe mettere in imbarazzo una delle cameriere.

Jocelyn si sentiva così piena di gioia che qualunque cosa l'avrebbe fatta ridere. — Se posso dire qualcosa sulla mia servitù, è che hanno perfettamente capito perché siamo chiusi qui da ore, e stanno festeggiando con lo champagne nei loro alloggi. Da quel che mi ha riferito Marie, erano preoccupati che fossi ancora nubile, e avevano deciso che tu eri la soluzione perfetta.

La sua testa era posata sul petto di David e riuscì a udire e a sentire la sua risata. — Hai dei servitori eccellenti!

Alzando lo sguardo su di lui, chiese: — Devo dunque supporre che Jeanette non è più importante?

La sua pelle abbronzata si increspò attorno agli occhi. — Francamente, avevo dimenticato di aver scritto a Sally di Jeanette. È stata una breve relazione che si è conclusa quando mi ha mestamente informato che un uomo molto più ricco di me le aveva proposto di sposarla. Dopo lo smacco iniziale, scoprii che lei non mi mancava affatto. Jeanette è storia vecchia, come l'annullamento del nostro matrimonio. — Si chinò a baciarla. — È troppo tardi per cambiare idea, moglie mia. Non ti lascerò più andare.

Jocelyn chiuse gli occhi, le sembrava di udire l'eco delle parole: "Finché morte non ci separi." Esitando disse: — Ho scoperto perché mi ritenevo indegna d'amore, ma occorrerà molto tempo prima che tutte le mie paure svaniscano. Spero che tu sia paziente se mi aggrapperò un po' troppo a te.

David si girò in modo da mettersi sopra di lei. — Se hai ancora difficoltà a credere nel mio amore, te lo ripeterò fino alla fine dei nostri giorni. Ti amo, Jocelyn. Questo ti rassicura?

Nel suo cuore si diffuse finalmente la calda sensazione di essere amata. Attirò il suo viso verso il proprio, assaporando la dolcezza delle sue labbra. — Certo amore mio, certo.

Epilogo

Il matrimonio di David e Jocelyn era stato così frettoloso e privato, che i due sposi decisero di dare un grande ricevimento per annunciare ufficialmente le nozze ad amici e parenti. Richard Dalton vi partecipò sulle stampelle, visibilmente soddisfatto di aver fatto in modo che gli sposi si conoscessero.

Elvira, contessa di Cromarty, ebbe una crisi isterica quando apprese che la sua ignobile nipote aveva ritirato la richiesta di annullamento. Era già spiacevole sapere che il patrimonio di Jocelyn era perduto per sempre. Peggio ancora era stato scoprire che la ragazza e suo marito erano innamorati.

Quando la lettera di David raggiunse sua sorella in una piovosa giornata in Scozia, Sally riferì felice a Ian che suo fratello e sua moglie si amavano ed erano adesso realmente sposati. Lui alzò uno sguardo felice dal testo di anatomia che stava sfogliando, ammettendo che il matrimonio era una magnifica invenzione perché univa tentazione e opportunità nella maniera più soddisfacente. Sally prese la frase come una sfida, e decise di tentarlo, il che portò a una lezione di anatomia applicata che trovarono entrambi molto più piacevole di quella che Ian stava studiando.

Il colonnello Andrew Kirkpatrick con voce maliziosa ricordò a sua moglie che aveva sempre sostenuto che le donne Kendal erano irresistibili agli occhi dei militari. Lei rise convenendone, e spense la candela.

Contenti di non dover decidere quale dei due amati datori di lavoro servire, Hugh e Marie cominciarono a fare piani per il loro matrimonio. Rhys avrebbe fatto da testimone per il fratello.

Jocelyn scrisse un biglietto al duca di Candover, ringraziandolo per la pazienza e il buon consiglio, spronandolo a sposarsi, essendo il matrimonio la più felice delle condizioni. Lui sorrise un po' mestamente quando lesse le sue parole, fece un brindisi solitario alla signora e al suo fortunato marito, poi scaraventò il bicchiere nel camino.

Sebbene l'idea di dividere con altri la sua padrona non le andasse troppo, Iside continuò a dormire nel letto di Jocelyn. Dopotutto, ci era arrivata per prima.

Mary Jo Putney

Dopo gli studi e la laurea in letteratura inglese e in design industriale, e le successive esperienze lavorative in California e Inghilterra come progettista, Mary Jo Putney non immaginava davvero che un giorno il suo sogno più grande si sarebbe realizzato: diventare scrittrice. È bastato però il casuale acquisto di un computer, necessario per la sua attività grafica, per scoprire che era proprio quello lo strumento che ancora le mancava per dare forma alle sue fantasie, e con un pizzico di incoscienza ma con enorme entusiasmo si è lanciata nella stesura del suo primo romanzo. E poiché la fortuna sorride agli audaci, i risultati sono stati ottimi e incoraggianti, e da allora Mary Jo ha iniziato una felice carriera di scrittrice, conseguendo anche numerosi riconoscimenti letterari. Ora vive a Baltimora, nel Maryland, con la sua pigra gattona, Miss Pudge.

I ROMANZI

Direttore responsabile: Stefano Magagnoli
Consulenza editoriale: Sandrone Dazieri
Coordinamento: Fabiola Riboni
Collaborazione redazionale: Marzio Biancolino
Segreteria di redazione: Loredana Grossi

Periodico decadale N. 487 - 3 aprile 2001
Pubblicazione registrata presso il Tribunale di Milano
n. 35 del 26 gennaio 1979
Redazione, amministrazione: Arnoldo Mondadori Editore S.p.A.
20090 Segrate, Milano
Sede legale: Arnoldo Mondadori Editore S.p.A.
via Bianca di Savoia 12 - 20122 Milano

ISSN 1120-5199

FIEG Questo periodico è iscritto alla FIEG
Federazione Italiana Editori Giornali

I Romanzi - NUMERI ARRETRATI: il triplo del prezzo di copertina. Inviare l'importo a: «Arnoldo Mondadori Editore S.p.A. - Sezione Collezionisti» (tel. 02/92735353, fax 02/92109002, e-mail collez@mondadori.it) servendosi, preferibilmente del C.C.P. n. 925206. Corrispondenza: Casella Postale 1833 - Milano. ABBONAMENTI: Italia annuale L 201.600. Per cambio indirizzo, informarci almeno 20 giorni prima del trasferimento, allegando l'etichetta con la quale arriva la rivista. Non inviare francobolli, né denaro: il servizio è gratuito. Gli abbonamenti possono avere inizio in qualsiasi periodo dell'anno. Inviare l'importo a Arnoldo Mondadori Editore S.p.A. (Segrate) Milano, Ufficio Abbonamenti, servendosi preferibilmente del C.C.P. n. 5231. Per comunicazioni: Servizio Clienti Abbonati Casella Postale 100 - 20123 Milano Centro (tel. 030/3199345, fax 030/3198202). Gli abbonamenti possono anche essere fatti presso gli Agenti Mondadori nelle principali città e inoltre presso le seguenti Librerie ELLEMME MONDADORI: Como, 22100, Via Vitt. Emanuele, 36, tel. 031/273424 - fax 031/273314; Milano, 20122, Largo Corsia dei Servi, 11, tel. 02/76005832 - fax 02/76014902; Genova, 16100, Via XX Settembre, 210 R, tel. 010/585743 - fax 010/5704810; Roma, 00192, P.zza Cola di Rienzo, 81/83, tel. 06/3220188 - fax 06/3210323; Roma, 00183, Via Appia Nuova, 51, tel. 06/7003690 - fax 06/7003450.

Garanzia di riservatezza per gli abbonati
L'Editore garantisce la massima riservatezza dei dati forniti dagli abbonati e la possibilità di richiedere gratuitamente la rettifica o la cancellazione scrivendo a: Mondadori - Responsabile Dati, via Mondadori, 20090 Segrate (MI). Le informazioni custodite nell'archivio elettronico Mondadori verranno utilizzate al solo scopo di inviare agli abbonati vantaggiose proposte commerciali (legge 675/96 tutela dati personali).